Lio Kali

Das ungewinnbare Spiel

Das ungewinnbare Spiel

Roman

von

Lio Kali

Paramon Verlag

Die Deutsche Nationalbibliothek verzeichnet diese Publikation in der Deutschen Nationalbibliografie; detaillierte bibliografische Daten sind im Internet über http://dnb.d-nb.de abrufbar.

Lio Kali
Das ungewinnbare Spiel

ISBN 978-3-03830-105-9

Paramon® ist ein Imprint der
Europäische Verlagsgesellschaften GmbH.
Sie finden uns im Internet unter: www.paramon.de

Die Personen der Handlung sind frei erfunden.
Wer sich mit ihnen identifiziert,
ist selber schuld.

Inhalt

1. Kapitel
Karo-As und Pique-Dame

Anna schlug die Zeitung auf, überflog wie immer lustlos die Zeilen. Steckte sie, zusammen mit den Überschriften, Seitenzahlen und Abbildungen, sorgfältig zusammengefaltet in den Papierkorb. Schaute aus dem Fenster, auf die Uhr, in den Handspiegel. Drehte den Computer ab und das Licht und das logische Schaufelrad ihres Gedankenflusses. Ging bereits im Mantel noch einmal zum Fenster. Schaute am Glas entlang auf ihre Umrisse darin. Schaute durch sich hindurch nach draußen. Das Draußen kopierte sich langsam über sie, bis nur noch das Draußen im Fenster war und nicht mehr sie und ihre unscharfen Konturen. Sie fand sich nicht mehr innen, kippte den Glasflügel auf, fand sich auch nicht draußen. Da schon gar nicht. Im Zwielicht hatte sie sich aufgelöst. Im Zwielicht zwischen draußen und drinnen. Zwischen morgen und gestern. Zwischen allem. Selber Zwielicht. Die Frage, ob die Dunkelheit des abgearbeiteten Büroraumes in die graue Dämmerung hinausströmte oder ob der heute wieder von Regendunst aufgeweichte warmkalte Stadtmief zu ihr hereinkroch, war ihr immer wieder ein nachgrübelnswertes Rätsel. So wie die mysteriösen Ereignisse überall, die in der Luft lagen, sich unmerklich anschlichen und trotz größter Achtsamkeit in einem ohnehin mühevollen Tagesablauf sich ohne verstehbare Pointe inszenierten. Ereignisse, die sich nicht anders als phytisch ereignen konnten, weil in der Luft Scharaden schwebten. Sie hätte auch nicht sagen können, kurz nach dem Abschalten ihres Computers, warum sie das so empfand. Vielleicht war dieser ungewöhnliche Winter an allem schuld. Irgendetwas mußte schuld sein an allem. Warum nicht ein aus der Reihe fallender Winter. Aber was war, wenn der Winter nichts dafür konnte und sich nicht beschuldigen lassen wollte und sich deshalb rächte, indem er jene Rätsel doppelt ausdampfte, an denen jeder und sie litten …

An solch einen milden Winter erinnerten sich nicht einmal die ältesten Leute. Laue Föhnstürme tobten wild über das Land. Spielten ein planloses Spiel. Unbändig, und ausgelassen. Endlich entschlüpft, entronnen der nur vermeintlich berechenbaren Wetterordnung des Jahrhundertdurchschnitts. In breiten Bahnen fegten sie, bleigewölkt und feucht. Stürmend in kurzen Wirbeln. Sich hoch auftürmend. Über alles hinweg, durch alles hindurch. Ohne Ehrfurcht vor dem, was nicht mehr gerade und fest stehen konnte. Nicht nur alte morsche Bäume stürzten splitternd und krachend in das dürre Laub vom vorigen Herbst. Auch scheinbar starke, mitten im baldigen Saft stehende Pflanzen sanken manchmal um. Lautlos und selber erstaunt, daß ihre Wurzeln in der Zeit des Werdens sich nicht fest genug verankert hatten. Nicht jedes Samenkorn fällt auf einen Boden, der es aufkeimen läßt, einfach so, satt und unbekümmert, der es erwachen und egoistisch werden läßt. Es gibt Samenkörner, in denen der Wurm von Anfang an mitwächst, als Made gewissenmaßen in fremdem Fleisch. Und Samenkörner gibt es, über denen das Schicksal hängt wie ein wolkenverpilzter Himmel, der neugierig in die Flutlichtarena der mißverständlichen Lebenslügenspiele hinabläche lt.

Zu Anfang Februar blühten die Schneeglöckchen, die Primeln und die Leberblümchen. An besonders windgeschützten Stellen schoben die Rosensträucher bereits kleine rote Blättchen ans Licht. Es hatte keinen Schnee und keinen Frost gegeben und die Bauern fürchteten das Ungeziefer, das der warme Boden ausbrüten würde. Manchmal regnete es den ganzen Tag. Viel Feuchtigkeit war nachzuholen.

In der Stadt machte man sich um das Ungewöhnliche im Ablauf der Natur kaum Sorgen. Hektik, Aggressionen, Intoleranz haben sich noch nie an wissenschaftliche Spielregeln gehalten. Sie quälten die Menschen eine Spur mehr als sonst. Unfälle, Anfälle und merkwürdige Einfälle häuften sich. Extreme Neigungen und unterdrückte Konflikte entglitten raffiniert den bisherigen Verdrängungsbemühungen und wurden unkontrollierbar. Die Zeitungen waren voll von Streitereien und Grobheiten und von den Auswüchsen seelischer Nöte.

Anna ging von ihrer Arbeit wie immer zu Fuß nach Hause. Müde, verdrossen, sich gegen die lauten grellen Lichter ihres abendlichen Heimweges verschließen wollend, die unangenehm aufregende Buntheit von den monotonen Stadtgeräuschen rundum absorbieren lassend. Auf dem schmalen Grat zwischen ›Eigentlich-nicht-mehr-wollen‹ und ›Morgen-ist-ohnehin-ein-neuer-Tag‹ und ›Anderen geht es schlechter‹. Als wäre sie ferngesteuert, kämpfte sie sich vorwärts, mechanisch, automatisch. Wie die Maschine, die sie bediente. Programmiert auf dieselben Handgriffe, dieselben Bedürfnisse … Was nicht zu berechnen ist, was also keine mathematischen Verknüpfungsstrukturen aufweist, was sich nicht speichern und sortieren läßt, ist unbrauchbar. Ein Störfaktor, den man verheimlichen muß. Die Schuld für Verlorenes, Verdorbenes, Vergessenes auf einen Maschinenfehler zu schieben ist leichter als auf einen Synapsenirrläufer in der eigenen Neuronensphäre, egal ob logisch oder emotional. Man fühlt sich einfach geborgener in einem eingeteilten, überschaubaren Bereich, festumschlossen von angeordneten Grenzen, auf die man sich verlassen und auf die man sich ausreden kann. Maschinen sind unpolitisch. Verlangen keinen freundlichen Gruß und keine eigene Meinung. Ein idealer Arbeitsplatz, bedenkt man die manchmal total erschöpfende geistige Konzentration, die lästige oder gefährliche Gedanken für den größten Teil des Tages kaum zuläßt. Und danach, privat sozusagen, fällt die Anstrengung zwar ab, rinnt zusammen, und rinnt aus. Läßt Müdigkeit und Leere zurück, und auch jene Art von Unzufriedenheit, die ein rasches Umdenken auf häusliche Notwendigkeiten erschwert. So setzt man die Tage aneinander. Zwanghaft, wehrlos, wie einen Fuß vor den anderen, ohne eigentlich zu wissen wohin. Auf einer ewigen Flucht. Erst vor dem Kind-sein-müssen. Dann vor den Gläubigern des Erwachsen-werdens. Später vor den vom Sturm der unverdienten Schicksalsschläge geknickten Hoffnungen und danach vor dem sich den alltäglichen Notwendigkeiten unterwerfenden Rest eines sich vergebens aufbäumenden Mutes. Schließlich nur mehr vor dem Mindestwert des eigenen Selbst. Anna stapfte die Tage, Wochen und Monate hinter sich. Vergaß zu leben. Träumte nur noch. Mochte manchmal nicht mehr aufwachen. Verwechselte sich mit den Schatten, die ein zufälliges Licht auffing und verzerrte. Manche Tage waren geradezu schizophren. Nebelige Regentage vor allem. Die krochen schon von außen so häßlich naßkalt über die Haut, daß nicht einmal die verwegensten Phantasien sie von innen trocknen und wärmen konnten. Oder auch Tage, an denen sich die Fußgängerampeln boshaft rotäugig zublinkten und Straßenbahnen, Taxis, Lifte prinzipiell eben abfuhren, wenn sie gerade angehastet kam. Und schlimmer noch die Tage, an denen ein Headcrash im Zentralcomputer eine dringende Terminarbeit in die Nachtstunden verschob und die Konzertkarte verfallen ließ oder gar die einzige Verabredung seit langem zerstörte.

Es hatte zu nieseln aufgehört. Anna fror. Spannte den Schirm ab, zog den Knoten ihres Kopftuches fester unter das Kinn, suchte in den Manteltaschen nach Handschuhen. Sie fühlte sich nicht jung und nicht alt. Eigentlich nicht mehr jung und noch nicht alt. Ein altersloses Zweifelwesen, leer und unnütz. Niemand war da, der sie tröstete, wenn ihr eine schwere Nacht auf die Träume fiel. Niemand, der sie schalt, wenn sie aus Trotz absichtlich eine Dummheit machte. Niemand, der sie brauchte, der ihre Hand halten und ihre Stimme hören wollte. Abgesehen von den Pflanzen auf der Fensterbank in ihrer Küche. Abgesehen von den bunten Zierfischen, die in einem gläsernen Meer zwischen Eßzimmer und Bibliothek umherschwammen. Sie atmete tief, um zu spüren, daß sie noch da war, und nicht etwa schon zu einem der abendlichen Reklamelichter geworden war, die schillernd auf den regenglänzenden Straßen zerflossen. Ein verwischter Abglanz von unerreichbaren Sternen? Man bedarf einer Hoffnung, damit es sich lohnt weiterzudenken vor dem Zu-Ende-denken. Man braucht eine kostenlose Bürgschaft für Narreteien oder Schwermut, gegen Bedrohung, Angst und Streß. Man muß etwas haben, das einem gehört, zum Festhalten, Verstecken, Anschmiegen, Anschreien. Zum Ernstnehmen und zum Spielen.

Oh, Anna spielte gerne. Sie zählte die Waggons vorbeifahrender Züge und die Autofahrer mit Hut. Ordnete Zierpolster und Gewürzgläser immer in anderer färbiger Reihenfolge als zuvor. Ließ das Wetterfähnchen auf ihrem Balkon entscheiden, welchen Mantel sie anziehen sollte. Sie trat auf keine aneinanderstoßenden Kanten von Gehsteigplatten. Schritt einen gegangenen Weg immer exakt in denselben Richtungen und Kurven zurück, damit sich ein imaginäres Fadenknäuel an ihren Fersen wieder aufrollen und sie aus den täglichen Labyrinthen der Irrtümer, Absurditäten, Perfektionen und Enthusiasmen wieder heil herausführen sollte. Doch vor allen jenen und einigen anderen Spielen gehörte ihr e i n Spiel, ein besonderes Spiel. Ein dummes, nutzloses Spiel, das sie nie gewinnen konnte. Das sie eigentlich im Grunde genommen verabscheute und gar nie gewinnen wollte. Nicht nur deswegen, weil sie es sowieso nie gewinnen konnte. Sondern auch aus einer gewissen anerzogenen Schamhaftigkeit vor gewissen ungezogenen Gedanken und Wünschen. Gegen die aufzulehnen man sich einst im finsteren Beichtstuhl verpflichtet hatte.

Und doch spielte sie es, das Spiel, i h r Spiel. Trotzig und begehrlich. Eben. Weil sie es ohnehin nie gewinnen konnte. Weil sie manchmal ungezogene Gedanken denken wollte. Weil sie den leisen Schauer durch den Körper manchmal brauchte. Voll Abscheu und Begier spielte sie es. Und natürlich immer in der masochistischen Angst, es gäbe eines Tages jemanden, der ihre Gedanken lesen könnte und, oh heimliche verleugnete Hoffnung, es auch wollte. Es war wie eine Sucht. Aufregend, lüstern, belustigend. Deprimierend danach. Logischerweise. Eigentlich lehnte sie es ja ab, peinlich berührt zu spüren, wie sie innerlich zu vibrieren begann. Wenn sie nur daran dachte. An ihr Spiel. Nie spielte sie es sofort nach der Arbeit. Eine gewisse Distanz zu dem emotions-klimatisierten Maschinenmenschentum mußte sein. Die nicht unbedingt freiwillig betriebene Erschöpfung, mit roten Punkten vor den Augen, Sausen im arithmetisierten Hirn, erlaubte eigentlich kein derartiges Spiel. Sie überlegte lange. Den halben Weg zu Fuß nach Hause. Das Spiel konnte man ja nur zu Fuß spielen, im Gehen, im Wandeln, im Schlendern. Zu Beginn das seidene Tuch in die Stirn gezogen, den Blick zu Boden. Mit langsamen Schritten über alle die bunten Lichterflecken auf dem nassen Asphalt steigend. In den Ohren die taktlose Großstadtsinfonie eines dirigentenlosen Orchesters. Klingel, Klingel, Rhabarber, Rhabarber, Geschrei, Hup, Hup, Hup, Lachen, Gebell, Rhabarber, Rhabarber, Blabla, Knirschen, Geratter. Heute nicht. Warum nicht? Ist nichts dabei? Es strengt nicht an. Ist doch nur ein Spaß, bei dem niemand zu Schaden kommt. Naja, ein wenig ungehörig, um nicht zu sagen unanständig. Sie pfotete die Argumente hin und her. Beschwor sich, bedrängte sich, schalt sich, lachte sich aus, wies sich ab. Nein, heute nicht. Manchmal erwog sie mit einem gehetzten Blick zum Himmel einen Pakt mit dem Teufel. Was würde sie bezahlen, um dieses Spiel einmal, nur ein einziges Mal zu gewinnen? Die kleine Zehe, ihr Segelboot am Stausee, ein Jahr ihres Lebens, ihre Selbstachtung?

Bremsen quietschen. Stimmen rufen, fragen, schimpfen. Eine Laderampe senkt sich klagend. Anna treibt im Strom des Gehsteigvolkes mit. Geht wie in einem Tunnel, an dessen Gewölbe eine flimmernde Irrlichtertapete jede Sekunde neu angeklebt wird. Nervös, unruhig. Musikstakatto aus einem Espresso. Soll sie? Imbiß, Strumpfgeschäft, Stoffe. Oder nicht? Eisenhandlung, Bank, Trafik. Vielleicht doch? Fotoapparate, Schuhe, Tierfutter … Rasch, rasch. Kaffee, Spezereien, Maroni … Unwillkürlich geht sie schneller. Links die Kirche. Nein, da nicht. Gleich der Grünstreifen. Jetzt? Sie stolpert fast. Geht langsamer. Atmet wie ein Mensch, der sich doch noch hat überreden lassen. Und zögernd beginnt sie ihr Spiel:

Sie stellt sich vor, sie dürfe sich aus den vorüberziehenden Männern einen aussuchen und behalten, wenn er ihr gefalle. Die dazwischen befindlichen Frauen ignoriert sie, kopiert sie aus ihrem Blickfeld hinaus, läßt sie ablaufen wie den Weingeist über den eingelegten Früchten in den Gläsern auf ihrem Küchenschrank, wenn sie Lust auf ein Kompott hat.

Hoch richtete sich Anna jetzt auf. Schob das Kopftuch aus dem Gesicht, ließ es rückwärts über die Haare gleiten. Nahm die Schultern zurück. Mit unnahbarer Miene, gleichgültigen Mundwinkeln, aber nervös zitternden Augenlidern, angespannt wie ein Golfer vor dem Abschlag, prüfte sie mit kurzem scharfem Blick die Gestalten der Entgegenkommenden, welche Aussichten sich der vorgetäuschten Interesselosigkeit heute böten.

Der Erste hatte ein rundes Gesicht, glatt und glänzend bis zum Hinterkopf, zufrieden vor sich hin nickend, auf einem feisten Körpersack. Nicht unmöglich, aber sie kochte nicht gerne. Dahinter noch ein runder Geselle, bullige Nase, freundliche kleine Augen, Bartstoppeln um einen breiten Mund, ein fleckiges Tuch unter dem Kinn verknotet, wenn überhaupt dann eher eine Putzfrau im Sinn. Dann ein junger Mann, blaß, dichte dunkle Haare, zwischen den aufgeworfenen schmalen Lippen eine halbes stinkendes Zigarillo festgeklemmt, trotz Hustensabbern. Anna verabscheute Tabakrauch, seit sie selber zu rauchen aufgehört hatte. Ein Stück weiter zwei kräftige Burschen, die waren zu sportlich. Ein Bauer mit Prankenhänden nickte ihr zu, eine Burg von einem Mann, vorspringender Kinnerker, scharfkantige Nase, kleine Fensteraugen, die buschigen Brauen wie Zinnen und zuoberst ein wehender brauner Schopf, das Ganze eng auf einem Schulterfelsen aufsitzend, sympathisch, aber wahrscheinlich keine Widerrede oder Aufmüpfigkeit duldend. Imponierend selbstbewußt glitt jetzt ein hagerer Mann mit schwarzem Schlapphut durch die Menge, einen gelben Schal umgeschlungen, ließ seinen weiten schwarzen Umhang kühn wallen und schleuderte einen tiefen forschenden Blick auf Anna, als wollte er mit unsichtbaren Fangarmen aus seinen Pupillen heraus ihr die Kleider vom Leib reißen, ein Künstler, der Muse und Modell suchte? Anna dachte mit Schrecken an die ersten Fältchen, die sie auf ihrer Haut nicht nur unter den Augen und am Hals entdeckt zu haben glaubte. Fast bedauernd schüttelte sie den Kopf. Ein dünner Mann lenkte sie ab, mit stark vorgeneigtem Körper und fleckig gefurchtem Gesicht, der sich besser eine Krankenschwester suchen sollte, als sie durch seine schiefen Zähne anzupfeifen. Ein Meter neben ihm schritt ein eleganter älterer Herr, bedächtig und vornehm, an dem ein Ohr so lustig abstand, daß viele Menschen sich danach umdrehten. Anna war in solchen Dingen nicht kleinlich, aber auf den Gehsteig hätte er nicht spucken sollen. Dann prallte die dahinwogende Menge gegen vier gestikulierende Diplomatentypen, die heftig aufeinander einredeten, ihre Lederköfferchen schwangen und herzlich vulgär schwatzten und stritten. Erst eine Schar kichernder junger Mädchen mit Instrumentenkästen löste den Stau auf. Dann nahte ein praller Birnenförmiger, ein sadistisch grinsender Kontrollor, ein vergrämter Nasenmensch, ein Orthodoxer, ein pockennarbiger Flugkapitän, ein Beau. Und da überholte sie einer, und einer kam ihr mit stechenden Augen entgegen und einer sah weg und einer starrte auf den Boden und einer auf den Narrenstern über der Narrenwelt. Und der hier Klein-Einstein und der dort mit Sprungfedern unter den Sohlen. Und schräg vor ihr einer, dem hing die Lethargie von den Wangen wie seinem Hund, der sie wedelnd kurz anschnofelte. Das war noch die netteste Begegnung heute. Die Männer bewegten sich wie auf einem Fließband an Anna vorüber. No-Name-Produkte. Darauf wartend, von ihr beworben und möglicherweise gekauft zu werden. In solchen Momenten fühlte sie sich mächtig. Aber sie wollte nicht kaufen. Ihre Aufmerksamkeit erspähte nichts im Umkreis, für das es sich ernsthaft zu interessieren oder gar zu träumen lohnte.

Plötzlich traf Annas suchender Blick ein ernstes Augenpaar, das prüfend an ihr hängenblieb. Ein großer Mann mit Hut, dunkel umrandeter Brille und einem kleinen Schatten am Kinn schaute sie aufmerksam an. Schien einen Augenblick innezuhalten. Irgendwie zögerte sie ebenfalls. Da stieß sie jemand von hinten an und schob sie vorbei. Bedauerlich. Ach was. Vielleicht auch einer, der ihr Spiel spielte, warum nicht, sie hatte keine Urheberrechte daran, dachte sie beim Weitergehen betont locker. Nicht ohne eine leise Wehmut im Herzen ärgerlich zu unterdrücken.

Sie setzte das Kopftuch wieder auf. Es war genug für heute. Die Auswahl war diesmal mager gewesen. Sie dachte an eine Katzenfutterreklame im Fernsehen. Ist ihre Katze wählerisch? Ja, meine Katze ist sehr wählerisch! Sie mußte lachen. Auf offener Straße und allein mit sich. Wie unpassend. Zwei Frauen rümpften die Nase. Ein älterer Mann lächelte. Wechselte seine Richtung. Begleitete Anna in knappem Abstand. Starrte sie immer wieder an. Er war mittelgroß, nicht schlecht gekleidet, mit grauem Schnurrbart in einem braunen faltigen Gesicht. Türke oder Grieche. Deutete herausfordernd auf ein Haustor. Anna spürte sofort, wie etwas in ihr zu Eis wurde. Sie verzog den Mund wie ein trotziges Kind. Ehe seine heftig werdende Gestig auf sie einfallen konnte, drehte sie sich abrupt um und stieg rasch in einen eben haltenden Straßenbahnwaggon ein. Weg mit dem Kopftuch. Schade. Chinesische Seide, ein Geschenk ihrer erhofften Schwiegermutter. Morgen würde sie eine modische Kappe tragen. Das Spiel war wieder einmal danebengegangen. Außerdem befand sie sich im falschen Zug in die falsche Richtung. Die anderen Fahrgäste kauerten an den Fensterplätzen, reglos hinausstarrend. Anna umklammerte die Haltestange, damit sie in der folgenden stark zerrüttelten Kurve nirgends anstieß. Versonnen wälzte sie die vergangene Szene um und um. Vielleicht hatte der Schnurrbärtige sie für eine Landsmännin gehalten, wegen dem Kopftuch. Oder er war ein Witwer, der eine Mutter für seine zehn Kinder suchte. Oder merkte man ihr ihre Einsamkeit schon äußerlich an? Gleich rieselte ihr noch mehr Kälte über den Rücken.

Im Waggon ihr gegenüber stand eine junge Frau mit einem Buben, der ununterbrochen laut redete. Die schöne alte Dame, die schräg vor Anna saß und ein in Papier gehülltes Blumengesteck im Arm hielt, mischte sich zuckersüß ein. »Du bist aber ein sehr lebhaftes Kind. Hast du da nicht mitunter Schwierigkeiten in der Schule?«

Der Bub wandte sich erstaunt von seiner müde blickenden Mutter ab. Trat auf die alte Dame zu. Hielt sich an ihren Knien fest und starrte auf ihre bläulich gefärbten Haare. Dann sagte er laut und fröhlich: »Das macht nichts. Ich bin so gescheit. Ich brauche eigentlich nicht mehr in die Schule gehen. Meine Schwester schon. Mädchen sind dumm.«

Die alte Dame zog die Augenbrauen hoch. »Was du nicht sagst. Du bist aber recht vorlaut. Zu meiner Zeit, als i c h noch in die Schule ging, gab es so ein vorlautes Benehmen nicht. Da wurde gleich getadelt oder gar bestraft.« Ihr rügender Blick streifte die junge Mutter. Manche älteren Fahrgäste nickten, die jüngeren schüttelten empört die Köpfe.

»Du bist auch in die Schule gegangen??« Der Bub ließ sich nicht aus der Ruhe bringen.

»Natürlich. Alle Menschen müssen in die Schule gehen«, lachte die alte Dame überheblich, zugleich verärgert, daß das Kind sie duzte.

Die Mutter zog den Buben verlegen zu sich, leise mit ihm schimpfend. Er drehte sich wieder um. »Das glaub' ich dir nicht, daß du auch in die Schule gegangen bist.«

»Selbstverständlich, doch,« beeilte sich die alte Dame eifrig zu erklären, »ich habe später sogar unterrichtet.«

»Du bist eine Lehrerin?« Der Bub blickte mißtrauisch, bog die Mundwinkel nach unten und wollte am Blumenpapier zupfen.

»Jetzt bin ich schon in der Pension, aber ich habe wirklich unterrichtet, sogar an der Universität. Jetzt lehrt mein Sohn dort.«

Ihr absichtlich bescheiden klingender Stolz ging ins Leere, da das Kind seine Mutter und alle Umstehenden fragte: »Was ist eine Universität?«

Einige Fahrgäste grinsten. Die ehemalige Universitätsprofessorin lächelte ebenfalls, wenn auch säuerlich. Rote Flecken im Gesicht. Ihre Hände begannen zu zittern. »Das ist eine ganz besondere Schule, wo nur besonders gescheite Leute ausgebildet werden.«

»Na, dann brauche ich dorthin gar nicht erst gehen, weil ich schon alles weiß.«

»Nun, nun, ich glaube, ich weiß doch sicherlich einiges mehr als du.« Die alte Dame, noch immer lächelnd, aber schon ziemlich hochmütig, versuchte krampfhaft ihre Position zu halten und wichste den bohrenden Finger des Kindes von ihren Blumen weg. Der Bub kniff unwillig die Augen zusammen und schüttelte mit zusammengepreßtem Mund den Kopf.

Gerade hielt die Straßenbahn an. Anna stieg rasch aus, bevor sie möglicherweise mitanhören mußte, daß die beleidigte Professorin das Kind etwa nach dem Brechungsindex von Licht in Wasser fragte. Beide waren sie so ungemein lächerlich gewesen. Der Junge und die Alte. Peinlich geradezu. Das Kind, nun ja, ein aufgewecktes, optimistisches Kind, nicht wahr, es wird seinen Weg sicherlich machen. Die ältere Frau hingegen hätte tolerieren, drüber hinwegsehen, verzeihen müssen, statt stur auf ihrem erwachsenen Standpunkt zu beharren. Deshalb war Anna ausgestiegen. Das Einmischen in fremde Spiele lohnt sich nicht. Weder um eine vermeintliche eigene Überlegenheit zu demonstrieren, noch um ungebetene Ratschläge zu verteilen. Die Gefahr einer Blamage ist zu groß.

Nun stand Anna vor unbekannten Häusern. Dieser Bezirk war ihr fremd. Sie wanderte an den Auslagen entlang, über den Portalen einen ihr bekannten Straßennamen suchend. Schließlich interessierte sie sich hauptsächlich für die in den Schaufenstern feilgebotenen Dinge. Ob sie vielleicht was brauchen könnte. Mal sehen. Handtücher, genug zu Hause. Staubsauger, erst einen neuen gekauft. Gasgeräte, funktionieren alle zum Glück. Kosmetika, wozu. Brillen, noch nicht nötig. Eine Reisebüroauslage hielt sie länger fest. Palmen, Strände, Meer, kannte sie schon. Fjorde, kalbende Eismassive, lieber nicht. Aber Berge, Seen, Almen mit Blumen und friedlichen Kühen, das würde ihr sehr gefallen …

Zur selben Zeit war noch jemand vor dem Schaufenster stehengeblieben, für einen flüchtigen Blick, der jetzt zufällig auch ihr Gesicht streifte. Neugierig tupfte die andere sie an. »Bist du's oder bist du's nicht?«

»Karo!«

»Anna, wirklich. So ein toller Zufall!«

Die beiden Frauen begrüßten sich heftig überrascht und unerwartet gerührt. Umarmten einander. »Wie lange ist das her, daß wir uns begegnet sind?«

»Endlos lange. Ist schon gar nicht mehr wahr.«

»Kannst du dich noch erinnern … «

»An so viel. Natürlich an unsere alte Klosterschule … «

»Wie wir einmal heimlich während einer Schulchorprobe aus dem Fenster gestiegen sind.«

»Du, um mit zwei Gymnasiasten von der Bubenschule ins Kino zu gehen. Ich, um dich davon abzuhalten. Als mir das nicht gelungen ist, habe ich auf dich gewartet und derweil die Eichhörnchen im Schulpark gefüttert. Und als die junge Lernschwester Ludowiga vorbeigekommen ist auf der Suche nach dir, habe ich gelogen, ich hätte dich nach Hause gebracht, weil dir plötzlich so schlecht geworden war.«

Die Frau klatschte vergnügt in die Hände. »Und wie wir den gemeinsamen Handarbeitsunterricht geschwänzt haben und statt dessen baden gingen.«

»Was blieb mir anderes übrig«, seufzte Anna bitter lächelnd. »Daheim habe ich dann die halbe Nacht lang deine und meine Näharbeit nachgeholt.«

»Und an den großen Baum am Rand des Schulhofes, auf den wir in den Pausen so gern heimlich geklettert sind.«

»In dem wir versteckt alles überschauen konnten.«

»Von wo aus wir einmal unseren Turnlehrer beobachtet haben, wie er mit der neuen Physiklehrerin angebändelt hat. Aber Herr Kollege, ich muß schon sehr bitten, hat sie ihn angepfaucht.«

»Ja, und als sie besonders wirkungsvoll davonrauschen wollte, ist sie gestolpert und ihm gerade vor die Füße gerutscht. Seine Muskelpakete haben sie auf- und hochgehoben, daß ihr wahrscheinlich ganz schwindlig geworden ist. Sein Grinsen ist mir heute noch in Erinnerung.«

»Sie war knallrot geworden und hat nur noch verwirrt stottern können.«

»Er war schon ein superfescher Kerl.« Karoline blinzelte genüßlich durch ihre aufgeklebten langen Wimpern. »Jedenfalls hat sie seine Begleitung von da an nicht mehr abgelehnt.«

»Der Mutter Oberin ist diese Beziehung zum Glück verborgen geblieben. Die weltlichen Lehrer waren nicht so beliebt und mangels eigenem ausgebildeten Personal notgedrungen akzeptiert. Wegen der staatlichen Subvention.«

»Da fällt mir die Ausstellung im Garten des Belvedere ein, in die uns die Zeichenlehrerin geführt hat … «

»Die alte Schwester Eibl? Die Kunsterziehung unterrichtet hat?«

»Ja. Sie hat uns zu den Skulpturen geführt. Von Rodin glaube ich. Hat sie lebhaft und begeistert beschrieben und so enthusiastisch des Künstlers wahre Intentionen erklärt, daß ihr die schwarze Schleierhaube wie Fledermausflügel um ihre Schultern flog. Wir haben sie seit damals Mater Vampir genannt, weil sie die Lippen in ihrem Überschwang spitzte, als wollte sie die Kunstwerke abküssen. Sie hat sich unglaublich produziert.«

»Auch Klosterschwestern sind nur Menschen.«

»Bist du sicher? Na, jedenfalls hat sie sich hinreißen lassen laut zu rufen, diese gottvollen Steinfiguren müsse man mit dem Geist in sich aufnehmen, mit den Augen studieren, mit den Händen ganz erfassen. Da hat ein Fliesenleger, der gerade die Steinplatten am Weg ausgebessert hat, gegrinst und gemeint: Vor allem die Männer, was, Schwester?«

»Die arme Frau wird fast im Boden versunken sein vor Scham und Ärger, denke ich mir.«

»Ja, genau so war es. Ach, weißt du was, Anna? Hast du ein bißchen Zeit? Setzen wir uns doch in ein Kaffeehaus und plaudern wir über alte Zeiten.«

Annas restlicher Tag sah eigentlich nichts Dringendes vor. Aber gegen plötzlich überraschende Ereignisse hatte sie irgendwie eine ängstliche Abneigung. Alles, was von ihrem geplanten Tagesablauf abwich, schien drohende Ungewißheiten zu enthalten, denen sie vielleicht nicht gewachsen war. Einen Arztbesuch, eine Reparatur, den Gang auf ein Amt, auch eine Einladung schob sie hinaus so lange es ging. Lieber wäre ihr gewesen, Karoline hätte gesagt, oh wie reizend, daß sie sich wieder einmal getroffen hätten, leider wäre ihre Zeit im Moment sehr beschränkt, aber sie würde sie bestimmt anrufen in den nächsten Tagen. Anna hätte freudig zugestimmt, weil sie wußte, daß solche Ankündigungen ohnehin immer unerfüllt blieben. Sie hätten einander noch einmal umarmt, sich zugewinkt und jede wäre froh nach Hause gefahren und hätte bei sich gedacht: was für ein nettes Treffen.

Ohne eine Gegenrede abzuwarten, nahm Karoline sie beim Arm. Steuerte mit ihr zu einem kleinen Lokal. Drängte sie durch die Rauchsäulen über den winzigen Tischen zu einer Fensternische, die gerade frei wurde. »Fein. Das ist der gemütlichste Platz hier, gelt. Gerade für uns gerichtet.«

Anna schluckte, nickte und ergab sich mulmig. Immer war sie zu gutmütig und zögerlich. Vielleicht auch ein wenig zu schüchtern. Allmählich wußte sie nicht, ob sie sich über diese Begegnung wirklich freuen sollte. Wieso schlich sich ein merkwürdig beklemmendes Gefühl in ihren Magen. Sie bestellten Kaffee. Nippten an ihren Tassen. Schienen auf einmal befangen. Lächelten verlegen. Karoline war einige Jahre jünger als Anna. Hatte immer viel Wert auf ihr Aussehen gelegt. Schön war sie eigentlich nicht, aber geschickt geschminkt, mollig-modisch gekleidet, rotblond und sehr attraktiv. Vor allem vergnügt. Immer schon. Manchmal leicht frivol, jedenfalls faszinierend und nahezu überall beliebt. Mit einer verzaubernden Ausstrahlung. Man fühlte sich neben ihr fast abgehoben. Nichts schien ihre Fröhlichkeit und Sicherheit erschüttern zu können. Sie zupfte das korallenrote Organzatuch um ihren Hals mit korallenroten Fingerspitzen zurecht und rief dem Oberkellner zu, er möge die Getränkekarte bringen. »Laß nur.« Sie lachte über Annas Kopfschütteln. »Wie ich sehe, liebst du immer noch dunkle Farben. Und dunkle Zwischentöne auch?« Anna hüstelte lächelnd, um nicht antworten zu müssen. Der dunkelblaue Angorapullover kratzte auf einmal auf ihrer Haut. »Komisch. Die dunklen Farben gehören irgendwie zu dir. Wenn ich in all den Jahren an dich gedacht habe, sah ich zuerst einen dunkelblauen Hut, noch bevor sich mir dein Gesicht in der Erinnerung zusammensetzte. Weißt du, daß ich mir früher oft vorgestellt habe, wie du wohl mit einem hellblauen Hut aussehen würdest!«

Das Sherrygläschen zitterte unmerklich in Annas Hand. »Du hast dich auch nicht verändert, mit deiner umwerfenden Heiterkeit. Und du bist immer noch von atemberaubender Selbstsicherheit und sagst geradeheraus, was du dir denkst. Ich habe dich dafür stets beneidet. Mir ist es immer peinlich, jemandem meine Meinung zu sagen. Du machst das mit einem lustigen Augenaufschlag und niemand kann dir böse sein. Oft habe ich mir gewünscht, ein ganz kleines Stück von deiner unbeschwerten Lebensfreude zu haben.«

»Ehrlich? Seltsam. Ich wollte nämlich manchmal wie du sein, so seriös und unnahbar, so ernst und geheimnisvoll.«

»Geheimnisvoll? Wie kommst du darauf?«

»Jawohl, geheimnisvoll. Erinnerst du dich an unsere allererste Begegnung? Ich sollte eine Strafarbeit über ›Macbeth‹ schreiben. ›Fair is foul and foul is fair‹. Erinnerst du dich? Das wurde mein Lieblingssatz. In einer Schultheateraufführung habe ich alle drei Hexen gespielt. Es war sehr lustig über die Bühne zu fegen.«

»Na, du hast dem armen König Duncan ein Bein gestellt, bevor du abgerauscht bist.«

»Die dicke Lore hat ihn gespielt. Haha. Zur Buße haben sie mir ein Psychogramm der Lady aufoktroyiert und du aus der höheren Klasse mußtest mich beaufsichtigen. Statt dessen hast du mir geholfen. Hast diktiert und ausgebessert und vieles erläutert. Auch was nicht zum Lehrstoff gehörte. Zum Beispiel hatte mich mein Vater damals zum ersten Mal in die Oper mitgenommen. Tschaikovsky. Viel habe ich nicht verstanden. Du hast mir dann die Handlung erklärt. Seit diesem Tag warst du mir in deinen ständig dunklen Gewändern die personifizierte Pique-Dame selbst, die alle Fäden in der Hand hielt. Alles wissend, undurchschaubar, eben geheimnisvoll. Nie gneiste ich, an welchem Faden du ziehen würdest.«

Wenn du ahntest, dachte Anna, verlegen lächelnd, daß ich nicht einmal weiß, wie ich an meinen eigenen Fäden ziehen soll. Abgesehen davon scheinst du meine Beschreibung nicht wirklich verstanden zu haben. Laut sagte sie: »Da haben wir uns also gegenseitig beneidet, ohne es zu wissen. Daß ich unzufrieden bin mit mir, weiß ich. Aber daß du unzufrieden bist mit dir, erstaunt mich doch sehr.«

»Oh, ich bin nicht unzufrieden mit mir. Keinesfalls. Ich finde mich großartig. Aber ein paar kleine Eigenschaften noch dazu würden mich perfekt machen. Und mein umwerfend heiteres Wesen, von dem du sagst, daß du es auch haben möchtest, hat halt doch nicht genug bannende Kraft für die Ewigkeit«, sagte sie mit gespieltem spöttischen Mißmut. »Mein Mann zum Beispiel hat sich nach vier Jahren Ehe widersetzt. Stell dir vor. Unbegreiflich, nicht wahr.«

»Das tut mir leid«, murmelte Anna. Sie kannte diese Geschichte anders. Dem Gerücht nach war dem Ehemann die allzu lockere Art seiner Frau unerträglich geworden.

»Er wollte zwar bald wieder zurück, da bin ich mir sicher. Aber ich war nicht mehr interessiert. Ja, wer mich einmal geliebt hat, kommt nicht wieder los von mir. Lustig, was. Ich bin wie ein Sturm, der unvergeßliche Ereignisse hinterläßt, so oder so.«

Karoline verdrehte die Augen in nicht ernst gemeintem Schmerz. Ein kurzes rotblondes Löckchen, das ihr in die Stirn getanzt war, blies sie weg, als wäre es eine lästige Erinnerung. Es fiel wieder nach vor. Sie blies noch einmal und lachte schon wieder. »Ein Freund nannte es ›Flämmchen löschen‹. Ich mag kein Band im Haar, außer es wäre ein Diadem.«

»Erinnerst du dich an das Sommergschnas vom Feuerwehrverein, das unter Blitz und Donner und Platzregen geendet hat?«

»Wo ich zur Feuerkönigin mit Kerzenkrone gewählt wurde … «

»Du mußtest ja unbedingt das ganze Gelände stolz abschreiten. Deshalb bist du total naß geworden. Bis auf die Haut.«

»Und du bei der Segelregatta, als dein Boot gekentert ist.«

»Weil du mich gegen den Wind geschnitten hast. Ich wäre beinahe ertrunken, wenn mich der Pauli nicht gerettet hätte.«

»Brav. Und dann hast du dich mit meinem Freund gleich verlobt … «

»Also bitte, du bist lang vorher mit ihm gegangen und hattest ihn schon etwa ein halbes Jahr verlassen. Ich hätte mich in eine fremde Beziehung niemals eingemischt.«

»Ja wirklich? Ich behielt nur im Gedächtnis, daß du ihn dir eines Tages unter den Nagel gerissen hast. Quasi mir weggenommen.«

»Sicher nicht. Du hast zum Bootswart gesagt, er ginge dir auf die Nerven, weil er spießig und humorlos sei.«

»Das habe ich so sicher nicht gemeint. Da muß ich ja schön dumm gewesen sein, daß ich dir den überlassen habe, diesen blonden, blendend aussehenden Chemiker. Naja. Habt ihr nicht geheiratet?«

Was sollte das? Scherbelte da ein gefährlicher Unterton mit? Anna zuckte unwillkürlich zusammen. »Wir sind kurz vor der Hochzeit verunglückt. Kannst du dich daran auch nicht erinnern?«

»Ach so, jaja, natürlich. Jetzt fällt es mir wieder ein. Die Narbe in deinem Gesicht. Man sieht sie beinahe gar nicht mehr, wenn man es nicht weiß.«

»Egal.« Anna strich mit der Hand über die Wange. »Aber der Pauli ist daran gestorben. An einem Genickbruch, zusätzlich zu einer Leberquetschung.« Gegen ihren Willen stöhnte sie auf. »Er war die große Liebe meines Lebens.«

»Tatsächlich? Wie bedauerlich.« Karoline kniff die Augen zusammen. »Tut mir leid. D u bist ja gefahren, nicht wahr. Daß er dich an sein heiliges Lenkrad gelassen hat, war für uns alle unglaublich. Ich habe das alles schon ewig vergessen.«

»Geht schon. Ist lang her.« Anna hätte heulen mögen.

»Ach ja, der Pauli. Na so was. Er hat wunderbar getanzt und traumhaft klaviergespielt. Braune Augen hatte er und ein Muttermal am … Rücken, hab ich recht«, zwitscherte Karoline seltsam nervös wie ein schlecht geölter Kunstvogel. »Und dann?«

»Was dann?« Anna verstand nicht.

»Wer kam dann? Was? Seitdem lebst du allein? Also das glaube ich nicht. So sehr hast du ihn geliebt, meinen Freund?«

»Warum sagst du das so. Du bist damals mit deinem späteren Mann auf Urlaub gefahren und hast auch schon bei ihm gewohnt. Da konnte ich nicht annehmen, daß dir am Pauli noch viel gelegen war. Abgesehen davon, hättest du mit mir sprechen können.«

»Ich bitte dich, das ist so lange her und schon gar nicht mehr wahr«, Karoline schnippte ungeduldig an ihrer Serviette. »Deshalb werden wir uns nicht streiten.« Sie bestellte noch einen Sherry. »Also erzähle. Wer kam danach? Kenne ich ihn?«

»Weißt du, es ... es lag immer ein Stein im Weg.«

»Was gab es für Hindernisse, die d u nicht durchschauen konntest, du schwarze Dame. Du hast doch immer alles gewußt.«

»Das stimmt ja gar nicht. Mag sein, ich kann anderen zwar ganz gut raten, aber für mich selber bin ich regelrecht blockiert.«

»Wieso? Was hat dich gestört an den Männern?«

»Gestört? Ich weiß nicht ... « Anna sprach erst nach Karolines aufmunterndem Blick weiter. Das Gespräch war in eine ihr zutiefst unangenehme Richtung abgeglitten. »Nun ja. Der Pauli war irgendwie mein Lebensmensch. Nach ihm war lange nichts. Der Schock saß zu tief.«

»Aber ins Kloster bist du deshalb nicht gegangen?« Karoline amüsierte sich großartig, schien es.

»Nein. Also gut. Dann ... kam ein Chirurg, weltmännisch und dominant. Der war, naja, der war irgendwie pervers. D..das habe ich zum Glück rechtzeitig herausgefunden.«

»Pervers? Ja? Wie? Erzähle!«

»Also nein, bitte. Daran möchte ich mich eigentlich nicht mehr erinnern.« Anna war knallrot geworden. Wand sich wie ein festgehaltener Fisch. Dieses Verhör war ihr ungeheuer peinlich. Gerne wäre sie aufgestanden und gegangen. Sie wagte es nicht.

Karoline ignorierte den sichtbaren Widerwillen Annas. »Na gut, ein anderes Mal darüber. Erzähle weiter, wer kam dann?«

»Nun, ich habe ziemlich lange gebraucht, bis ich ... das halbwegs überwunden hatte. Dann lernte ich einen ungarischen Baron kennen, der hauptsächlich eine Mutter für seinen Sohn suchte. Ständig war er in Geldschwierigkeiten. Einmal mußte ich ihn sogar aus dem Gefängnis auslösen. Wenn er sich betrank, warf er alle erreichbaren Gläser an die Wand.« Karoline riß die Augen ungläubig auf, horchte fast atemlos zu. Anna merkte zu ihrem Erstaunen, wie ihr das Erzählen auf einmal Spaß machte. Daß sie nicht vertrauensselig sein wollte, schob sie beiseite. »Kurz vor seinem Konkurs bin ich ihm davongelaufen. Das war nicht nett von mir und es belastete mich auch sehr. Aber ich hatte mir gerade die neue Wohnung eingerichtet und konnte ihm beim besten Willen nicht mehr aushelfen.«

»Und danach?«

»Vor drei Jahren. Ein Witwer. Oberamtsrat. Er hat sich eingebildet, seine Frau wäre deshalb an Krebs gestorben, weil sie über einer unterirdischen Kreuzung von Wasseradern geschlafen hat. Er machte sich ständig Vorwürfe, daß er das nicht rechtzeitig erkannt und das Schlafzimmer verlegt hatte. Jeden Tag ging er aufs Grab mit frischen Blumen und immer trug er seinen Ehering ... «

»Im Bett auch?«

»Hm, ja, auch. Nach einiger Zeit behandelte er mich wie sie, als sie noch lebte, lieblos, unduldsam und engherzig. Die geschmähten Wasseradern hatten sich gar nicht anstrengen müssen. Eines Tages erklärte er mir, ich würde ihm seine Persönlichkeit zu sehr einschränken. Das Umgewöhnen auf ein anderes Leben wäre ihm eigentlich zu mühsam und weg war er.«

»Du warst ihm zu gescheit. Ich habe dir früher schon gesagt, du sollst nicht so viel lesen«, unterbrach Karoline mit scherzhaft erhobenem Zeigefinger, »und weiter?«

»Nichts weiter. Mir reicht das eigentlich.« Anna spürte ihre Nase glühen. Ihre Knie schlugen unter dem Tisch aneinander. Meine Güte, gewiß glänzt ihr Gesicht fleckig und gleich sammeln sich Tränen. Gott, wie unpassend. Sie trank ihr Glas leer. Karoline bestellte noch eine Runde.

»Ach Anna. Du mußt alles von der positiven Seite sehen. Und wer weiß, wofür es gut war. Man ahnt im Vorhinein doch nie, wie sich ein ...

eine Sache entwickelt und oft wäre man froh, wenn sie gar nicht stattgefunden hätte. Das mußt du mir glauben. Ganz bestimmt. Manches geschieht einfach irrtümlich, was einem hinterher leid tut. Dir wird doch sowas auch schon passiert sein. Und außerdem. Du bist noch leidlich jung ... «

»Leidlich? Nicht einmal vier Jahre älter als du«, konnte sich Anna nicht verkneifen.

»Äh. Na gut. Und eigentlich siehst du nicht so schlecht aus. Wenn du dich bunter herrichten und freundlicher dreinschauen würdest. Und schon geht's wieder los. Schau mich an. Ich habe meinen wehleidigen Ehemann weggetanzt, weggesungen und ... ich gebe es zu, ... weggeschnackselt. Daneben machen auch Kleinigkeiten Freude, wenn es schon kein großes dauerndes Glück gibt. Ein neues Kleid. Ohrringe. Ein Nerzjäckchen. Ein Besuch im Gartencafe. Ein Konzertabend. Ein Blumenstrauß, den du dir selber schenkst. Weißt du, ich schenke mir immer selber etwas, wenn es mir nicht besonders gut geht. Unlängst habe ich mir sogar ein Kabrio geschenkt, das kleine grüne dort drüben, mit dem bunten Fähnchen, siehst du?« Sie zeigte mit der ganzen Hand durch das Fensterglas auf die gegenüberliegende Straßenseite.

»Oh, hübsch. Kannst du dir das so ohne weiteres leisten? Was arbeitest du denn?« staunte Anna.

»Ach, weißt du, es war sehr günstig und ein bißchen was hatte ich auf der hohen Kante. Nach dem sich mein Vater ... also nach dem Tod meines Vaters. Der Rest wird schon wieder. Vielleicht gewinne ich beim Pferde- oder Fußballwetten oder ein Freund verehrt mir ... hm, einen Gutschein. Das Leben ist kurz und manchmal nicht besonders wohlwollend. Da muß doch ein bißchen Spaß erlaubt sein, nicht wahr ... «. Sie ringelte ihr rotblondes Löckchen um den Zeigefinger und zwinkerte Anna kokett an. »Stell dir das Lustigste vor: ich habe seit neuestem einen unbekannten Verehrer.«

»Wieso unbekannt?«

»Er ruft mich manchmal in der Mittagspause an. Ich kenne nichts von ihm außer seine Stimme.«

»Gibt's das? Wie ist er auf dich gekommen?«

»Er hat sich schlicht und einfach verwählt. Irgendwie haben wir dann zu plaudern begonnen. Er sagte, ich hätte eine so überwältigend herzliche Stimme, daß er sich trotz seiner Probleme gleich besser fühle. Dann fragte er, ob er mich wieder anrufen dürfe. Ist das nicht entzückend?«

Anna schaute zweifelnd. »Ich weiß nicht. Hat er dir von seinen Problemen erzählt?«

»Wo denkst du hin. Selbstverständlich nicht. Ich habe ihn natürlich auch nicht danach gefragt.«

»Hoffentlich wird er nicht eines Tages unverschämt am Telefon. Solche Typen gibt es auch«, gab Anna zu bedenken.

Karoline stutzte, schaute konzentriert mit ernsten Augen, als überlegte sie etwas. Auf einmal lachte sie laut auf. »Du mußt immer alles negativ sehen, Pique-Dame! So warst du immer schon, du ... du Norne. Ich glaube das nicht. Er hat eine so nette Stimme, so ruhig und seriös und dabei doch wie ein kleiner Bub, der Trost braucht.«

Wenn du wüßtest, dachte Anna zum zweiten Mal an diesem Abend. Das Kind vorhin in der Straßenbahn ... Das brauchte ganz gewiß keinen Trost. Banal solch eine Erkenntnis, nicht wahr, daß kleine Buben nicht immer in kleine Töpfe und große Buben nicht immer in große Töpfe zu werfen sind.

Karoline tippte Anna auf den Arm, eifersüchtig auf die sich offensichtlich entfernenden Gedanken der Freundin. »Kannst du dich an die Naturgeschichtslehrerin erinnern, deren beide kleine Buben sie einmal in der Schule abgeholt hatten .... .«

»Ja, die Mutter Oberin hat sie dafür getadelt, weil männliche Wesen keinen Zutritt zum Kloster haben durften ... «

»Mit Ausnahme des feschen Turnlehrers und des attraktiven Religionsprofessors natürlich. Der sich übrigens wenig später aus dem Verein retiriert und gleich geheiratet hat. Ein Schock für die Schwestern und Matres.«

»Ich habe es gehört. Zum Glück hatten wir einige weltliche Lehrkräfte wie die Physikerin, von der wir vorhin gesprochen haben. An die Biologin kann ich mich auch gut erinnern. Die arme Frau hatte vier Kinder, aber unseren Unterricht mußte sie klösterlich gestalten.«

»Weißt du noch, was ich dir davon erzählt habe? Du warst damals schon auf der Uni, ich in der 7. Klasse. Der siebten, stell dir vor. Als wir die Vermehrung der Lebewesen erklärt bekamen, fragte die freche Bärbel, wie denn das bei den Menschen sei. Es war auf einmal so still in der Klasse, daß wir beinah die Holzwürmer in den Bänken bohren gehört haben. Die Lehrerin wechselte die Farbe, schnappte nach Luft und antwortete erst nach einer Pause: Da wartest du, bis du verheiratet bist und dann fragst du deinen Mann. Wörtlich. Das werde ich nie vergessen.« Karoline lachte so laut, daß die anderen Gäste im Lokal aufmerksam wurden.

»Ja, zwischen damals und heute liegen Universen, die nicht einmal die Lichtgeschwindigkeit einholen kann, und wenn sie ewig saust.«

»Trotzdem hatte die Sache was Gutes. Die Bärbel wollte diese Antwort nicht gelten lassen und ist Ärztin geworden.«

»Die verzopfte Moral zu unserer Zeit hat mehr geschadet als geholfen. Oder bist du ohne Komplexe daraus hervorgegangen?«

»Ich habe mich zum Glück schnell angepaßt, mir meinen eigenen Himmel gesucht und mich über alles hinweggeschwungen.«

»Du erscheinst mir wie eine Lerche in der Luft. Ich bin eher ein Spatz am Fensterbrett.«

»Was redest du da. Ich kann in Wirklichkeit doch auch nicht besonders gut singen. Du mußt halt elegantere Schuhe mit hohen Absätzen tragen. Und natürlich buntere Kleider. Erinnerst zu dich noch an unsere gemeinsamen Chorgesangsstunden? Wie wir der graumäusigen mageren Musiklehrerin den Klebstoff auf die Klaviertasten gestrichen haben, weil uns die Kanons und Choräle zu langweilig waren. Sie schnappte wie ein Fisch und wußte nicht, wie sie gleich loskommen konnte.«

»Ja. Sie tut mir heute noch leid. Und sie hat es nicht gemeldet.«

Die Stunden tanzten, klangen, brausten dahin. Stießen sich gegenseitig an. Schwärmten sich durch alte Schwärmereien. Träumten sich durch alte Träumereien. Buddelten längst vergessene Geschichten aus dem Staub der jungen Jahre. Verplauderten, vernebelten die übrige Welt und machten die sherryschweren Zungen leicht. Sie lachten beide noch viel an diesem Abend, die dunkelblonde und die rotblonde Frau. Aber sie lachten nicht miteinander, sondern aneinander vorbei. Jede für sich mit ihrer eigenen Erinnerung, die sie sich gegenseitig aus dem Gedächtnis lockten. Nicht immer aus der erfreulichsten Abteilung daraus. Und weil sie das nicht zugeben konnten, lachten sie eben umso mehr. In ihren rauschenden Ohren klang das sogar herzlich und fröhlich.

Sie merkten erst, daß sie die letzten Gäste waren, als der Ober dezent ein Tellerchen mit der Rechnung brachte. Weil Karoline aufgeregt feststellte, daß sie ihr Portemonnaie in der anderen Handtasche vergessen hatte, beglich Anna. Dafür fuhr Karoline sie im Kabrio nach Hause. »Hier wohnst du? So zentral und elegant? Das hätte ich dir gar nicht zugetraut.«

Anna schmunzelte. »Dachtest du, ich lebe in einer Laube oder in einer Höhle?«

»Die Pique-Dame in einer Höhle? Nein. In einem Hexenhaus, mit Zinnen und Bergfried, sturmumtobt und von Blitzen bewacht ... « Karoline zerkugelte sich fast vor Lachen.

»Sturmumtobt wohne ich schon, im letzten Stockwerk.«

»Und wo steht dein Auto?«

»Ich habe keins mehr. In der Stadt halte ich das für unnötig.«

»Schon wieder denkt sie zu engstirnig und rational, die schwarze Dame. Jaja, zu vernünftig, um … um durch enge Vorstadtgäßchen zu flitzen, um außerhalb mit einem Freund beim Heurigen zu sitzen. Höre, das reimt sich sogar … «

»Bei lustigen Witzen beim Schmausen schwitzen … «, ergänzte Anna, erstaunt über sich selbst.

»Und Miezen blitzen beim Spitzen der Zitzen … « Karoline wieherte. Ihr immer schon etwas unterklassiger Humor hatte sich seit den Schulzeiten nicht gebessert. Anna lächelte sauer, als Karoline sie freundschaftlich knuffte.

Noch eine ganze Weile standen sie scherzend beisammen. Schließlich tauschten sie ihre Telefonnummern aus und verabschiedeten sich. Anna war froh, daß Karoline nicht darauf bestanden hatte, ihre Wohnung zu besichtigen. Es war beinahe Mitternacht als sie die Tür hinter sich schloß. Mit schlechtem Gewissen fütterte sie die Fische im Aquarium und versprach den Pflanzen, morgen auf das Gießen sicher nicht zu vergessen. Rasch fiel sie in einen tiefen Schlaf, von allerlei merkwürdigen Träumen durchwirrt:

Da rannte sie durch eine enge Gasse mit Kopfsteinpflaster. Zu beiden Seiten alte schäbige Häuser ohne Türen, aber mit fest verschlossenen Fenstern. Sie rannte, wie sie immer rannte, wenn sie sich unsicher fühlte. Atemlos und furchtsam, irgendwie auf der Flucht. Bis sie erschöpft zu einem kleinen Platz gelangte, wie in südlichen Gegenden, wo an schmalen Holztischen südlich aussehende Männer mit Schnurrbärten saßen und einander ernst zutranken. Am Rande des Platzes stand eine alte Telefonzelle, in der ein Mann mit Hut und dunkler Brille telefonierte. Sie zeigte auf ihn und schrie: »Der ist es, haltet ihn zurück!« Aber keiner von den braunhäutigen Menschen stand auf, alle blickten nur düster und unbeweglich vor sich hin und schoben einander Sherry-Flaschen zu. Auf einmal saß sie mit ihrer Jugendfreundin und einem fremden jungen Mann in einer dunklen Veranda in einem Garten. Musik irgendwo.

Die kleinen Fenster der Veranda waren alle offen. Aber keine frische Luft strömte herein. Plötzlich hob ein Sturm an. Die kurzen Vorhänge wirbelten, flatterten wie Hexenvögel, wurden immer länger, peitschten durch die Luft. Sie war außer sich vor Angst. Etwas großes Unsichtbares strömte mit dem Wind herein. Alles begann zu schwanken. Die Gläser auf dem rohen Holztisch fielen um, rollten auf den Boden und zerschellten mit hellem Klirren. Sie träumte noch weiter, daß sie erwachte und sah, daß die Fotografie ihres verstorbenen Verlobten zu Boden gefallen und das Glas zerbrochen war. »Armer Pauli«, bedauerte sie, »du willst also einen neuen Rahmen haben, gut, ich werde dir einen neuen Rahmen besorgen.« Sie griff in die Scherben, um das Bild herauszulösen, schnitt sich, leckte das Blut von der Wunde. Da fiel die Hand ab. Eine Hand mit roten Fingernägeln …

Im Radiowecker begann eine tiefe Stimme die täglichen Frühnachrichten zu sprechen. Anna wachte nun wirklich auf.

2. Kapitel
Das Spiel beginnt

Zwei Wochen, nachdem Anna und Karoline einander getroffen hatten, rief Karoline an. »Hallo, schwarze Dame,« sagte sie mit seltsamer Fröhlichkeit, »störe ich dich gerade?«

Anna freute sich. Sie telefonierte gerne. Schon als Kind. Da sie über ein altes Spielzeugtelefon mit dem Hund vom Ferienhof, mit den Tauben am Dach, mit einer verstorbenen Tante und natürlich mit dem lieben Gott sprechen konnte. Auch später und als Erwachsene liebte sie Anrufe. Weil sie dann mit der Außenwelt verbunden war ohne den Schutz ihrer vertrauten Umgebung, sei es im Büro, sei es zu Hause, verlassen zu müssen. »Nein, du störst nicht. Wie geht es dir?«

»Eigentlich ganz gut«, dehnte die andere merkwürdig betont.

»Und uneigentlich?« Es sollte ein Scherz sein.

»Ein wenig komisch, um nicht zu sagen: bang.«

»Wieso denn das?«

»Anna, ich fürchte, du hattest damals recht mit deinen Bedenken über meinen unbekannten Telefonverehrer.«

»Was ist denn passiert?«

»Darf ich mit dir darüber sprechen? Ich weiß nicht, mit wem ich sonst reden soll. Die anderen würden mich nur auslachen oder mir Vorwürfe machen.«

»Warum soll ich dich auslachen! Sprich dich ruhig aus. Das hast du früher auch gemacht und ich habe dir oft helfen können, gelt.«

Karoline schien zu knirschen. »Wie ..., nun, natürlich, ja.« Dann plötzlich plätscherte sie drauf los, als würde das Überwasser am Stausee abgelassen. »Du, ich bin nicht sicher, ob ich mich fürchten oder ob ich lachen soll. Also, er hat dreimal angerufen bisher, das Verwählen nicht mitgerechnet. Jedesmal ein bißchen dreister. Ja, ich weiß schon, was du sagen willst. Wahrscheinlich war es mein Fehler. Natürlich war es mein Fehler. Ich bin ziemlich naiv auf seine Bemerkungen eingestiegen, ohne mir viel dabei zu denken. Seine Stimme blieb ja immer ruhig und sanft.«

»Was hat er denn so Schlimmes gesagt?«

»Weißt du, wir haben meistens bloß ein bißchen herumgealbert. Gestern auf einmal hat er fast nebenbei erwähnt, daß er mir die Haare abschneiden möchte.«

»Was will er??«

»Ich habe auch gelacht und gefragt, was er mit einem rotblonden Zopf wohl tun würde. Er machte ›oh‹ und ›ah‹, dann war Sendepause. Ich frage also, hat es Ihnen die Rede verschlagen. Zögernd, als würde er intensiv nachdenken müssen, meinte er dann, er würde den Zopf in die Hände nehmen, streicheln, ins Gesicht drücken und sonstwohin, du kannst es dir sicher denken, und dann anzünden.«

»Was bitte???«

»Ja, anzünden, sagte er, und wie lauter kleine Flämmchen von der Türmerstube des Domes hinunterschweben lassen.«

»Wie?? Wem so was einfällt, der ist ja gestört ... «

»Oder genial. Auf so was muß man doch erst einmal kommen.«

»Also bitte«, Anna war irritiert, »das verstehe ich nicht. Du wirst ihn doch nicht auch noch verteidigen wollen. Spaß hin, Spaß her. Der ist vielleicht ein gefährlicher Stalker.«

»Äh, äh. So sieht es aus.« Die andere druckste ein wenig. Klang wie ein alter Wetterhahn im Wind. Weinte sie jetzt? Anna kannte sich nicht aus. Karoline schien sich gefaßt zu haben. »Also ich sage darauf: Sie haben aber merkwürdige Gelüste. Darauf er: Ich mache immer alles kaputt, was ich lieben möchte, Sie werden sich schon daran gewöhnen. Darauf ich: Jetzt hört der Spaß aber auf. Dann er: Im Gegenteil, nun fängt alles erst richtig an. Dann ich: Aber nicht mit mir. Da meint er mit geradezu treuherzig klingender Stimme, er hätte eine große Bitte. Was, frag ich, schon einigermaßen borstig. Fragt er, ob ich mir vorstellen kann, wenn jemand die Hände um meinen Hals legt und zärtlich auf und ab streift. Nein, sag ich wütend, das kann ich mir nicht vorstellen, das würde ich auch zornig abwehren. Super, sagte er, so ein Spiel gefiele ihm, wir würden bald zu üben beginnen.«

»Um Gottes willen. Was für abgründige Phantasien! Willst du nicht zur Polizei gehen?«

»Meinst du? Die würden mich höchstens auslachen. Das wäre außerdem so peinlich. Das verstehst gerade du besonders gut, gelt. Ich habe mich also zusammengenommen und sehr kühl gesagt, die heilkräftige Wirkung meiner Stimme ist nun offensichtlich verflogen, seine Probleme interessieren mich nicht, er soll nicht mehr anrufen.«

»Sehr gut. Und wie reagierte er darauf?«

»Gar nicht. Ganz freundlich meinte er, daß er es verstünde, wenn ich eine so schwierige Frage nicht gleich beantworten könne. Aber bis zum nächsten Mal müsse ich nachdenken darüber. Ich habe dann ziemlich heftig gemeint, daß er mich in Ruhe lassen soll und wen anderen belästigen. Das ginge nicht, hat er geantwortet. Er hätte sich auf mich schon so gut eingestellt und er sei zu wenig flexibel, um schon wieder so viel Mühe in eine andere Person zu investieren. Stell dir vor. Mühe investieren, sagte er. Und das mir. So eine Frechheit. Und ich habe alles für ein lustiges Geplänkel gehalten. Ach, Anna, was bin ich doch leichtsinnig gewesen!«

»Ich hätte an deiner Stelle sofort aufgelegt.«

»Hab ich ja«, erwiderte Karoline unglücklich, »aber gleich darauf hat es wieder geläutet und er sagte, ich soll sowas nie wieder tun, das hätte er nicht gerne und er müßte sonst Konsequenzen ergreifen.«

»Sag, hast du dir eigentlich schon überlegt, ob das nicht ein Mann sein kann, der bei dir einmal abgeblitzt ist und sich rächen will. Überlege einmal, ob du irgendeinen hoffnungsfrohen Jüngling in deinem Bekanntenkreis einmal allzu deutlich zurückgewiesen oder brüskiert hast.«

»Ich brüskiere doch keinen … Ah ja? Warte … Nein. Im Moment fällt mir keiner ein, aber ich werde darüber nachdenken«, versprach Karoline. »Ich habe ja auch schon erwogen, ob es sich bloß um einen albernen, harmlosen Streich handelt, hm? Was meinst du dazu, du Immerkluge?«

Anna ignorierte diese Bemerkung. »Könnte es eine Wette zwischen Halbwüchsigen sein? So was Ähnliches war doch erst unlängst in den Nachrichten. Vor etlichen Wochen. Ein alter Mann hat deshalb einen Herzinfarkt bekommen vor Aufregung.«

»Jaja, auch möglich.«

»Oder ein Irrtum in der Nummer?«

»Das glaube ich eher weniger. Denn beim allerersten Anruf hat er gefragt: Ist dort nicht Ofenbeck? Oder so ähnlich. Ich war gerade mit einer Illustrierten beschäftigt und habe nicht darauf geachtet. Ich sage also: Nein, ist hier nicht. Er entschuldigte sich und legte auf. Kurz nachher war er's wieder. Komisch verzweifelt. Das gäbe es nicht, er habe genau gewählt. Ich nannte ihn einen zerstreuten Professor, der schon wieder auf das falsche Ei geklopft habe. Ein paar Sekunden später war er nochmals in der Leitung. Er überschlug sich fast vor höflichem Bedauern. Ich lachte, das müsse ihm nicht unangenehm sein, so etwas könne schließlich jedem passieren, blablabla. Da seufzte er und lobte meine exzeptionell herzliche Stimme, ihm werde ganz wohl ums Herz und das sei in einer Zeit voller Probleme etwas ganz Seltenes. Laß mich kurz nachdenken, wie ging's weiter? Ach ja, ich weiß es schon wieder. Ich erlaubte ihm dummerweise, da er ja nun meine Nummer hätte, daß er mich ruhig anrufen dürfe, wenn er Trost bräuchte. Voreilig von mir, ja. Aber ich witterte in seiner eleganten Ausdrucksweise, seiner angenehmen Stimme eine erquickliche Unterhaltung. Nun gut, ich gebe es zu, vielleicht auch ein neues gepflegtes Verhältnis.«

»Ach, Karo. Hast du ihm etwa erzählt, daß du allein lebst?«

Die andere druckste herum. »Nun ja, vielleicht habe ich es am Anfang angedeutet.«

»Oh weh. Das war nicht gerade klug. Hast du im Telefonbuch wenigstens unter Ofenbeck gesucht?«

»Natürlich, schon aus Neugierde. In allen Schreibvarianten. Es gibt keinen Ofenbeck mit 89 hinten, so wie meine Nummer halt. Bei der Post sagten sie mir, vielleicht sei es eine Geheimnummer. Im Internet gab's auch nichts.«

»Vielleicht handelt es sich um einen armen Narren, der seine Probleme auf diese Art loswerden will.«

»Kann sein. Aber er ruft oft mitten in der Nacht an und du weißt, wie gerne ich schlafe.«

»Hast du mir nicht erzählt, er hätte dich beim ersten Mal zu Mittag angerufen?«

»Ah ja? Hm, dann ist er vielleicht Schichtarbeiter?«

»Klingt einleuchtend. Hast du wenigstens seine Nummer im Display erkannt?«

»Leider nein. Beim ersten Mal stand da wohl eine, die ich mir nicht gemerkt habe. Später war die Nummer unterdrückt.«

»Nicht gut. Hast du kein Handy?«

»Doch, natürlich. Aber diese Nummer haben nur die engsten, äh, Mitarbeiter. Die Festnetznummer ist schon deshalb wichtig für mich, weil alle Freunde und Bekannte im Ausland sie haben. Ich will nicht alle anschreiben oder antelefonieren müssen. Das wäre mir in manchen Fällen sogar sehr unangenehm. Außerdem muß ich als ... beste Kraft des Chefs auch über Fax jederzeit erreichbar sein. Weil ... ich ... wir fürchten nämlich, daß gewisse Gespräche abgehört werden könnten.«

»Ah, ein Konkurrent?«

»Möglich. Was weiß man.«

»Und übers Internet?«

»Schreibe ich kaum was. Ich hatte einmal einen so bösen unbekannten Virus, daß ich heikle Sachen lieber persönlich bespreche. Da sieht man wenigstens die unmittelbare Reaktion des Gegenübers.«

»Finde ich auch richtig. Wo arbeitest du eigentlich? Du machst daraus immer ein großes Geheimnis.«

»Nein, ich halte es nur nicht für so bedeutsam. Was … naja, nichts Besonderes. So etwas wie … eine Behörde eben … mit … ja, mit ein wenig Geheimhalteverpflichtung. Zu Beginn war es eine höchst spannende, auch lehrreiche Beschäftigung, die mir echt Spaß gemacht hat und ich habe mir viel davon versprochen. Interessante wichtige Menschen gaben sich bei uns die Klinke in die Hand. Mehr darf ich nicht sagen. Aber im Laufe der Zeit wurde es immer langweiliger, routinemäßiger, zwischendurch jedoch manchmal sogar äußerst fremd und unerquicklich. Die Aussichten … also die Aufstiegsmöglichkeiten sind nicht so groß, wie ich ursprünglich dachte. Oft habe ich einfach nur mehr einen tiefen Frust in mir. Ja, das ist es. Ich werde wahrscheinlich ohnehin bald den Job wechseln, obwohl er gut bezahlt ist. Ich bin nicht feige, jedoch … « Karo war immer trübsinniger geworden. Plötzlich fuhr sie hoch. Ärgerlich. »Ich quatsche und quatsche und draußen lauert einer, der mich bedroht, der mich womöglich … « Sie begann hysterisch zu heulen.

»Karo, Krinolinchen. Laß dich um Himmels willen nicht krankmachen von dem seltsamen Verrückten. Er wird dich wieder in Ruhe lassen, wenn er merkt, daß du dich nicht erschrecken läßt.«

»Was? Wie hast du eben zu mir gesagt!? Daß du dich an diesen bösen Namen ausgerechnet jetzt erinnerst.«

»Wieso, dein Vater hat dich immer Krinolinchen genannt, wenn es dir schlecht gegangen ist. Zum Beispiel nach dem Sportfest oder nach der Zeugnisverteilung.«

»Ja, wenn er mich verspotten wollte.«

»Oh, das wußte ich nicht. Tut mir ehrlich leid.«

»Jaja. Fast vergessen. Du meinst also wirklich, der Spuk hört von alleine wieder auf?«

»Aber sicher doch. Probier einmal, wenn er wieder anruft, ihn auszulachen. Vielleicht nimmt ihm das den frechen Stachel.«

»Gute Idee, werde ich machen.«

»Und wenn du Hilfe brauchst, weißt du, wo du mich findest, gelt.«

»Schwarze Dame, ich danke dir. Das Gespräch mit dir hat mich enorm beruhigt. Wie früher. Auf dich kann man sich halt immer noch verlassen.«

Anna war von dieser Unterhaltung mehr aus dem Gleichgewicht gebracht, als ihre ohnehin meist einseitig belastete Lebenswaage anzeigen konnte.

Ein paar Tage danach am frühen Abend rief Karoline wieder an. Ihre Stimme klang unnatürlich. Nicht so zwitschernd wie normal. Schon wieder wie ein ungeölter mechanischer Vogel. »Du, Anna, es wird immer schlimmer. Der Verrückte hat sich gestern über mein Auslachen derartig aufgeregt, daß ich schon fürchtete, er würde als giftige Schlange aus dem Telefon zischen. Sofort habe ich aufgelegt. Daraufhin läutete es wieder. Obwohl ich den Apparat abgeschaltet habe, ist mir trotzdem ein ununterbrochenes Fiepen in den Ohren geklungen. Für unangenehme Geräusche entwickelt man ja erstaunlicherweise Riesenantennen. Meine Nachtruhe war beim Teufel. Immer war dieses feine widerliche Zirpen irgendwo im Raum. Gestern hat er wieder angerufen.«

»Warum hebst du ab, wenn du keine Nummer am Display siehst?«

»Weil … es … es war diesmal eine fremde Nummer. Ich habe vor Aufregung nicht geachtet.«

»Das mußt du aber in Zukunft. Und was hat er gesagt?«

»Stell dir vor. Ganz leise und freundlich hat er gefragt, welche Blumen ich am liebsten auf meinem Grab hätte.«

»Das ist aber ein starkes Stück. Du solltest doch die Polizei informieren. Dieses Ereignis scheint sich gefährlich auszuweiten. Warum redest du überhaupt mit ihm? Warum legst du nicht sofort auf, wenn du seine Stimme erkennst?«

»Weil … ich muß gestehen, irgendwie fasziniert mich die Sache. Was einem gekränkten Menschen so alles einfallen kann … «

»Wie kommst du auf die Idee, daß er gekränkt ist?«

»Er hat einmal erwähnt, daß ihn eine Frau in … seiner Ehre schwer getroffen hat. Ich … kann das sehr nachvollziehen und deshalb tut er mir ein bißchen leid.«

»Du, Karo, der Mann ist ein Irrer.«

»Jaaaa. Horch zu. Es kommt noch besser. Also, Orchideen, sage ich hochmütig und glaube, ihm mit einer besonders originellen Antwort den Wind aus den Segeln nehmen zu können. Gut, erwidert er ungerührt, er werde mein ganzes Grab mit Orchideen schmücken. Da war ich ziemlich durch den Wolf gedreht, wie du dir denken kannst. Trotzdem schicke ich ihm einen lockeren Spruch entgegen: Das wird aber teuer, ob es ihm das wert sei. Da flüstert er: Wenn man eine liebe Freundin auf eine so schreckliche Weise verliert, darf man nicht kleinlich sein. Was soll das heißen, habe ich wissen wollen. Ach, sagt er milde, ist es nicht schrecklich, wenn eine Hexe sich über ihrem eigenen Besen das Genick bricht? Daß ich ihm überhaupt noch antworten konnte, wundert mich. Sagen Sie, mein Lieber, frage ich ihn also auch ganz freundlich, was hält Ihr Psychiater von solchen Wahnvorstellungen?«

»Das hast du gut gemacht.«

»Am anderen Ende war es eine Weile still. Ich hörte ein Geräusch wie zerreißendes Papier. Glaub ich jedenfalls, daß ich's gehört hab. Sie nehmen mich nicht ernst, knirscht er. Sie benehmen sich nicht so, daß man Sie ernst nehmen könnte, sag ich arrogant. Sie sollen mich aber ernst nehmen, klingt er auf einmal streng, den Besen habe ich nämlich schon besorgt. Du, in diesem Augenblick war es aus. Ich habe geschrien, daß ihm seine Ohren gewackelt haben mußten, regelrecht angebrüllt hab ich ihn, daß er mich in Ruhe lassen soll, daß er sich zum Teufel scheren soll, daß ihm sein Dingsda, du weißt schon, verfaulen soll und sein freches Maul dazu. Mag sein, das war überzogen. Aber irgendwann ist Schluß mit der Quälerei und der duldsamste Hund beißt zu. Weißt du, wie der reagiert hat? Er hat gekichert und mich aufgefordert aus dem Fenster zu schauen. Und ich dumme Gans bin tatsächlich mit dem Telefon in der Hand zum Fenster gegangen. Da ruft er mir triumphierend in die Ohren: Na also, da bist du ja, ich kann dich sehr gut sehen, du rothaariges Püppchen. Ich habe den Hörer auf die Gabel geworfen und das Telefon unter Decken im Kasten vergraben. Anna, was soll ich machen? Langsam bekomme ich ein ungutes Gefühl und ich fürchte mich vor jedem Abend.«

»So ein Pech aber auch. Hast du ihn drunten auf der Straße erkennen können?«

»Nein, leider nicht. Ich war zu aufgeregt.«

»Ich rate dir, eine neue Festnetz-Nummer zu beantragen. Du mußt halt in den sauren Apfel beißen und alle Freunde verständigen.«

»Ja. Heute vormittag habe ich zunächst den Antrag für eine Geheimnummer gestellt. Aber das würde dauern, haben die gesagt, was weiß ich warum, keine Leute, Leitungsausbau und so weiter. Anna, das heißt eine ungewisse Zeit zuwarten. Wer weiß, was diesem Wahnsinnigen morgen oder übermorgen einfällt. Was ist, wenn er mir auflauert?«

»Sehr schlimm. Sehr peinlich, wirklich. Da fällt mir ein, wieso ruft er dich eigentlich nie am Handy an?«

»Weil … weil ich ein neues habe. Die Nummer kennt noch keiner.«

»Aha. Du mußt auf alle Fälle gleich auflegen, wenn du seine Stimme hörst.«

»Sowieso. Ab sofort. Klar. Aber er kennt nun meine Adresse. Ich werde mich nicht mehr aus dem Haus trauen. Ich muß … zeitig in der Früh zur Arbeit und komme oft genug erst spät nach Hause. Und ausgehen darf ich dann gar nicht mehr, ohne Begleitung. Das paßt mir gar nicht.«

»Verstehe. Hm. Sag, dir ist nicht zufällig am Anfang eurer Bekanntschaft deine Adresse herausgerutscht?«

»Was fällt dir ein, wofür hältst du mich!«

»Entschuldige. Hätte im Gespräch als Andeutung unabsichtlich passiert sein können.«

»Gewiß nicht.«

»Und was ist, wenn du ihm sagst, dein Telefon wird ab jetzt von der Polizei überwacht!«

»Gute Idee. Aber weißt du, wenn ich es recht überlege, wußte der vielleicht gar nicht genau, wo ich wohne, höchstens den Bezirk nach der Art der Nummer. Möglicherweise auch die Straße. Er hat nur geblufft. Jetzt allerdings, wo er mich am hellerleuchteten Fenster gesehen hat, kennt er natürlich meine Wohnung. Das würde bedeuten, daß er von Anfang an aus meiner unmittelbaren Umgebung telefoniert haben muß.«

»Ja, stimmt! Wieviele Wohnungen mit Aussicht auf deine Fenster gibt es in deiner Straße?«

»Oje. Aber warte … Moment mal … Ich mache das Fenster ganz auf. Bei den ersten Telefongesprächen schien mir deutlich Straßenlärm im Hintergrund, und zwar ein spezielles metallisches Quietschen. So wie eben. Hörst du's? Ja, ich bin mir da ganz sicher, es war das Bremsen einer Straßenbahn. Ich wohne ja in einer Schienenstraße. Vielleicht beobachtet er mich schon eine ganze Weile und hat meinen Namen von dem widerwärtigen Nachbarn zwei Stockwerke unter mir. Warum widerwärtig? Er ist immer mürrisch, rempelt und behandelt seine Frau wie eine Sklavin.«

»Gut. Also kommt der Unheimliche oft in diese Gegend. Oder er hat eine Wohnung dort, wartet auf die Straßenbahn, arbeitet in einem Geschäft … «

»Du hast recht. Tatsächlich, du hast recht. Und deine Bezeichnung für ihn ist sehr passend. Der Unheimliche. Das gefällt mir.«

»Manchmal habe ich den Eindruck, dir macht diese Sache Spaß.«

»Das ist nur blanker Galgenhumor, meine Liebe, sonst verzage ich gänzlich und verliere den Verstand. Ich bin ohnehin schon ein Nervenbündel. Merkst du das nicht.«

»Entschuldige, bitte, ich verstehe schon. Du hast ja auch recht. Wann ruft er immer an? Nur mehr am Abend?«

»Ja, ja sicher.«

»Du müßtest also abwarten, bis der Unheimliche wieder anruft und müßtest ihn am Telefon hinhalten. Und irgendjemand müßte dann während dieser Zeit deine unmittelbare Umgebung absuchen, ob er jemanden telefonieren sieht, der außerdem zu dir hinaufschaut. Oder so ähnlich jedenfalls.«

»Oooh. Eine großartige Idee! Das ist d i e Lösung schlechthin. Das würdest du wirklich für mich tun? Oh, Anna, du bist ein Schatz!«

In der ersten Schrecksekunde war Anna sprachlos. Keineswegs hatte sie sich selber gemeint. Keinen Augenblick lang, niemals. Der Hörer klebte und brannte plötzlich wie ein defektes Stromkabel in ihrer Hand. Sie rang nach Luft. Nein, sie doch nicht. Aber. Wenn sie selber in einer derartigen Situation … Sie gewiß nicht, niemals. Aber wenn … Eine fremde Person bitten müssen, Dummheit gestehen, sich bloßstellen? Etwas in ihr drängte. Sie, nein, ganz bestimmt sie nicht … »Wann soll ich kommen?«

»Anna, das werde ich dir niiie vergessen.«

Karolines Dankbarkeit klang eine Spur zu hoch und gepreßt. Sollte die lustige, lebenstüchtige, immer zuversichtliche Jugendfreundin geweint haben? Anna überkam etwas wie Rührung. Sogar eine Art Freude, weil ihr einfiel, daß da endlich jemand war, der sie brauchte, der ohne sie vielleicht verloren war, den sie retten mußte. Dieser alberne Gedanke gab ihr erstaunlichen Mut. »Hat er heute schon angerufen, Karo?« erkundigte sie sich fast geschäftsmäßig nüchtern.

»Nein.«

»Also paß auf, ich gehe jetzt gleich los. Laß das Telefon läuten, bis ich bei dir bin. Heb nicht ab, hörst du.«

»Jaja, ich verstehe. Anna, ich danke dir sooo sehr.«

»Ist ja gut. Wo wohnst du eigentlich?« Sie notierte die Adresse. Zehn Minuten mit der Straßenbahn. »Also, bis gleich.«

Mit gleich war nichts. Anna zog sich zweimal um, ehe sie das geeignete Outfit ausgewählt, anprobiert und für passabel befunden hatte. Der Nagellack brauchte auch eine Weile zum Trocknen, farbloser Nagellack, bunten mußte sie erst besorgen. Fertig in jeder Hinsicht, frisiert und flau im Magen, betrachtete sie sich im Vorzimmerspiegel. Wie immer versuchte sie über die Narbe unter ihrem linken Auge hinwegzusehen, obwohl die oft genug brannte ohne wirklich weh zu tun. Heute ließ sie die Besorgnis in den Zügen der Spiegelfrau nur mitleidig lächeln. Egal, wie sie aussah. Sie würde gleich auf Verbrecherjagd gehen. Besser unauffällig, nicht wahr. Mit einem Mal kam sich Anna ungeheuer wichtig vor. Hocherhobenen Hauptes warf sie sich aus dem Spiegel. Im selben Moment anders und neu. Stolz und aufrecht verließ sie ihre Wohnung. Machte sich gefaßt auf den Weg zu Karoline.

»Kannst du dich erinnern«, begrüßte Karoline mit überraschend heiterer Miene die Freundin, »in unserer Heimatstadt, als wir noch Kinder waren, gab es ein Ereignis, das mir vor einiger Zeit wieder in den Sinn gekommen ist. Ein junger Mann hat ein junges Mädchen vor dem Hauptbahnhof niedergestochen, weil er zu schüchtern war sie anzusprechen. Das habe er zugegeben. Sehr ruhig, sehr freundlich sei er gewesen, hatte damals in der Zeitung gestanden. Ein Blumenbinder.«

»Ich erinnere mich. Ach, Karo. Nicht jeder lästige Anrufer bringt sein Opfer um,« murmelte Anna verwirrt über die offensichtlich schwankenden Stimmungen der anderen.

»Welche Garantie habe ich?« Karoline blickte nun wieder sehr besorgt.

»Leider keine. Wo im Leben gibt es schon Garantien? Aber eine minimale Zuversicht ist lebensnotwendig. Man darf nicht gleich das Schlimmste annehmen.« Was rede ich da, dachte Anna. Sie hätte sich viel schlechter gefühlt als die andere und wäre aus Angst sicherlich krank geworden.

Karoline hörte gar nicht zu. Führte sie überschwenglich zum Couchtisch. »Schau her. Ich habe einen Plan gezeichnet von meiner unmittelbaren Umgebung. In dieser Straße wohne ich, im vierten Stock. Links neben mir ist eine Eckgarconniere zu dem kleinen Park, den du sicher kennst. Von hier aus sehe ich auch zum Teil hinüber. Mir visavis folgt nach rechts: eine Blumenfrau, eine große Baustelle über zwei Häuser, eine Polizeiwachstelle, ein Delikatessengeschäft. Links gegenüber befindet sich die Post mit zwei Telefonkabinen drinnen. Das vergitterte Fenster dort ist manchmal gekippt. Zu mir heraufsehen kann man schon, wenn man sich verbiegt. Aber hier, siehst du diese Häuserzeile links drüben beim Park. Das müssen hauptsächlich Lagerräume sein, denke ich mir, weil die Fensterjalousien im Erdgeschoß immer heruntergelassen sind. Aber genau dort überquert die Straßenbahn eine schwierige Kreuzung.«

Anna verfolgte Karolines diesmal malvenfarbene Fingerspitze aufmerksam, die nervös auf der Bleistiftzeichnung kratzte. »Du findest das verdächtig? Dann käme ein Nachtwächter oder ein Portier in Frage. Plausibel, ja. Weiter.«

»Die Häuser auf der Seite des Parks beginnen mit einer Konditorei, anschließend ist ein Geschäft für Dekorstoffe, dann ein winziges Espresso und eine Apotheke. Von der Haltestelle der Straßenbahn aus kann man kaum herübersehen. Höchstens vom ersten Ast eines der hohen Tulpenbäume aus. Darunter ist dichtes Gebüsch, dazwischen ein kleiner offener Kinderspielplatz, von zwei Seiten her zugänglich. Für uns uninteressant. Wo die Straßenbahn vom Park wegfährt, schau her, von dort sieht man gar nichts. Dort muß die Straßenbahn wegen der Ampel bremsen. Das Geräusch tönt also dort drüben und hier unten, nicht wahr.«

»Was ist mit der Baustelle?«

»Ja, da quietscht die Straßenbahn auch oft, wenn die Baufahrzeuge hin und her fahren. Aber die Haltestelle ist viel weiter oben.«

»Ich weiß. Dort bin ich ausgestiegen. Und was ist mit den Häusern visavis? Kann es sein, daß einer hinter den Vorhängen lauert?«

»Hab ich ebenfalls schon recherchiert«, sagte Karoline so eifrig, als hätte sie es auswendig gelernt. »Das Haus am Eck, wo unten die Post ist, besteht nur aus Büros, da ist es abends und nachts finster. Und daß sich dort einer einsperren läßt? Unwahrscheinlich, gelt. Im Gebäude daneben über dem Blumengeschäft stehen schon drei Wohnungen leer. Der Eigentümer will renovieren und ekelt die alten Mieter der Reihe nach hinaus. Daneben der neue Block vor der Baustelle ist noch nicht vermietet. Vom Gerüst des Rohbaues nahebei könnte man sicherlich herübersehen. Meinst du, daß einer dort hinaufklettert, wenn es dunkel wird? Meinetwegen? Das wäre ja geradezu schmeichelhaft. Nein, nein, so ein Wahnsinn.« Karoline schlug die Hände vors Gesicht und schüttelte sich vor dem vermuteten drohenden Unheil.

»Beruhige dich.« Anna legte ihren Arm um sie. »Wir werden der Sache auf den Grund kommen. Und wenn sich der Unheimliche entlarvt weiß, gibt er auf. Diese Typen sind meist feige.«

»Und wenn er nicht aufgibt und wir ihn nicht entdecken? Oh, Anna, Anna, ich fürchte mich so sehr!«

Anna erschrak über Karolines plötzlichen Heulausbruch. »Dann, ja, dann mußt du wohl oder übel zur Polizei gehen. Oder, verzeih mir, die Wohnung wechseln.«

Karoline lachte bitter. »Die Polizei schreitet doch erst ein, wenn etwas passiert ist. Die Mieterin aus dem 3.Stock bat die Polizei um Hilfe, weil ihr Mann sie ständig bedroht hat. Weißt du, was die gesagt haben? Ob er sie denn schon tätlich angegriffen hätte, nein … dann solle sie ins Frauenhaus übersiedeln. Sonst ginge nichts. Denn da könnte ja jeder kommen … So sieht das nämlich aus in unserem Land.«

»Was ist mit der Nachbarin geschehen?«

»Eines Tages ist sie angeblich in der Küche gestolpert und mit dem Kopf an die Herdkante geschlagen. Ihr Mann hatte zur selben Zeit einen leicht verbrühten Arm, erzählte die andere Nachbarin. Eine Woche später ist sie im Spital gestorben und er ist heulend hinter ihrem Sarg hergegangen. Stell dir vor, die Polzei hat ihm seine Unfallgeschichte tatsächlich geglaubt. Willst du was trinken?«

Karoline nahm einen großen Sherry, Anna einen kleinen. »Übrigens, wenn er wieder anrufen sollte und ich ihn verfolgen muß, halte ihn, so lange du es aushältst, am Telefon hin. Damit ich mehr Zeit habe ihn ausfindig zu machen.«

»Gut, mach ich.«

Sie bemühten sich um eine belangslose Unterhaltung. Waren zu nervös. Standen auf. Gingen zum Telefon. Zum zugezogenen Fenster. Setzten sich wieder. Der Abend senkte sich zwischen die Häuserschluchten und blieb zwischen den allmählich dicht aufflammenden künstlichen Lichtern in den Straßen schweben. Eine Uhr tickte. Im Stiegenhaus fiel eine Tür ins Schloß. Der Lift surrte. In der Wohnung einen Stock tiefer tönte Klaviergeklimper. Irgendwo klirrte etwas. Die Türglocke schrillte. Sie sprangen auf. Starrten sich an. Stille. Wieder Schrillen. Stille. Dann Rufen. »Frau, Frau, nix zu Hause?«

»Die Hausbesorgerin. Ja, ich komme gleich, Frau Xarikotistos!« Karoline öffnete die Tür. Eine freundliche Frau stand draußen und lachte breit.

»Gut, Frau zu Hause. Das original griechisches Schafkäs, was Sie haben so lange gewünscht! Brudersohn von mein Pappa ist heut gekommen. Wir Ihnen schenken.«

»Oh, danke. Vielen Dank, Frau Xarikotistos. Vielen, vielen Dank. Sie machen mir eine große Freude!«

»Aber, Frau,« sagte die Griechin verwirrt, »nix so viel danken. Ich muß danken. Dmitri schwärmt jeden Tag, sagt Brudersohn. Zu eine so lustige Frau wie Sie macht jeder Freude.«

»Nicht jeder, aber Sie immer.«

»Ich haben Freude, wenn Sie haben Freude. Jetzt muß gehen, sonst Mann essen zu viel, trinken zu viel und ich muß schimpfen, so viel schimpfen, auweh.« Die rundliche Frau mit dem gutmütigen Gesicht lachte, winkte, beeilte sich rasch wieder fortzukommen.

»Sie sieht nicht aus, als könnte sie jemandem böse sein. Ich habe noch nie eine so fröhliche Ausländerin getroffen«, sagte Anna. »In unserem Betrieb sind sie oft muffig und nicht immer angenehm, egal ob aus dem Süden oder aus dem Norden. Ihre Rechte kennen sie genau. Nur bei den Pflichten hapert es gelegentlich. Leider. Manche allerdings sind reizend, auch mit Akzent.«

»Magst du nicht?«

»Ich fühle mich unbehaglich, wenn ich nicht verstehen kann, was gesagt wird.«

»Verstehst du denn immer, was einer meint, wenn er deine Sprache spricht?« Karoline lächelte süffisant. Schenkte die Gläser nach.

»Ich denke doch.« Anna verbarg ihre plötzliche Unsicherheit hinter einer blasierten Kopfbewegung. Hatte die andere eben mitleidig über sie ironisiert? »Ich wollte damit nur zum Ausdruck bringen, daß ich antworten können möchte, wenn ich angepöbelt werde.«

»Dazu weiß ich nichts zu sagen. Ich werde nicht angepöbelt. Weil ich nie vergrämt dreinschaue ... «

»Soll das heißen, ich schaue vergrämt ... «

»Aber nein«, beeilte sich Karoline den beginnenden Unmut der Freundin zu beschwichtigen, »du bist halt weniger kommunikativ als ich. Das ist es. Ich gehe auf alle Menschen unvoreingenommen und zwanglos zu. Solltest du auch tun. Da ergeben sich oft entzückende, jedenfalls bereichernde Beziehungen. Was schaust du so? Die Xari zum Beispiel hat mich vorigen Sommer zu ihrer Familie nach Kreta eingeladen. Ich sollte einem ihrer Neffen ein bißchen Englisch und zivilisierte Manieren beibringen. Wegen Ausflugsfahrten für die Fremden. Ein hübscher junger Mann, übrigens, mit einem süßen kleinen Fischerboot, der Dmitri.«

»Ich bin auf nähere Bekanntschaften nicht mehr aus.« Anna bereute sofort ihren schroffen Ton.

»Anna!« Karoline schüttelte sie an den Schultern. »Du kannst dich doch nicht ewig von einem einmaligen Pech verfolgen lassen. Du stehst mitten im Leben und hast damit schon abgeschlossen? Schau dich um? Immer geht es weiter. Unverhofft kommt ... ja vielleicht nicht oft, doch gelegentlich. Du machst aus einem Frosch einen Prinzen. Das war er nicht. Glaub mir.« Sie schmiegte sich an Anna, die nicht wußte, ob ihr der Ärger oder der Alkohol den Sinn verwirrten. »Aber ich«, jammerte sie plötzlich laut, »i c h fürchte mich vor einem unheimlichen Geist, den ich nicht sehen kann, der mich bedroht, der mich hysterisch macht, weil ich seine Reaktionen nicht abschätzen kann, obwohl er meine Sprache spricht ... «. Sie begann wild und laut zu schluchzen und schnupfte in Annas blaue Flanellbluse.

»Es wird sich alles aufklären und zum Guten wenden«, erwiderte Anna ein wenig verkrampft, »ich finde, du nimmst dich ohnehin großartig zusammen. Ich wäre wahrscheinlich halbtot vor Angst.«

»Du Angst? Das kann ich mir gar nicht vorstellen. Aber du wärest wahrscheinlich auch nicht in einer solch prekären Situation. Da siehst du es selber, warum ich mir manchmal wünsche, wenigstens ein kleines Stück von deiner Ernsthaftigkeit zu haben.«

»Ach, Karo. Das ist alles so relativ. Niemand kann für sich die Hand ins Feuer legen. Wer weiß, vielleicht hätte ich genauso gehandelt wie du. Ich stehe gar nicht so hoch über den Dingen, wie du glaubst.«

»Du bist lieb«, sagte die andere und umarmte Anna, »du unnahbare schwarze Dame.«

Sie lachten. Ein hilfloses Lachen, das von einem Gesicht zum andern irrte, aus den Augen, nicht aus den Herzen kam. Ein zaghaftes Lachen, das eine Beziehung mimte, wo es lange schon keine Beziehung mehr gab. Vielleicht nie gegeben hatte? Es blieb nichts übrig als doch wieder die Vergangenheit zu beschwören.

»Kannst du dich an die Schullandwoche erinnern, als unsere beiden Klassen zur selben Zeit in dem alten Gutshof zusammengetroffen sind? Du warst in der 8. und ich in der 4.Klasse, Ihr Großen und wir Kleinen, wo Fuchs und Hase sich Gute Nacht sagten.«

»Ja, durch einen Irrtum im Terminplan. Die Autobusse fuhren weg und Telefon gab's nicht. Damals waren ja noch keine Handys am Markt. Wir haben alle solidarisch auf Strohsäcken geschlafen, weil es zu wenige Betten gab und die ließen wir trotzig den Begleitschwestern.«

»Und keine Menschenseele dort, nur ein paar Pferde auf der Weide. Wir sollten ja Einkehr halten.«

»Und damit die Mutter Oberin nicht blamiert vor den Eltern und den andern Lehrern dastand, drehten die Nonnen die Sache so, als wäre das im Rahmen eines Schulversuchs gradeso beabsichtigt gewesen, ein Kommunikationsaustausch sozusagen zwischen Ober- und Unterstufe.«

»Blamiert waren sie aber am Ende doch, weil die Mirli von euch und die Carmen von uns heimlich mit Waldarbeitern auf Pferdefuhrwerken zum Tanzen ins Dorf gefahren sind. Ich wäre gerne dabeigewesen, aber du hast mich zurückgehalten. Das hat mich enorm gegiftet. Wer weiß, welche Chancen du mir damit verdorben hast.«

»Die beiden sind von der Schule geflogen.« Anna war irritiert.

»Na und. Sie haben es nicht schlecht getroffen. Die Mirli hat den Sohn vom Bezirksförster geheiratet … «

»Müssen.«

»Trotzdem. Und die Carmen ist Schauspielerin geworden und nennt sich jetzt Cilli Wanger.«

»Du und ein Förster. Und Schauspieltalent hast du auch keins.«

»Daß du dich da bloß nicht täuschst«, fauchte Karoline plötzlich zornig. »Du gehst in deinen engen Beurteilungen immer nur von Schwarz-Weiß aus und akzeptierst keine anderen Farben. Sieht man ja auch an deiner langweiligen Kleidung. Vielleicht sollte ich ›dunkelblaue Dame‹ zu dir sagen. Außerdem hast du mir auch sonst noch ganz viel vermasselt. Glaubst du, das habe ich vergessen!«

»Du übertreibst«, warf Anna betroffen ein. »Ich habe mich halt verantwortlich gefühlt für dich.«

»Müssen.«

»Ja, ganz recht. Die Mutter Oberin hat mich quasi abkommandiert dir zur Seite zu stehen, weil deine Mutter ... hm, krank wurde und dein Vater zu wenig Zeit hatte. Du mußt zugeben, ich habe mich sehr bemüht um dich.«

»Das hast du wirklich. Mehr als ich ... damals verstehen wollte. Sei mir nicht bös«, schmeichelte Karoline wieder ganz sanft mit zuckenden Wimpern, »du hast mir wirklich oft genug aus der Patsche geholfen. Ich bin dir auch sooo dankbar. Wenn ich an den Schlüssel zum Turnkammerl denke, wo wir hinterm Fensterchen den Turnlehrer beobachtet haben, wie er ... oooh ... «

Anna unterbrach Karolines lüsterne Reminiszenz. »Zum Glück habe ich dich und die Trixi rechtzeitig entdeckt, euch den Schlüssel weggenommen und leise wieder angesteckt und umgedreht. Nicht auszudenken, wenn euch eine Klosterschwester erwischt hätte ... «

»Hahaha. Oder an die Sherryflasche am Klo im Wasserkasten. Oder ... oder ... oder die Eskapade auf der Weide ... «

»Als das Pferd mit dir durchgegangen war und ich dich zerschunden und zerrissen im Wald gefunden hatte ... «

»War dir schon sehr unangenehm mich in der Nacht heimlich zum Apothekenkasten zu schleifen, damit die Nonnen nichts merkten, was.« Anna sagte nichts. Karoline schenkte Sherry nach. »Da fällt mir die Frühlingsparty beim Sohn des Bürgermeisters ein. Du hast dir selber Coca-Cola über dein Kleid geschüttet, damit du einen triftigen Grund hattest nach Hause zu gehen, um nicht gestehen zu müssen, daß du in deinem Pastetensandwich das Schwanzstück einer toten Maus gefunden hast. Du hast es anstandshalber gegessen, dann ist dir speiübel geworden. Das kommt davon, wenn man Haustiere hat.«

»Ja, die hübsche bunte Glückskatze«, seufzte Anna. »Aber bevor ich der Bürgermeisterin die Wahrheit gesagt hätte, wäre ich in den Boden versunken.«

»Du hast es überlebt. Und wir haben uns halbtot gelacht.«

»Was?« Anna runzelte fragend die Stirn.

Karoline umarmte sie. »Ja, das waren Zeiten. Und die Holzbrücke mit dem Schild, hast du die ohnehin nicht vergessen?«

»Die Brücke mit dem Schild? Was war da?«

»Der morsche Steg bei der alten Mühle, denk nach, wo wir das Schild ›Betreten auf eigene Gefahr‹ entfernt und der feisten Thea eingeredet haben, daß drüben ihre palisierte Schildkröte .... « Das Telefon schrie dazwischen. Die Frauen erschraken. Schauten wie gehetzte Flüchtende. Jede lieber bereit, die andere preiszugeben, zu verraten. Anzubieten dem Unhold, der schon die Zähne und sonstwas bleckte. Auszuliefern dem Ungetüm, das sich nur versöhnen ließ durch das Opfer einer Frau. Einer reifen Frau, versteht sich, denn Jungfrauen waren sie beide nicht mehr. Wo war ein selbstloses reines Herz, heroisch in mythischer Demut, die Fahne der Freiheit .... Trompeten, Pauke, Trommelwirbel ...

Das Telefon schrie wieder. »Das muß er sein.«

»Heb ab.«

Karoline hob langsam den Hörer ab. Signalisierte, daß e r es war, der Unheimliche, der Unverfrorene, der arme Narr. Anna drohte mit der Faust gegen das Telefon. Eine brutale, ungewohnte Geste, für die sie sich schämte, die sie gern zurückgenommen hätte. Weil das ihrem Wesen nicht entsprach. Weil sie sich offenkundig vor der Freundin produzierte, indem sie ihr die über allen Dingen stehende Pique-Dame vorgaukelte. Und weil sie eine Sekunde lang selber glaubte es zu sein. Das Trompetengeschmetter, der Paukenschlag hatten sie verändert. Sie griff zu Tuch und Mantel, schritt wie in einem Trommelsturm hinaus. Wandelte die Stufen der Stockwerke hinunter – der Lift war nicht heroisch genug – und begab sich eilig gemessenen Schrittes aus dem Hause.

Ein kalter Windstoß ließ das imaginäre Orchester in ihr sofort verstummen. Die Realität der atonalen, schmutzigfeuchten Stadtstraße kappte ihre antike Theatralik. Jäh fielen die Verwirrungen dieser Wirklichkeit über sie her. Jener Wirklichkeit, die nicht die ihre war, sondern die einer anderen. Karoline war immer schon leichtfertig gewesen. Hauptsache, es machte Spaß. Über etwaige Folgen hatte sie nie nachgedacht. Ihre Sorglosigkeit grenzte manchmal an Fatalismus, daß alles irgendwie von irgendjemandem zurechtgerückt würde. Anna hatte eigentlich überhaupt keine Lust schon wieder in die Bresche zu springen. Sie, die ewig Gutmütige. Nicht aus Überzeugung, sondern wegen ihrer Scheu vor enttäuschten Reaktionen, vorwurfsvollen Blicken, abwertendem Getuschel. Allerdings jetzt aufzugeben käme einer Kapitulation vor sich selber gleich. Einer peinlichen Blamage. Einer feigen, hartherzigen Eigenbrötelei. So sehr hast du dich verändert, hörte sie Karoline klagen, in all den Jahren, daß du mich jetzt, wo ich dich am notwendigsten brauche, in meinem Elend sitzen läßt, so wenig bedeutet dir unsere Freundschaft, kannst du dich denn gar nicht mehr erinnern … Anna atmete tief ein, noch tiefer aus. Unzufrieden murrend, aber fügsam.

In der Telefonkabine der Post schräg visavis stand eine elegant gekleidete, stark geschminkte üppige Frau. Diskutierte rotwangig und zornig mit dem Telefonhörer. Keifte ihn kieferschlenkernd an. Deutsch war das nicht. Oder. Doch, spelunkendeutsch. Anna sah ihr widerwillig eine Weile zu. Die nicht. Sie lief links über die Straße, den Gehsteig entlang bis zum Fußgängerübergang am Parkrand. Die Ampel zeigte Rot. Was sonst. Ein Motorradfahrer spuckte ihr im Vorbeifahren vor die Füße, ein Kind stach ihr mit seinem Kinderschirm in den Schuh, ein Inder fragte sie nach der nächsten Post, ein alter Mann mit weißen Bartstoppeln rempelte sie fast von der Trottoirkante. Nein nein, sie war nicht nervös, regte sich gar nicht auf, gar nicht, gar nicht. Oje. War diese erzwungene Aktion nicht auch ein Spiel, nur mit umgekehrten Vorzeichen? Ziemlich sicher ebenso nutzlos und beschämend wie ihres. Sie fixierte den Mann drüben, der sich unentwegt um sich selbst drehte, während er in sein Handy redete. Jetzt verstellten ihr mehrere Passanten die Sicht. Endlich grün. Mäandrierend drängte sich Anna durch die Schar der Fußgänger. Endlich drüben. Ein junger Mann im hautengen blauen Sportanzug joggte auf sie zu und so knapp an ihr vorüber, daß er sie mit seinem Ellbogen an die Kühlerhaube eines knapp vor dem Zebrastreifen wartenden Autos stieß. Einen Augenblick lang versuchte sie das verschwitzte rote Gesicht zu erkennen. Kaum daß sie in der Aufregung sein schütteres rötliches Schnurrbärtchen registrierte. Als sie mit schwerem Atem den Parkrand erreichte, war der kreiselnde Telefonierer weg. Statt dessen fand sie dort einen ungeduldig wartenden Zigarrenraucher vor, der dauernd auf seine Uhr schaute. Nebenan trippelten zwei Kinder, die abwechselnd in ein Telefon hineinriefen. Doch bloß ein Scherz? Sie erinnerte sich an die dummen Anrufe im Heimatort ihrer Eltern, die sich schließlich als Schabernack von Kindern herausgestellt hatten, leider mit tödlichem Ausgang für den gemobbten alten Mann.

Anna schloß kurz die Augen. Der Jogger vorhin, der vielleicht? Weil er auch rote Haare hatte und einen keltischen Anhänger um den

Hals trug, ähnlich dem, der über Karolines Vorzimmerspiegel hing? Lächerlich. Der entgegenkommende Dunkelhäutige hatte einen gleichen Lederhut auf dem Kopf wie Karoline. Und der kleine gepolsterte Blonde mit den Ohrstöpseln pfiff unbekümmert laut Karolines Lieblingsmelodie. Quatsch. Alles Einbildung. Anna schaute sich um. Niemand verdächtig. Oder jeder. Wem von den zufällig vorübergehenden, schlendernden, hastenden Männern war ein Verbrechen zuzutrauen, wer sah aus, als wollte er eine Übeltat planen. Alle oder keiner. In was für ein mieses Spiel war sie da geraten. Die telefonierenden Passanten trabten vor sich hin, die Blicke auf die eigenen Schuhspitzen gerichtet, oder starr in die Luft. Der Sandler mit dem Zeitungspacken unter dem Arm. Der grimmig in seine Pfeife beißende Gamsbartträger, dessen winziges Handy bereits vollgeschleimt sein mußte. Ein eiliger Bub mit einer schwarzgoldenen Schirmkappe und einem Flötenetui unterm Arm sagte eben traurig »Ich habe die Kadenz versaut und der Herr Kantor hat mich … «. Der Mann, dem seine Begleiterin gerade »du fieser Versager« an den Kopf warf und der nach einem verächtlichen Seitenblick weitertelefonierte. Oder der Bursche, der entrüstet schwor, er würde »dieser Kanaille sicher noch Gift in den Kaffee tun, wenn sie ihm noch einmal seinen Laptop manipulierte«. Mit Abstand folgte ein älterer Mann im elektrischen Rollstuhl, der seinem offensichtlich sehr jungen Gesprächspartner Tipps gab, wie er ein Mädchen herumbekommen könne. Ein stark tätowierter, durchaus freundlicher Halbstarker telefonierte mit einer Zigarette zwischen den Zähnen: »Kumm her, Schnuppsi, mir olle gengan zum Wappi ume, auf an Liter oder zwa. Treff ma uns beim Bladen … und nimm dei Quetschn mit … «*

Die Ampel kleidete sich wieder rot. Noch eine Runde um und durch den Park. Mit jedem Schritt stampfte Anna ihr Unbehagen auf den regennassen Asphalt. Es spritzte auf Strümpfe und Mantelsaum. Rasch

---

* »Komm her, Schnuppsi, wir gehen alle zum Wappi hinüber, auf einen Liter oder zwei. Treffen wir uns beim Dicken … und nimm deine Ziehharmonika mit … «

weiter und dann Schluß. Beinahe wäre sie mit einem großgewachsenen Mann mit Hut und dunkelrandiger Brille zusammengestoßen, der in diesem Moment sein Telefon in die Manteltasche steckte. Sie stolperte. Bevor sie hinfiel, hielt der Mann sie fest. »Entschuldigen Sie, bitte.«

»Nein, nein, entschuldigen bitte Sie, ich war unachtsam«, stotterte sie total aus der Fassung und starrte auf das Grübchen in seinem Kinn, »es tut mir leid.«

»Das macht doch nichts«, lächelte der Mann, »hoffentlich haben Sie sich nicht weh getan.«

»Nein, danke. Es geht schon wieder.«

Der Mann ließ sie los. Höflich grüßend lüpfte er den Hut und ging auf die Straßenbahn zu, die eben in die Haltestelle eingefahren war. Anna wählte Karolines Nummer. Freizeichen. Niemand hob ab. Anna wählte sorgfältig nocheinmal. Wieder nichts. Draußen fuhr die Straßenbahn ab. Sie klappte den Hörer zu, fest entschlossen, sich aus der Angelegenheit zurückzuziehen und nach Hause zu fahren. Diesmal nahm sie den Lift hinauf. Karoline schien verstört, ging auf und ab, schüttelte den Kopf. »Das Gespräch war kurz heute, sehr freundlich und ohne gräßliche Worte. Ich bin ganz verblüfft.«

»Wie warst du?« erkundigte sich Anna höflich.

»Ich war eisig, glaube ich wenigstens.«

»Und er?«

»Plauderte über die Tücke ungesicherter Baustellen.«

»Auch ein Thema. Nun also. Es sieht so aus, als würde sich die Sache von selbst bereinigen, nicht wahr.« Anna erzählte von ihren Wahrnehmungen. Mit Ausnahme des Zusammenstoßes mit dem Mann mit der Brille. Karoline weigerte sich sehr entschieden einen jungen Mann mit einem rötlichen Schnurrbart zu kennen, der eine Vorliebe für Joggen hatte. Die üppige Frau? Das Kind? Die Stimme des Unheimlichen klang nicht weiblich, nicht kindlich, auch sonst nicht verstellt.

»Warum nehmen wir seine Stimme nicht auf Tonband auf?«

»Und wenn wir seine Stimme haben, was dann?«

»Möglicherweise ist der Spuk sowieso vorüber. Du hast ihm gezeigt, daß du dich nicht schrecken läßt und das nimmt ihm bestimmt die Lust am Quälen.«

»Dein Wort im Gehörgang des Unheimlichen.« Karoline trank noch ein Glas Sherry. Und noch eins. Schließlich benahm sie sich albern. Tat, als werfe sie alles Mögliche in die Luft und zerklatschte es zu albernem Kichern.

Als Anna gegen Mitternacht Karolines Wohnhaus verließ, verdrossen trotz kleinem Schwips, überquerte sie die Straße, um noch einen kurzen Blick in das Schaufenster des Blumenladens zu werfen. Ganz hinten im Geschäft strahlte eine helle Glühbirne. Eine junge Frau flocht eine Girlande. Die Pflanzen glänzten beinahe unheimlich zwischen der Lampe im Hintergrund und der schwachen Straßenbeleuchtung vorne. Annas Schatten bewegte sich als dunkler Geist auf dem fahlen geheimnisvollen Licht der Blüten. Ein wunderbarer Zaubergarten. Sie dachte im Weitergehen, daß sich die Knospen ihrer Clivia zu Hause bald öffnen würden. Plötzlich stieß sie an eine Stange. Ein Holzbrett fiel krachend zu Boden. Sie erschrak. Im Flackern einer ausglühenden Neonröhre sah sie einen Spalt im Gehsteig, der aus dem Bauplatz kam. Von den hellen Fensteraugen der angrenzenden Häuser erlosch ein Lichtpunkt nach dem anderen. Die Umrisse der abgestellten Baumaschinen zwischen den erst teilweise emporgewachsenen Mauern mit ihren ins obere Nirgendwo zeigenden Eisenstäben verwischten sich zu gespenstischen Ungeheuern. »Wie fahrlässig«, ärgerte sich Anna, »eine Baustelle so schlecht abzusichern.« Augenblicklich hielt sie den Atem an. »Die Tücke nicht abgesicherter Baustellen.« Furchtsam schaute sie sich um, als würde der Unheimliche aus den Tiefen des nackten Hofes in jedem Augenblick mit klebrigen Fingern nach ihr fassen, weil sie versuchte, ihm die Maske vom Gesicht zu reißen.

Wer sich in ein fremdes Spiel einmischt, darf sich nicht wundern, wenn ihn die Logik der fremden Spielregeln überfordert. Vielleicht würde der Unheimliche nun auch sie verfolgen müssen. Wie ein Hai jedem verletzten Fisch nachjagen muß. Während beide doch nur dem Drang ihrer innersten Natur gehorchen. Irgendwo bellte ein Hund. Der Spuk verschwand. Aber Anna beeilte sich sehr nach Hause zu kommen.

3. Kapitel
Das Spiel geht weiter

Das Wetter hielt sich trocken und kühl. Mehr als zwei Wochen hatte Karoline keine Anrufe mehr bekommen. Aus Dankbarkeit wollte sie Anna zu einem Theaterbesuch einladen, mit anschließendem Souper in einem Innenstadtlokal, wo einige ihrer Freunde auch zu speisen pflegten. Um die Befreiung von einer riesengroßen Dummheit, wie sie es nannte, zu feiern. Anna suchte nach einer passenden Ausrede. Sie mochte Karoline ja ganz gern. Sie waren als junge Leute oft zusammen gewesen, weil es sich so ergeben hatte. Jedoch nun, diese Einladung. Karoline war bekannt. Ihre Freunde würden die Begleiterin mit der Narbe auf der Wange neugierig und fragend mustern, würden tuscheln, würden ... Kommt nicht in Frage. Anna mußte schon normalerweise eine ziemliche Überwindung aufbringen, um wenigstens hin und wieder das Konzertabonnement zu erfüllen, das sie von einer entfernten Tante geerbt hatte. Obwohl sie Musik und Theater sehr liebte. Aber gerne zu Hause, mit Plattenspieler, Radio oder Videorecorder, ungestört und unbeobachtet, wenn sie die Augen schließen und sich auf den Wolken ihrer jeweiligen Gemütsstimmung wiegen konnte.

Karoline gab nach, so etwas habe sie sich beinahe gedacht. Dann eben bei ihr zu Hause. Eine Feier mußte sein. Keine Sorge, sie koche nicht selber, lasse lieber kochen. Es würde ihr große Freude machen, wieder einmal einen festlich gedeckten Tisch in ihrer Wohnung zu haben. Da stimmte Anna zu.

Vor dem Tag der Verabredung hatte das Wetter umgeschlagen. Deshalb, sagten die Leute teils zornig, teils spöttisch, weil das Wochenende nahte. Unangenehm warme Stürme wehten durch die Straßen. Trieben das Laub vom vergangenen Herbst aus den verstecktesten Winkeln, wo es die Besen der Straßenkehrer nicht erreicht hatten. Wirbelten es hoch auf. Wie Federn, wenn der Fuchs in den Hühnerstall einfällt.

Der Abend begann fröhlich. Anna hatte sich zur Feier des Tages eine hellblaue Seidenblume gekauft und in das Haar gesteckt. Sie trug eine kobaltblaue Spitzenbluse zu einem dunkelblauen Samtrock. Karoline, ganz in hellgrüne Rüschen gehüllt, blickte sie einen Augenblick scharf an, wühlte gleich in einer Kommode, zog einen hellblauen dünnen Schal, gemustert mit verschlungenen goldenen Händen, aus einer Lade heraus, den sie um Annas Taille schlang. Über den Daumen blinzelnd pfiff sie anerkennend. »Also, das haut den athletischesten Olympiasieger um.«

Allmählich kamen sie in eine ausgelassene Stimmung. Anna hatte schon lange nicht so viel gelacht und sich außerhalb ihrer eigenen Wohnung so wohl gefühlt. Sie plauderten über alte Zeiten, kramten in alten Fotografien.

»Schau«, rief Karoline, »erinnerst du dich an die Bärbel und die Melitta, die so eng miteinander befreundet waren, daß sie einander das Essen aus dem Mund nahmen und selber schluckten. Und hier, der Herr Kaplan mit den stechenden Augen, als wir Mädchen … ah, ich lach mich kaputt, die dünne blonde Sissi im gelben Jugendstilkleid, und da, nein sowas, du mit der dicken Luise … und … ach, das bin ja ich … « Sie zeigte kichernd auf ein Bild, wo sie mit einem großen roten weißgetupften Wasserball auf einem Trampolin posierte. Anna bekam eine leichte Gänsehaut beim Anblick des Fotos. Karoline nahm es ihr rasch aus der Hand.

Das Essen war wirklich ausgezeichnet. Die hellgrünen Kerzen brannten schon zur Hälfte herunter. Beleuchteten die kleine Girlande aus grünlichen Orchideen in der hohen Kristallvase, als wäre sie eine kostbare Plastik eines romantischen Künstlers. Karoline schätzte Effekte jeder Art.

»Dieser Blumenschmuck ist fantastisch.«

»Die nette Blumenfrau von gegenüber bindet diese herrlichen Gestecke. Schau dir genau an, wie die Blumen mit den Buchszweigen zu einer Spirale geflochten sind. Und das vergoldete Blättchen vorne, wie die kleine Zunge einer Schlange. Einzigartig, nicht wahr. Ich glaube, das kann in der ganzen Stadt nur sie allein. Die Leute kommen von weit her, um bei ihr zu kaufen«, bestätigte Karoline Annas Bewunderung. Blickte wiederholt auf die Uhr.

Anna strich mit glänzenden Augen behutsam, ohne die Blumen zu berühren, den Girlandenbogen entlang. »Ein irgendwie erhebender Anblick, der alles Böse vergessen läßt.«

»Huhu, wie poetisch du bist.« Karoline unterbrach die ernste Beschaulichkeit. »Jetzt kommt das Beste«, rief sie, »das Dessert. Du wirst staunen, schwarze Dame.«

Sie holte aus der Küche eine zugedeckte Platte. Das Telefon läutete. Anna zuckte leicht zusammen. Karoline lachte. »Das wird Anita sein. Ich habe ihr unsere Theaterkarten geschenkt und sie hat versprochen, nach der Aufführung anzurufen. Aber jetzt schon?« Sie schob die Platte vorsichtig auf den Tisch, hob mit Schwung das Telefon ab. »Halli hallo!« Anna hielt den Atem an. »Was? Du bist schon in der ersten Pause weg … . Anita, das tut mir aber leid … .. Jetzt habe ich glatt ein schlechtes Gewissen … .. Gut, das machen wir. Ja, genauso. Bis morgen, Anita.« Karoline lachte. »Was habe ich für ein Glück, daß du doch eine Pique-Dame mit übernatürlichen Fähigkeiten zu sein scheinst. Die arme Anita. Das Stück war ganz modern inszeniert. Nur Holzsessel auf einer leeren Bühne, die Schauspieler im Trikot, auch die fetten.«

»Arme Klassiker«, seufzte Anna zustimmend, »das heutige Theater muß sich jeder Präpotenz von Regisseuren unterordnen, die oft nur ihre pubertären Fantasien verwirklichen wollen und teure Psychotherapie auf Kosten der Zuschauer betreiben. Weit haben wir's gebracht mit der Kultur.«

»Ja, manchesmal ist es extrem. Aber alles entwickelt sich weiter. Und es gibt auch überaus großartige moderne Werke. Häuser, Brücken, Klänge, Wortkompositionen, Ansichten … « Karoline schlug den Griff eines großen Messers vor Anna auf den Tisch, beugte sich nah an sie heran »vor allem Ansichten.«

»Ich bin offensichtlich steckengeblieben«, murmelte Anna.

»Stecken wir nicht alle in gewissen Überzeugungen fest, die uns nicht loslassen und die auch nach Jahren wieder auferstehen?« Karolines Augen blitzten einen Moment lang zornig.

»Überzeugungen? Ich nenne sie Seelenfriedhöfe, aus denen wir nicht fliehen können.«

»Aus jedem Friedhof kann man hinausgelangen, wenn man sich aufrichtet und zum Ausgang geht. Was nützt es, die versteinerten Schneckenhäuser auf schwarzen Grabplatten zu zählen. Da versteinert man ja langsam selber.«

Woher wußte die andere von Paulis schwarzem Marmorgrab?

Karoline schnitt das Thema mit dem großen Messer in der Luft durch. War irgendwie aufgeregt. Sie machte über der zugedeckten Schüssel eine Verbeugung wie ein Magier, der gleich ein Kaninchen unter dem Deckel hervorzaubern wird. »Abra ... Abra ... kadabra«, rief sie. Das Telefon läutete wieder. Mit einer dramatischen Handbewegung hob sie es zum Ohr. Schien plötzlich zu erstarren. Eine hellgrüne Säule. Die Rüschen bebten, das Messer zitterte, die Wanduhr summte. Der Unheimliche. »Was was was?« sagte Karoline tonlos ins Telefon. Währenddessen hatte Anna schon ihren Mantel angezogen. Ein beschwörender Blick auf Karoline und sie eilte hinaus. Das Stiegenhaus hinunter, über die Straße. Hier jedenfalls stand niemand, der telefonierte.

Der Föhnwind zog über ihren erhitzten Kopf. Sie löste Karolines hellblauen Schal von ihrer Mitte und schlang ihn um die Haare. Wohin laufen? Nun heulte sie auch noch vor Verzweiflung. Sie wischte die Tränen aus dem Gesicht. Oh weh. Sie hatte die ungewohnte Wimperntusche und den Lidschatten vergessen, die sich wahrscheinlich wie indianische Stammeszeichen auf ihren Wangen verwischt hatten und die Narbe hervorhoben. Taschentuch hatte sie keins einstecken. Peinlich. Na und. Sie befand sich ja tatsächlich auf dem Kriegspfad. Sie jagte einen Verbrecher. Einsam wie immer. Auf unübersichtlicher Fährte. In einem Krieg, den sie nicht wollte, der ihr absolut zuwider war. Friede fraglich. Fahnenflucht verfehlt. Fff. Sie hätte sich weigern sollen. Knapp zu spät ist auch zu spät. Die Geschäfte rechts waren noch offen. Ah ja, langer Einkaufssamstag. In der Telefonkabine des Vorraums zur Post stand ein junger Mann im schwarzen Trainingsanzug, schwarzer Lederjacke und Stoffmütze mit heruntergezogenen Ohrenklappen. Einen Arm an der Wand abgestützt, mit gesenktem Kopf. Anna gab sich einen Ruck, ging hinein und öffnete die Tür. Der Mann drehte sich um. Ein verschwitztes Gesicht schaute sie böse an. Unwirsch zischte er: »Was willst? Schleich dich!«

»Verzeihung.« Sie warf die Tür zu, verließ den Postraum und lief rasch um die Ecke. Wenn er es war, mußte Karoline diese Unterbrechung gehört haben. Langsam und lustlos ging Anna weiter. Eigentlich wollte sie nicht mehr. Aber eine leise Ähnlichkeit des unwirschen Mannes vorhin mit dem schnurrbärtigen Jogger vor zwei Wochen machte sie unsicher. Vielleicht hatte der sich in der Zwischenzeit rasiert. Am Rand des Parks stand eine hagere Frau, hielt ihr Handy weit von sich und quatschte durch den Föhn hinein. Anna bog ab zu dem Häuserblock mit den ständig abgedunkelten Räumen. Eine der Jalousien war defekt, ließ einen Spalt frei. Durch den hindurch nahm Anna einen geräumigen Saal wahr, eine Datenverarbeitung. Zwischen den Geräten lehnten zwei Operatoren, lachten und boxten sich. Ein dritter saß über eine Liste gebeugt und telefonierte. Auf einmal spürte sie einen verrauchten Atem hinter sich. Ein Polizist. Wippte mit steifen Beinen. Die Hände am Rücken verschränkt. »Was machen Sie da?«

»Nichts, gar nichts. Ich … ich war nur neugierig.« Der Polizist schaute mißtrauisch. Brummte. Deutete, sie möge weitergehen. Anna überquerte die Straße. Die Hagere telefonierte immer noch, schien jetzt ihr Handy zu küssen. Alles Gute, dachte Anna. Auch ärgerlich über den böigen warmen Wind, der unangenehm über die Haut strich. Plötzlich stand die hagere, männlich aussehende Frau neben ihr und fragte mit tiefer Stimme: »Kann ich was für Sie tun, Schätzchen, hmm? Sie sind mir gleich aufgefallen.«

Anna erschrak. »Nein, nein, danke. Ich warte nur auf jemanden.«

»Tut leid.« Die oder der ›Frau‹ drückte ihr mit innigem Augenaufschlag ein Kärtchen in die Hand. »Falls er nicht kommt, hmm? Ich bin da.«

Anna nickte heftig. Steckte das Kärtchen ein. Drehte sich weg. Zückte ihr Telefon und wählte Karolines Nummer. Besetzt. »Oh weh, er redet noch und ich finde ihn nicht.« Etwas wie Panik flog sie an. Zähne zusammen, Hände zu Fäusten, Frösteln. Weiter. Ungern. Aber weiter. Prüfen, von wo aus man Karolines erleuchtete Fenster sehen konnte. Der Polizist war zum Glück verschwunden. Die Häuserzeile gegenüber der Post hinter dem Park begann mit einer Konditorei. Hell erleuchtet. Ein weißgekleideter junger Mann telefonierte, den Hörer zwischen Ohr und Schulter eingeklemmt, einen runden Gegenstand in der einen Hand, einen Hammer in der anderen. Das Geschäft für Dekorstoffe nebenan verhängt und finster. Anschließend gedämpftes Licht im Espresso. Eine gelangweilte Kellnerin schaute zwei Kartenspielern zu. Hinter der großen Scheibe, zwischen zwei Schusterpalmen, schlief eine Katze. Den Altwarenladen danach hatte Karoline zu nennen vergessen. In seinem Schaufenster lag ein Plakat, unter der Straßenbeleuchtung gerade noch lesbar. »Wegen Urlau'bs geschlossen«. »Bs«, sagte Anna spöttisch. Die Apotheke daneben hatte Nachtdienst. Bläuliche Milchglaskugeln über Arzneiregalen. Durch die klaren Streifen in den matt geätzten Fenstern beobachtete sie eine Frau, die vor dem Verkaufstisch ungeduldig wartete, daß der Apotheker ein Telefongespräch beendete.

Auch heute Nacht scheint der ganze Platz zu telefonieren, dachte Anna deprimiert. Schaute um sich. Sie stand nun gerade gegenüber der Straßenbahnhaltestelle. Der blaue Jogger nahte, schien in Eile, rempelte sie schnaubend schon wieder an. Brummte etwas.

Der Föhnwind war stärker geworden, trieb lose Zeitungsblätter über den Gehsteig. Anna krümmte sich tief in ihren Mantel und rannte blinzelnd über die Straße. Eine Bö blies sie fast um. Etwas fiel zu Boden. Ein großer dunkler Schatten bückte sich. Zog sie beim Aufrichten in das Haltestellenhaus hinein. Ein lächelndes Gesicht, flüchtig bekannt, mit dunkel umrandeter Brille und einem Grübchen am Kinn. Der Mann zupfte ungeschickt an der hellblauen Seidenblume, die ihr aus dem Haar gefallen war. »Schade, daß sie schmutzig geworden ist.«

Anna atmete auf, als sie ihn erkannte. Fühlte sich auf einmal merkwürdig geborgen. »Das ist nett von Ihnen. Danke. Ich werde die Blume putzen lassen, dann ist sie sicher wieder schön.«

»Das freut mich.«

»So ein fürchterlicher Sturm auf einmal, nicht wahr.«

»Nun, aber nicht ganz unerwartet nach dem Wetterbericht.«

»Ja natürlich. Also, dann nochmals Danke.«

»Bitte, bitte, keine Ursache.«

»Auf Wiedersehen.« Was hat sie da gesagt. Diese vertraulichen Worte waren ihr unversehens entschlüpft und machten sie verlegen. Der Mann nickte lächelnd, hob grüßend die Hand. Anna versuchte noch ein halbes Winken, das der Sturm jedoch an sich riß und verwehte.

Anna fand Karoline ernst, doch gefaßt. Mit einer Flasche Amaretto im Arm. Sie begann zu nippen, zu schlürfen, nachzuschenken. Ihren fragenden Blick verneinte Anna. Ihr war nicht schon wieder nach einem Dusel zumute.

Der Unheimliche hatte heute gefragt, ob er ihr eine Geschichte erzählen dürfe. Sie hätte abgelehnt, aber er hätte dennoch begonnen. Es war eine Geschichte von leblosen Fischen, die auf einem fauligen Wasser trieben, von einem Haufen toter Mücken in einem Blumenbeet und von

Termiten, die Knochen fraßen. Sie hätte gar nicht richtig zugehört. Ja, es wäre einmal eine längere Unterbrechung gewesen, aber sie könne nichts darüber sagen. Er wolle später wieder anrufen und weitererzählen. Karoline war ein wenig betrunken und griemelte melancholisch.

Anna gab ihr den hellblauen Seidenschal zurück, berichtete ihre Erlebnisse und schrieb sie der Reihe nach auf ein Blatt Papier. Ebenso notierte sie alles, was in diesem Zusammenhang bereits geschehen war. Die Sache mit der hellblauen Blume ließ sie aus. Karoline verdrehte die Augen. Prostete ihr zu.

»Das ist keine Lösung, Karo.« Anna konnte sich den Tadel nicht verkneifen.

»Weißt du eine bessere?«

»Ja. Ich bleibe heute Nacht bei dir.« Die andere wußte sicher nicht, wieviel Überwindung Anna ein solches Angebot gekostet hatte.

Karoline umarmte die leicht gram blickende Freundin mit einem Sekundenlächeln. Begann gleich laut zu schluchzen. »Also gut. Morgen gehen wir zur Polizei.«

Der Unheimliche rief in dieser Nacht nicht nocheinmal an.

Die Polizisten in der Wachstube waren eher ungehalten über die Störung. Anna hatte den Verdacht, daß in den halboffenen Schreibtischladen aufgefächerte Spielkarten lagen. Höflich bat sie um Rat, was in der unangenehmen Situation, in der ihre Freundin wäre, getan werden könnte. Der junge Polizist, der beim Fenster lümmelte, zwinkerte mit spöttischem Grinsen. »Bei einer so knackigen Lady ist das doch nicht verwunderlich.«

Karolines strafender Blick enthielt allerdings ein erhebliches Teilchen geschmeichelter Eitelkeit. Anna bekam eine spitze Nase vor Ärger. »Halten Sie diese Bemerkung für angebracht?«

Der zweite, ältere Polizist zog die Mundwinkel nach unten. Entschuldigte sich für seinen noch unerfahrenen jungen Kollegen. Umständlich begann er ein Protokoll aufzunehmen. Sollte sich etwas Ungewöhnliches ereignen, mögen sie sich vertrauensvoll an ihn wenden. Sie bedankten sich und gingen. »Hysterische Weiber«, hörten sie ihn beim Hinausgehen murmeln.

»Das können wir vergessen«, knirschte Anna, »du hattest recht.«

Karoline hängte sich frierend in Annas Arm ein. »Wir haben es wenigstens versucht.«

Anna empfand Karolines parfümierte Nähe mit einem Mal so störend, daß sie sich weit weg wünschte. Wenigstens ins Büro.

»Wir müssen ihn finden, den Unheimlichen.«

»Und was dann?«

Die Frage blieb in der dicken Föhnluft hängen, die sie nach Hause trieb. Karoline wärmte ein Fertigessen auf. Nach dem Kaffee half Anna beim Bücher sortieren, Vorhänge aufhängen, Kreditantrag schreiben, Zinsen berechnen. Sie kürzte ihr ein Kleid und nähte mit der Hand den Saum um. Gegen Abend begann es in großen dicken Flocken zu schneien. Der Wind hatte sich gelegt. Es war von einer Stunde auf die andere kalt geworden. Die Büsche des Parkes sahen in kurzer Zeit wie ein einziger weißer Riesenwurm aus, der sich um einen Kinderspielplatz wand. Die Amseln hockten ratlos auf den Lichtmasten. Schrien mit wippenden Schwänzen ihre Enttäuschung über dieses boshafte Manöver des jungen Frühlings in den Tag hinein.

Sie aßen eine Kleinigkeit, schauten alte Fotos an, plauderten. Hockten bei leiser Musik und Campari mit Orangensaft. Schauten in den dichten weißen Vorhang vor den Fenstern. »Mir fällt gerade etwas ein«, sagte Karoline zögernd. »Du hast mich nach einem abgeblitzten Verehrer gefragt. Vielleicht gibt es einen. Er hieß, glaube ich, Josef. Hatte lange hellbraune gewellte Haare, einen Mund wie ein zusammengedrücktes Herz und trug manchmal eine kleine runde Messingbrille. Ja, und er hinkte ein wenig. Und dünn war er. Unangenehm zum Angreifen, wenn du weißt, was ich meine. Aber er ist ... ziemlich nützlich ... gewesen. Nach meiner Scheidung vor drei Jahren hat er sich sehr um mich bemüht und mir bei vielem geholfen. Noch heute sehe ich seine traurigen Augen, als ich ihm erklärte, ich würde von nun an schon allein zurecht kommen.«

»Du traust ihm zu ... «

»Nein. Eigentlich nicht. Also, daß heißt ... hm ... was weiß man, wie es in fremden verwinkelten Gehirnwindungen wirklich aussieht, und was einem einfällt, wenn man sich zurückgewiesen, hm, oder nicht ernstgenommen fühlt. Ja, was weiß man schon von einem anderen Menschen wirklich, gelt.«

Anna nickte. Sie dachte an den Mann mit der dunkel umrandeten Brille und dem Grübchen am Kinn. Groß, etwa in ihrem Alter, vielleicht ein bißchen älter, nicht zu elegant, nicht zu sportlich, höflich, ernst, vertrauenerweckend. Zumindestens äußerlich würde er recht gut zu ihr passen. Uff. Was fiel ihr ein in dieser Situation ihr Spiel spielen zu wollen! Blamabel, so was auch nur zu denken. Aber sie knetete den frechen Gedanken durch wie einen spröden Strudelteig. Gute Köchin war sie nie gewesen.

»Ich werde ihn anrufen«, meinte Karoline nachdenklich.

»Wen?« Anna schrak auf.

»Den Josef.«

»Ach so. Weißt du denn noch, wo er wohnt? Seit damals kann er weggezogen sein.«

»Doch nicht der Josef. Der bleibt allem treu, was er liebt.«

»Wenn du meinst«, zweifelte Anna.

»Ja, ich tu's.« Karoline streckte sich lasziv. »Wie würdest du an meiner Stelle handeln, schwarze Dame?«

»Ich habe mich das auch schon gefragt«, antwortete Anna zögernd, »es gibt schon einige Möglichkeiten, von einem landesweiten Fernsehappell über die Einbeziehung der Nachbarn und die Beauftragung eines Privatdetektivs bis zur Namensänderung und einem heimlichen Weglaufen. Ich weiß es nicht.«

Karoline lachte schrill auf. »Tolle Ratschläge hast du parat.«

Das Telefon läutete. Ein ganz eigenes Klingeln schien es zu sein. Anna seufzte auf. »Also dann gehe ich wieder. Halte ihn hin. Vielleicht finde ich ihn endlich.«

Sie hörte im Hinausgehen, wie Karoline sagte: »Nun, mit welcher Geschichte werden Sie mich diesmal langweilen?«

Anna ließ sich heute Zeit. Überlegte im Gehen. Schaute kaum um sich. Vielleicht sollte sie zu einem plötzlichen Krankenbesuch am anderen Ende des Landes verreisen müssen. Oder die Firma schickte sie auf ein Seminar auswärts. Oder von der Wohnung über ihr tropfte Wasser und sie müßte einen Fliesenleger kommen lassen. Sie wollte Karolines Spiel nicht mehr mitspielen. Ihr eigenes fehlte ihr. Vor dem Haustor begegnete ihr der rotbärtige Mann in der blauen Trainingshose und der Mann im schwarzen Sportdress, die beide schnaubend den Gehsteig entlanghüpften. Ein älterer Bub sauste auf einem rollenden Glideboard daher, als wären die Passanten Luft. Eine alte Frau mit Stock rutschte auf dem Schneematch beinahe aus, wenn Anna sie nicht in letzter Sekunde, selber unsicher, festgehalten hätte.

»Rücksichtslos, diese jungen Leute heutzutage, nicht wahr«, schimpfte eine tiefe Stimme hinter ihr. Die dürre, männlich aussehende Frau neigte sich mit breitem Lächeln zu ihr.

»Manche schon«, stimmte Anna höflich zu.

»Hauptsächlich die Jungen, vom Fernseher erzogen, Manieren aus der Gosse, ohne Bildung und ohne Gewissen, nicht wahr, und ohne echte Kultur. Ich mag die Jungen nicht.« Die Hagere musterte Anna, berührte sie mit der Schulter. »Wollen Sie nicht einmal auf ein Koffeinchen zu mir kommen?«

Anna zögerte eine Sekunde. »Nein, danke. Ich trinke nur ohne.«

»Na! Dieses Problem werden wir doch auch in den Griff bekommen. Sie gefallen mir. Ich liebe reife Äpfel.« Die Frau zwinkerte und steckte ihr wieder eine Karte in den Mantelausschnitt. »Da wohne ich, meine Süße. Auf bald!«

Anna starrte der Frau sprachlos und beleidigt nach. Reifer Apfel, wie, bald kurz vor der Fäule? Im Kino lachte sie bei einer solchen Szene. In der Wirklichkeit fehlte ihr der nötige Humor. Auf der Parkbank bemerkte sie ein zornig weinendes Kind, das sein Handy vehement schüttelte. »Was ist mit dir. Kann ich dir helfen?« Das Kind, einen Zettel mit Ziffern neben sich, verschluckte die Tränen und blickte sie angstvoll an. »Gib mir dein Telefon«, sagte sie mitleidig, »ich wähle für dich, wenn du mir die Nummer sagst.« Das Kind brüllte laut auf und lief heulend davon.

Was für eine Welt. In der hellen Auslage der Konditorei kniete wieder der Mann im weißen Mantel und hämmerte dünne Hölzchen zu einem Gebilde zusammen, das wie das Gerüst einer mehrstöckigen Hochzeitstorte aussah. Er blickte auf, sah Anna wiedererkennend an, winkte ihr durch die Scheibe und deutete bedauernd mit Achselzucken auf seine Arbeit. Ermunternd nickte sie ihm zu und deutete ihre Bewunderung für seine Kunst an. Er lachte. Alle weiteren Geschäfte in der Straße waren dunkel und geschlossen. Klar. Sonntag. An der Tür zur Apotheke hing ein Schild »Notdienst«. Und wo gab es einen Notdienst für verzwickte Probleme beziehungsweise für riskante Malaisen? Der Schnee fiel dünner. Anna bog in die Straße ein, in der die Straßenbahnschienen vom Park weg führten. Nichts Bemerkenswertes. Allmählich fror sie. Also zurück. Die Straßenbahn kam. Die Waggons rüttelten in der Kurve. An einem der hellen Fenster lüpfte ein Mann mit dunkel umrandeter Brille den Hut.

Zuerst freute sich Anna und lächelte der Straßenbahn nach. Doch dann … Merkwürdig schon, solch ein Zufall, nicht wahr. Immer, wenn der Unheimliche anrief und sie ihn verfolgen wollte, war auch dieser

Mann mit dem Grübchen am Kinn in der Nähe. Fast auch zur selben Zeit. Sie stampfte ärgerlich auf. Selbstverständlich war das ein Zufall! Mußte ein Zufall sein. Sie wollte, daß es ein Zufall war. Sie ging zum Park zurück. Von der Haltestellenhütte aus konnte man unmöglich zu Karolines Wohnung sehen. Zu viel Gebüsch. Dennoch schlich sich eine große Irritation in ihr Herz und nistete sich von da an dort ein.

Die Tage vergingen. Der Schnee schmolz und ließ den Frühling gewähren. Fast jeden Tag fuhr Anna nach ihrem Büro zu Karoline. Die bat sie manchmal geradezu überschwenglich bei ihr zu bleiben. Obwohl sich der Unheimliche seit einiger Zeit mit kurzen, leeren Anrufen begnügte. Das heißt, mit Schnaufen, Zerreißen von Papier oder gar nichts. Sagte Karoline. Wenn Anna das auch einmal hören wollte, hatte er eben aufgelegt. Dann meldete er sich wochenlang nicht. Erleichtert atmete Anna auf. Richtete sich endlich wieder bei sich zu Hause ein, lebte wieder ihr altes Leben und fand es herrlich. Bis eines Nachts ihr Telefon läutete. »Du, er ist wieder da. Und er hat gedroht mich umzubringen.« Anna wurde sofort schlecht. Auch, weil sich Karoline hysterisch benahm. »Er sagte, die Zeit müsse nun gekommen sein. Er würde bereits alles für einen Scheiterhaufen zusammentragen und wenn er groß genug wäre, würde er mich an einen dürren Baum binden, alles mögliche mit mir machen, was er sich bisher nie mit einer Frau zu machen getraut hat, du weißt schon was, und dann anzünden. Und jetzt hör zu, was nun kommt: Zur Sühne würde er sich dazu stellen und wir würden beide, fest umarmt, als Rauchwölkchen in den Himmel steigen und alles wäre wieder gut. Anna, ich getraue mich nicht mehr aus dem Haus.«

»Bitte, Karo, bleib ruhig. Laß mich überlegen. Er hat doch gesagt, er müsse den Scheiterhaufen erst zusammentragen. Was immer er damit meint, es klingt nicht, als ginge das sehr schnell. Außerdem wissen wir, daß die besonders bedrohlich klingenden Anrufe immer in Schüben erfolgen, nicht wahr.«

»Ja«, greinte Karoline, »ja, ja.«

»Reg dich nicht auf. Ich komme morgen Abend zu dir und wir beratschlagen, was wir tun sollen.«

Annas Zorn auf den Unheimlichen wuchs von Minute zu Minute. Sie hatte genug von der Sache. Sie wollte ihr ruhiges, wunderbar langweiliges Leben zurück haben. Der Unheimliche ging sie nichts an, er bedrohte nicht sie. Aber daß sie um seine Existenz wußte, störte sie. Weiß der Himmel, warum sie sich für Karoline immer noch verantwortlich fühlte. Die Genauigkeit ihrer Arbeit litt schon merkbar unter ihrer Fahrigkeit. Nicht nur ihr Tagesablauf war seit Karolines Auftauchen aus den Fugen. Ihre verlässliche Ordnung und ihr einigermaßen berechenbarer Gemütszustand ebenfalls. Sie hatte Sehnsucht nach ihrer Traurigkeit, nach ihrer Unzufriedenheit, nach ihrem albernen Kummer über alle Unzulänglichkeiten der Welt. Und natürlich nach ihrem einsamen, ganz eigenen, ungewinnbaren Spiel, das ihr eine gewisse innere Befriedigung und einen beschwichtigenden Ausgleich zu jedweden täglichen Problemen verschaffte. Abgesehen von einem leicht abgründigen Vergnügen natürlich auch. Gelassenheit und eine vergeblich erhoffte Fröhlichkeit des Herzens fand sie dabei allerdings nicht. Die Unruhe in ihr blieb, wurde seit Neuestem größer und größer. Und die infantile Hoffnung auch: daß sich alles ohne Opfer und Plagen bewerkstelligen ließe. Wo blieb eine Erscheinung im Traum, eine Vision, ein Wunder … Wurde sie jetzt wirklich kindisch?

Anna lachte ironisch. Nun ja. Sie war ängstlich und zurückhaltend, aber nicht selbstsüchtig. Packte an und half, wo es nottat, wenn man sie darum bat, im Sekretariat, in der Firmenkantine, beim Blumengießen in der Wohnung einer Kollegin, als Hundesitterin und Nachhilfelehrerin, solange die Nachbarin in die Physiotherapie mußte. Sie wäre sogar einem regelmäßigen Engagement bei der Nachbarin nicht abgeneigt gewesen. Kind und Hund gefielen ihr. Aber sie wagte es nicht ihre leere Zeit nach dem Büro ernsthaft anzubieten. Nur nicht aufdringlich sein. Vor unangenehmen Bedrängnissen drückte sie sich meist sowieso. Erklärte sich selber mit bemühter zweifelhafter Glaubwürdigkeit, allein wäre sie dem Zufall schlecht gewachsen, aus Verantwortungsbewußtsein und Rücksichtnahme auf fremde Verhältnisse könne sie keine persönlichen Zugeständnissen ins Treffen führen … Unsinn. Sie hatte bloß Angst vor einer Blamage.

Karoline war die große Ausnahme gewesen. Immer schon. Die mahnenden Augen der Mutter Oberin vor mehr als eineinhalb Dutzend Jahren bekam sie nicht aus dem Sinn. Scheißerziehung. Anna genierte sich. Sonst war es im Laufe der Zeit ihre Gewohnheit geworden Ausreden zu erfinden und heiße Kartoffeln unbemerkt fallen zu lassen … So, wie vor … ah ja … und damals … und auch … So, wie sie es jetzt schon wieder vor hatte. Deutlich stritten in ihrem Kopf Ausflüchte und Vorwände gegen eine ungefragt anerzogene Anständigkeit gleichwie gegen instinktive, angeborene fatale Überlebensränke. Schließen sich geheucheltes Mitleid und egoistischer Edelmut gegenseitig aus oder bedingen sie einander … Verwerflich beides. Aber bedeutet nicht immer jedes nähere bewußte Beschäftigen mit einem anderen Menschen ein aufwendiges Risiko? Bindet nicht schon ein Wort, ein Lächeln? Wenn es die herzlose Statistik des Schicksals will, steht man auf der Verliererseite, hat Pech und zahlt drauf. Wen, ehrlich gefragt, schert das schon tatsächlich! Anna dachte verbittert an die Feiertage der vergangenen Jahreswende. Seit ihre Eltern gestorben waren, hatte sie immer die verbliebenen Verwandten wie auch Freunde und Bekannte angerufen, um ihnen Glück und Gesundheit zu wünschen, wie seit je üblich. Diesmal ergab es sich durch Streß, Müdigkeit und justament Es-darauf-ankommenlassen-wollen, anders. Nicht einer, nicht ein einziger, hatte sich bei ihr gemeldet, um ihr ein paar wenigstens höfliche Worte zu sagen. Tagelang war sie auf der Suche nach fremden Ausreden gewesen: die großen Familien der anderen, die großen Sorgen der anderen, die großen Pläne der anderen … An ihre große Einsamkeit hatte niemand gedacht. Man hatte auf sie einfach vergessen. Sie ging niemandem ab. Auf wen war Verlaß? Alle beteuerten ihre Hilfsbereitschaft für den Fall des Falles. Leicht, wenn man wußte, daß dies ohnehin kaum in Anspruch genommen werden würde. Im Ernstfall hatten die anderen ihre Familien. Sie hatte niemanden, der ihr wenigstens im weitesten Sinn moralisch verpflichtet gewesen wäre. Nun also. Augen zu und durch. Karoline hatte auch niemanden, auf den sie sich in ihrer heiklen Kalamität stützen und auf dessen Verschwiegenheit sie vertrauen konnte. Niemanden, außer ihr. Dachte Anna. Die mißtrauische Angst, ihr selber könnte einmal auch etwas Ähnliches passieren, versöhnte sie mit ihrer Abneigung, Karoline aus deren Eskapade herauszuhelfen. Und die Hoffnung, das Schicksal würde sich dann an ihre Selbstlosigkeit erinnern und ihr ebenfalls Hilfe schicken. Außerdem spielte ein bißchen Neugier mit. Und Genugtuung. Dazu kam am Rande ein zarter Anflug von Selbstbestätigung. Und ein Beweis für ihr eigentlich ohnehin vorhandenes ›gutes Herz‹. Natürlich, das gab sie sich in einer stillen Minute zu, war sie über die scheinbare Bewunderung der Jugendfreundin, deren lässige, fröhliche Art sie immer beneidet hatte, geschmeichelt. Das Image der ›Pique-Dame‹ gefiel ihr recht gut, obwohl sie sich – trotz ihrer kleinen speziellen Spielleidenschaft – weder für souverän noch gar für besonders seriös hielt. Geschweige daß sie irgendwelche ernsten tiefgreifenden Probleme meisterte, wenn man denen leicht aus dem Weg gehen konnte. Deshalb schämte sie sich sogar insgeheim ein bißchen. Angst hatte sie sowieso immer. Sogar vor einem total unerwarteten, undenkbaren, höchstens überfallsartigen und gewiß irrtümlichen Gewinn in irgendeinem absurden Spiel.

So ein selbstzermarterndes Geständnis zerrieb die Ecken der unbearbeitet gebliebenen Akten auf ihrem Schreibtisch und brachte zuletzt noch jenes äußerst peinliche Indiz zutage … Daß sie nun nicht mehr nur unbeteiligte Zuschauerin war, die der verzweifelten Freundin ein gewisses Maß an mitleidiger Hilfe zukommen ließ. Seit geraumer Zeit stak sie mitten drinnen in dem Spiel, von dem sie bisher geglaubt hatte, es wäre nicht ihres. Das Lächeln mit der dunkelrandigen Brille darüber und dem Grübchen darunter war in ihr Herz gefallen. Ein kleines uraltes Licht begann am Horizont ihrer heimlichen Wünsche heraufzudämmern. Und um die graue Wolke zu verwischen, die sich über diese schüchterne Morgenröte schieben wollte, mußte Anna einen verwegenen Entschluß fassen …

Am späteren Abend, als der Unheimliche wieder anrief, hielt sie sich nirgends unnötig auf, sondern steuerte direkt die Büsche des Parks hinter der Straßenbahnhaltestelle an. Sie schaute auf die Uhr und wartete. Verspätet er sich heute? Dann sah sie ihn doch, den Mann mit Hut und Brille, telefonierend. Seine Silhouette war ihr unverwechselbar geworden. Aufgeregt atmete sie kurz durch, um sich zu beruhigen. Ein jäh aufkommender Wind brachte ihr einen verwegenen Einfall. Das hatte doch schon einmal funktioniert, wenn auch damals unabsichtlich. Mit gesenktem Kopf, sich tief in den Mantelkragen duckend, stürmte sie los, als würde sie gleich dem Satan persönlich in die Arme fallen.

Der Mann mit der Brille blickte erstaunt. Lächelte dann und sagte sanft in sein Telefon: »Also bis gleich, Mama. Ich fahre mit der nächsten Straßenbahn zu dir.«

Mama? Anna schloß bestürzt die Augen. Wünschte, sie wäre unsichtbar. »Ich weiß nicht, wie ich mich entschuldigen soll«, stammelte sie, »es ist mir so peinlich, so unendlich peinlich, daß ich Sie gestört habe. Der Wind, wissen Sie.. Eine Böe blies plötzlich so heftig … «

»Das macht doch nichts«, sagte der Mann freundlich, »ich war ohnehin schon fertig mit dem Gespräch.«

»Wie peinlich, wie furchtbar«, murmelte Anna total verzweifelt.

»Geht es Ihnen nicht gut?« Der Mann legte besorgt seine Hand auf ihre Schulter. Sie zuckte zusammen. Von seiner Berührung oder von dem Bewußtsein ihrer Lächerlichkeit. »Verzeihen Sie, bitte. Ich war zu sehr in Gedanken. Und auf der Flucht vor dem plötzlichen Sturm. Und bin einfach nur entsetzlich erschrocken.« Sie pries insgeheim ihre seltene Geistesgegenwart.

»Ja, Sie haben einen Augenblick so ausgesehen, als wäre ich der Teufel persönlich gewesen. Ich wußte nicht, daß ich einen gar so furchterregenden Eindruck ... «

»Nein, nein«, fiel ihm Anna hastig ins Wort, »wirklich nicht. Ich habe nur nicht damit gerechnet, daß Sie ... und mit Ihrer Mutter ... «, sie biß sich auf die Lippen. » ... und daß die Straßenbahn ... und um diese Zeit ... «

»Ich arbeite hier in der Nähe. Im Institut für Molekularbiologie. Ich komme fast jeden Tag hier vorbei. Oft auch an den Wochenenden, und spät. In der Forschung darf man nicht auf die Uhr sehen. Und bevor ich mit der Straßenbahn nach Hause fahre, rufe ich meistens meine Mutter an, ob sie etwas braucht und damit sie weiß, wann ich komme. Vom Labor aus möchte ich nicht privat telefonieren. Und Sie? Sie wohnen hier?«

»Nein, das heißt, manchmal schon«, Anna überlegte fieberhaft, »eine ... Kusine wohnt hier, die ... die äußerst krank ist. Ich helfe ihr gelegentlich.«

Er schien es zu glauben. »Dann sehen wir uns sicher wieder.«

»Das ist sehr wahrscheinlich. Meine Kusine wird mich noch lange brauchen, das arme Ding. Sie lebt allein und ist sehr angewiesen auf mich«, antwortete Anna froh. Genierte sich dafür nur einen winzigen Augenblick lang. Sie verabschiedeten sich herzlich, wie alte Bekannte. Ein wunderbar warmes Gefühl strömte von seinem Händedruck durch ihren ganzen Körper. Die Straßenbahn kam. Er stieg ein. Sie winkten einander. Anna lief weiter. Blieb vor der Kreuzung stehen, rief Karoline an. »Hat er Mama zu dir gesagt?«

»Wie kommst du denn darauf?« lachte Karoline.

»Ach, nur so. Ich habe zufällig einen Mann beim Telefonieren gestört und da sagte er ›Bis gleich, Mama‹ in den Hörer.« Anna machte eine Grimasse, als wäre ihr jemand auf die Zehen getreten.

»Wer war es? Der Mann mit der blauen Trainingshose?«

»Nein. Der Mann mit der schwarzen Trainungshose«, log Anna.

»Da bin ich aber froh … «

»Wieso? Kennst du den anderen?«

»Natürlich nicht. Was du mir immer andichtest.« Empörtes Stottern. »Also der Schwarze soll der Unheimliche sein? Gut, das gefällt mir. Und danach weint er sich bei seiner Mutter aus und läßt sich trösten? Ist das lustig.« Kleinlautes Kichern?

»Kann sein, ich weiß es nicht. Ich kann nicht beurteilen, wie ein Geistesgestörter tickt.« Die säuft sich noch zu Tode, dachte Anna.

»Nein? Du hast doch früher immer alles verstanden, verteidigt, interpretiert, zurechtgerückt. Du enttäuschst mich, schwarze Dame.«

»Karo, was ist auf einmal los mit dir? Was hat der Unheimliche heute angestellt, daß du derart außer Fassung bist?«

»Entschuldige, bitte. Nichts Besonderes war. Ja, er sprach überhaupt ziemlich langsam vorhin, irgendwie nachdenklich, als müßte er sich die Worte erst mühsam zusammenklamüseln. Wolken, Wasser, stammelte er, wir auch und das Feuer, das Feuer darf nicht verlöschen. Mehr fand heute nicht statt.«

»Vielleicht ist der Wahnsinnsschub wieder einmal zu Ende?«

»Mag sein, Anna. Das ist mir jetzt gleichgültig. Komm bitte zu mir herauf, ich habe einen Entschluß gefaßt, den ich dir erzählen will.«

Anna horchte auf. Was wollte Karoline tun? Sie ließ sich Zeit. Sie spazierte zweimal um den Park herum, um ihr erhitztes Gesicht und ihre wirr stiebenden Gedanken im Wind abzukühlen.

»Ich fahre weg«, erklärte Karoline, als sie wieder in ihrem Wohnzimmer beisammensaßen. »Ja, weg. Du hast doch gesagt, davonlaufen ist auch eine Möglichkeit. Ich ... ja, so ist es, ich ziehe meinen Urlaub vor und fahre für ein paar Wochen irgendwohin, ans Meer oder ins Gebirge. Ganz gleich wohin, aber weg von hier. Ich will Abstand gewinnen.«

»Aber eines Tages mußt du zurückkommen. Was dann?«

»Daran habe ich gedacht. In meiner Wohnung wird so lange der Josef wohnen.«

»Bitte, wer? Bitte, wie?«

»Nun, der dünne Josef. Ich habe dir von ihm erzählt. Du hast mich ja eigentlich erst auf ihn gebracht, den sozusagen verschmähten Verehrer. Ich habe ihn heute früh angerufen und ihn gefragt, ob er meine Wohnung hüten will in meiner Abwesenheit. Er hat zugestimmt. So einfach war das.«

»So einfach war das«, wiederholte Anna. »Du hast also den ganzen Tag schon gewußt, daß du wegfahren willst.« Ein unbestimmter Schmerz durchfuhr sie.

»Du bist mir doch nicht etwa böse, Anna?« Karoline warf der Freundin einen unsicheren Blick zu.

»Aber warum sollte ich. Es gab doch wenigstens eine amüsante Abwechslung im eintönigen Alltag, nicht wahr.« Daß sie so ironisch sein konnte, wunderte Anna und sie triumphierte insgeheim über diesen neuentdeckten Charakterzug. Ob ihr der blieb? Sie hatte sich gar nicht aufraffen müssen, ein gewisses Maß an Beleidigtheit zu spielen. Natürlich war sie es. Die andere sollte nicht glauben, sie hätte eine immer gutmütige Gauchin vor sich, die man ausnutzen konnte, solange man mochte.

Karoline kapierte nichts. »Bin ich froh, daß du das so siehst. Weißt du, ich habe mir gedacht, der Josef war es bestimmt nicht. Und wenn eine Zeit lang eine männliche Stimme am Telefon ist, wird das den

Unheimlichen irritieren und er gibt auf, nicht wahr. Der Josef war selig, daß er für mich … daß er mir wieder helfen durfte.«

»Hat er sich denn an dich noch erinnert?«

»Also. Hör mal. Mich vergißt man nicht so rasch. Oder?«

»Dein Selbstbewußtsein versetzt Berge, was. Ich hätte gerne ein Stückchen davon. Du hast mir doch erzählt, daß du ihn damals nicht besonders nett behandelt hast.«

»Er ist nicht nachtragend. Ach, Anna, sei nicht ungehalten. Ich bin dir für deine Hilfe unendlich dankbar. Ohne dich hätte ich die vergangenen Wochen sicher nicht so leicht durchgestanden. Wer weiß, was passiert wäre, wenn ich nicht eine so vernünftige, nüchtern denkende Freundin an meiner Seite gehabt hätte. Schau, schon deinetwegen mußte ich eine Lösung finden.«

»Meinetwegen? Wieso?« Jetzt bemühte sich Anna sehr, ihrer Stimme einen belustigten Ton zu geben, weil sie einen sich anschleichenden Grimm nicht verhindern konnte. Diese Person zwang sie leichtsinnig und scheinheilig in ein fremdes, unangenehmes, vielleicht letzten Endes sogar gefährliches Spiel und warf sie von jetzt auf gleich hochkant hinaus, weil sie es schließlich überdrüssig war?

»Ja, weißt du, mir ist sehr wohl bewußt, daß dein Leben durch mich in Unordnung gekommen ist. Gelt. Das hat mich … sehr belastet. Ich schäme mich, daß ich dir das angetan habe.«

Da umarmte Anna die Freundin. Mit Tränen in den Augen. Nicht nur wegen deren überraschender Rücksichtnahme, sondern wegen ihrer eigenen, mit nichts zu rechtfertigenden Enttäuschung, aus dem neuen parallel entstandenen Spiel gedrängt worden zu sein, von dem Karoline nichts wissen konnte.

»Hör zu. Ich würde mich sehr freuen, wenn du morgen Abend trotzdem noch einmal zu mir kommen wolltest, zu einem feinen Diner, zum Abschied. Der Josef wird auch da sein und ich kann ihn dir gleich vorstellen. Ja? Ich bin sicher, du wirst ihn mögen. Er ist sehr gefällig und hilfsbereit, aber sicher nicht dein Typ.«

»Ich werde mich hüten. Also gut. Ich bin überredet«, seufzte Anna ergeben, »doch sag, weiß dein Josef von dem Unheimlichen?«

»Ob er … der Josef?« Karoline lachte lustig auf. »Wo denkst du hin. Er soll ganz unvoreingenommen an das Telefon gehen, nicht wahr.«

Anna versprach pünktlich zu kommen.

Der nächste Abend war lau und angenehm. Irgendwo wehte erster Blütenduft durch die Büsche des kleinen Parks, den Anna nun so gut kannte. Es war noch hell, die Frühlingstage dehnten sich schon deutlich lange aus. Anna ging wehmütig um den Park herum und stellte sich neben die Haltestelle. Eine Idee kam ihr. Sie zückte ihr Telefon und tat, als ob sie telefonierte. Sie hatte das bewußte Institutsgebäude am Stadtplan gesucht und wußte nun die Straße, aus der der Mann mit der dunkelrandigen Brille kommen mußte, vielleicht und hoffentlich. Doch wenn einer in einem Labor arbeitet, kann er keine fixen Zeiten befolgen. Sie wollte schon aufgeben. Karolines Einladung nahte und sie war nicht gern unpünktlich. Immer noch mimte sie für zufällige Passanten die aufmerksame Zuhörerin am Telefon, »wie war das«, »na sowas«, »ich staune«, als würde sie die interessanteste Geschichte der Welt vernehmen. Sie überquerte die Straße, schlenderte langsam an der Apotheke vorbei, hinauf zur Gleiskurve, wendete wieder. Sie sah ihn schon von Weitem. Er kam ihr entgegen, erkannte sie, lüftete den Hut, nickte freundlich und ging, da er sie telefonieren sah, weiter. Sie grüßte freudig aufgeregt zurück und sah ihm nach, wie er über die Straße zur Haltestelle ging, sich drinnen auf das Holzbänkchen setzte und in einer Mappe zu lesen begann. Krampfhaft preßte sie noch immer das leere Handy ans Ohr und überlegte, ob und wie sie dem Schicksal ihren eigenen Steigbügel zum Halten geben sollte. Was tun? Also, ganz beiläufig nachgehen, rein zufällig in dieselbe Straßenbahn steigen, Karoline anrufen … Zögernd machte sie einen Schritt in die Fahrbahn hinein. Plötzlich raste, schleudernd und beinahe platzend vor lautem Radiogetöse, von hinten ein kleines helles Gefährt heran, schlug ihr den abbrechenden Seitenspiegel schmerzhaft gegen den Unterarm, bremste jäh, kurz bockend … Und fuhr weiter. Fassungslos äugte sie ihm nach. Eine Frau redete sie an, sie verneinte, immer noch sprachlos. Ein Kind reichte ihr das Telefon, daß ihr hinuntergefallen war. »Lieb von dir.« Jemand faßte sie am Arm. Sie drehte sich um. »Danke, mir ist nichts passiert … «

Da fiel ihr Blick zufällig in die Auslage des Dekorstoffgeschäftes, das sie noch nie am hellen Tag hatte betrachten können. Sie stutzte, schaute … und gefror zu Eis. Oh. Die Beine wurden ihr weich. Alles Blut schien aus ihrem Gehirn wie ein Sturzbach in die Füße zu fließen. Sie stand da, den Mund offen, das schmutzige Handy in der Hand. Aus ihrem linken Gesichtsfeld entfernte sich die Straßenbahn mit leisem Scheppern und Quietschen, während sich rechts visavis ein sehr großer altmodischer Standspiegel, drapiert mit bunten Vorhangstreifen, heranschob und ihr Bewußtsein böse blendete: ein riesiger, leicht schräg gekippter Spiegel, in dem alle oberen Fenster von Karolines Wohnhaus in stark schiefer Perspektive annähernd deutlich zu erkennen waren. Die Unlogik der Situation fiel ihr in ihrem angestoßenen Schrecken nicht auf. Ein fremder Mann mit Brille lächelte sie im Vorübergehen an. Im Moment fand sie keine klaren Gedanken. Die waren alle von dem alten Zauberspiegel verschluckt worden. Unscharfe Folgerungen verwirrten ihr die Zusammenhänge. Das dort jetzt … und vorhin … und damals … Seltsamkeiten gibt es auf der Welt, nicht wahr. Was so alles geschieht in einem Leben, alltäglich, meist banal und harmlos. Dutzende, hunderte Zufälle. Erfreulichkeiten, Herausforderungen, Neckereien, Warnungen, Spielereien. Ereignisse eben. Keine Ursache, keine Bedingung, keine Logik Ein Zufall wie der andere. Aber plötzlich. Da war einer! Unbegreiflich böse ins Abgrundtiefe zeigend. Und später. Da kamen welche, abartig, unbedacht, vandalisch. Und dann. Wieder einige ... albern, erschreckend normal, bedrohlich. Ach, nicht mehr erinnern, weghorchen, nicht jedes Unglück ist ein Zufall. Oder? Da war doch noch einer. Unbeschreiblich gemein, über die Maßen niederträchtig ... Etwas in ihr wirrte. Vernebelte sie. Puffte sie. Flackerte hoch in ihren grauen Zellen. Die wollten, sollten sich nicht erinnern. Wieso ausgerechnet jetzt? Der Arm schmerzte, der Kopf und alles an ihr. So wie an jenem Winterabend vor etlichen Jahren ... Es war schon dunkel unter den Schneewolken und das Ende der Besuchszeit nahte ... Sie schritt in verzweifelter Trauer versunken, das Flimmern tausender Kerzenflämmchen in ihren nassen Augen, vom Haupteingang des Zentralfriedhofes zu ihrem Parkplatz bei der Zeremonienhalle ... Als ein dunkler Mini aus der Reihe ausbrach und direkt auf sie zufuhr. Sie hatte sich nicht so schnell zur Seite werfen können, daß der Wagen sie nicht doch rammte und ein Stück mitschleifte. Ihr Glück war der offene voluminöse Plüschmantel von der Großmutter, der an der Stoßstange des kleinen Autos hängenblieb und den scharfen Anprall dämpfte. Ihr großes Tuch, vom Kopf gerutscht und auf die Windschutzscheibe flatternd, behinderte dem wahnsinnigen Fahrer die Sicht, er verriß das Lenkrad. Und so wurde sie von den Rädern weggedreht, mit Wucht an die aus einem parkenden Kleinlaster ragende Eisenleiter geschleudert und blieb darunter liegen. Der Mini preschte mit aufheulendem Motor davon, als ein Passant heranstürzte. Notarzt, Rettung, Polizei. Der Mantel war hin, ihr linker Ellbogen gebrochen, die Hüfte angeknackt, Sehnen gezerrt, Muskeln gequetscht, diverse sonstige arg blutende Wunden. Glück im Unglück, sagten die Verwandten am Telefon. Zerstörte Eierstöcke, sagten die Ärzte im Spital, vor der Notoperation. Anna japste nach Luft, schloß die Augen, wollte diese Erinnerung aus dem Kopf schütteln. Spürte sich wieder, stechende Schmerzen im Bauch, am Boden des schon fast leeren Parkplatzes liegend, den Rücklichtern des kleinen Wagens ein keuchendes Warum nachstammelnd, bevor sie langsam ohnmächtig wurde. Unkenntlich das verschmutzte Nummernschild. Ein betrunkener, geistesgestörter Zufall? Verworrene Schicksalsfäden, fehlgeleitet, verknäuelt, irrtümlich, absichtlich, rätselhaft … Spielte die Vorsehung vielleicht auch? Gewaltige und t o d sicher ungewinnbare Spiele?

Anna stand noch immer erstarrt in vergangenen Bildern. Langsam kam sie zu sich und der große damastgeschmückte Spiegel holte sie in die Gegenwart zurück, ebenso unbegreiflich und grausam. Kein Phantasma. Eine unbarmherzige Erinnerung an ein anderes, verlorenes Leben will eine vage Spekulation in einer unabsehbaren Ferne schon im Ansatz vereiteln. Eigentlich lachhaft. Ein leiser Wind wehte ihr eine leere Zigarettenschachtel vor die Füße. Wütend stieg sie drauf, fest und fester, damit die tobenden Gedanken ebenso zerkrümeln und unter dem Gehsteig verschwinden mögen. Die nächste Straßenbahn kam, fuhr wieder ab. Entfernte sich kreischend und ächzend aus ihrem Blickfeld so wie der vorhin abgespulte entsetzliche Film aus ihrer Gedächtnissphäre. Und zog das Mißtrauen mühsamst auch mit sich fort. Anna stand immer noch auf den Papierbröseln. Der linke Arm schmerzte, und der Kopf. Alles andere war ja mehr oder weniger gut verheilt, nicht wahr. Plötzlich streifte etwas ihre Beine. Sie wendete sich um. Ein riesiger grauer Hund sagte charmant »Wuff«, ein Mann entschuldigte sich. Sie beugte sich zu dem Tier und streichelte sein dichtes Fell. Der Hund wedelte und schmiegte sich an sie. Welch schöne braune Augen er hat, dachte sie. Und auf einmal schien alles gut. Die Welt war wieder wie sie war. Der Park, die Straße, die Ampel, die Kreuzung, die Geleise, einfach alles. Langsam spazierte sie von einer Auslage zur anderen. Ein bißchen noch wie in Trance. Ein wenig durcheinander. Versuchte tapfer, das Zittern ihrer Hände in die Manteltaschen zu stopfen. Beim Blumengeschäft angekommen, wurde sie ruhiger. Nunmehr gefaßt überquerte sie die Straße.

Karoline war mit dem Herrichten der gelieferten Mahlzeit noch gar nicht fertig. Geschäftig eilte sie zwischen Küche und Eßraum hin und her. Quasi zwischen Tür und Angel stellte sie Josef und Anna einander vor. »Das ist Josef« und »Das ist meine liebe Jugendfreundin«. Beiden schien es eine durchaus akzeptable Bekanntschaft. Josef war ein freundlicher, zurückhaltender, sehr verlegener junger Mann. Erst allmählich taute er auf und ließ sich in eine eifrige Unterhaltung mit Anna plumpsen. Anders konnte man seine amüsante Beflissenheit nicht bezeichnen.

Das gelieferte Restaurantessen war gut und diesmal gab es ein ungestörtes Dessert. Anna und Karoline tauschten einvernehmlich einen Blick, als die abgedeckte Schüssel unter einer grellblauen Blumengirlande auf die überraschten Lobeshymnen der Gäste wartete.

»Das Telefon läutet heute gar nicht?« Anna stellte es mehr fest als daß sie es fragte. Mokant die Lippen verziehend. Ihr war irgendwie mißlich zumute. »Aber heute haben wir zum Glück einen Beschützer.«

Josef kräuselte seinen Schmollmund. »Was, wie, wer?«

Seine Freundin stieß ihn an. »Darüber reden wir später. Das wollen wir an diesem schönen Abend vergessen, gelt. Du bist wirklich unheimlich gescheit, Anna.« Sie lachte auf.

»Anna?« Josef schaute erschrocken auf Karoline, die das Parfait verteilte und ihm einen Nasenstüber gab. Der junge Mann zog eine Grimasse und alle lachten.

Als Anna am Ende dieses Abends die schon wieder stark beschwipste Freundin umarmte und ihr einen erholsamen Urlaub wünschte, legte ihr diese die Girlande aus blauen Orchideen in den Arm. »Ich danke dir, Pique-Dame. Ich freue mich jetzt schon auf ein Wiedersehen.« Sie keckerte wie ein Waldvogel, hielt sich an Anna fest und schüttelte sie. Vor Lachen konnte sie kaum mehr verständlich sprechen. »Und dann, hahaha, das schwöre ich dir, hahaha, zeige ich dir einen neuen, klügeren

Phönix aus der Asche aufsteigen, hahaha, der noch mächtiger über alles drüberfliegt ... «

»Du bist uns sowieso überlegen«, feixte Josef, »was willst du noch mehr?«

»Mehr, mehr! Ihr seid immer mit allem zufrieden, ihr Duckmäuser, ihr geduldiges, ahnungsloses Völkchen.«

»Woher willst du das wissen? Du kennst doch niemanden außer dir.« Anna wurde langsam griesgrämig.

»Ja, woher weißt du, was ich will, wovon ich träume?« schloß sich Josef mutig an. Setzte sein Glas an die Lippen. Trank die Hälfte.

»Ach, ihr Lieben«, säuselte Karoline, nahm ihm sein Glas weg und trank es in einem Schluck aus. »Was spielt das für eine Rolle, wenn man nicht absichtlich nachhilft. Und ich will lediglich, was mir gebührt.«

»Das wirst du kriegen«, schwor der Mann, »bestimmt. Ich mache doch alles für dich. Ich besorge dir, was du willst.« Er drängte sich anzüglich grinsend an sie. Nüchtern war er nicht mehr.

»Sowieso. Und Vergeltung bitte auch!« schrie Karoline auf einmal mit überschnappender Stimme. »Für alles, was man mir angetan hat in meinem Leben!«

»Wieso?« Josef umarmte und küßte sie. Karoline biß fast zurück. Der Mann prallte an ihr ab, fiel auf die Knie und tastete sich lüstern an ihren Beinen hoch. Die Frau entwand sich ihm, keckernd wie ein beim Federnputzen gestörter Waldvogel.

»Aber Karo«, staunte Anna und lächelte sauer. Die Situation wurde peinlich, schien ins Abstruse zu rutschen und dort auszugleiten. »Dir ist es doch immer gut gegangen, solange ich dich näher kannte. Was danach passiert ist, hast du mir nicht erzählt. Vielleicht hätte ich dir wieder helfen können.«

»Ja, du und helfen, äh. Was mir wirklich geholfen hätte, hast du nie begriffen. Deine Hilfe war, hähähä, immer nur ein Eigentooor ... «

Anna verstand Karolines undeutlich fast lallend herausgeprustete Bemerkung nicht, wollte jedoch nicht weiter darum fragen. Bloß keinen Streit mit zwei unberechenbaren, betrunkenen Menschen. Josef hatte auch zu viel intus und sein ständiges albernes Gekicher seit geraumer Zeit war ihr kaum mehr erträglich. Die beiden wankten eng umschlungen umher. Karoline mit dem aufgeheizten Mann spielend. Anlassig er, verschmähend sie. Auch eine solche Erinnerung mochte sie nicht mitnehmen heute.

Erleichtert und gleichzeitig bedrückt, daß die dumme Episode ein Ende hatte, fuhr sie nach Hause. Die blaue Blumengirlande stellte sie in eine hohe Vase. »Arme geschändete Blüten. In welchem Giftbad hat man euch zu dieser unnatürlichen Farbe gezwungen!« Die Orchidee schien zu nicken. Traurig legte Anna die gereinigte hellblaue Seidenblume darunter.

4. Kapitel
Der Trick mit den vertauschten Karten

Einmal noch hatte der Winter grimmig versucht ein letztes Versäumnis nachzuholen. Doch die Narzissen und Tulpen lachten ihm so bunt ins zerfließende Angesicht, daß er seine stürmischen Bemühungen endlich aufgab und unter dem Donnern und Blitzen der ersten Frühlingsgewitter schwor, seinen nächsten Termin pünktlicher einzuhalten.

Anna hatte beschlossen sich auf ihre Weise an ihrem Schicksal zu rächen. Zum ersten Mal und ganz gegen ihre Gewohnheit und Erziehung kleidete sie sich in helle Farben. In ihren strengen eher dunklen Kostümen war sie sich auf einmal wie eine Klosterfrau vorgekommen, die wegen irgendwelcher Verfehlungen auf die Straße gesetzt worden war. Albern, dieses ständige Schuldgefühl wegen nichts. Und wer gesagt hat, ein freundliches Gesicht brauche weniger Kraft als ein ernstes, der muß sich geirrt oder von Haus aus dehnbarere Muskelansätze untersucht haben. Die Mundwinkel fallen nach dem Gesetz der Schwerkraft von allein nach unten. Um sie hoch- und auseinanderzuziehen bedarf es mehr Bemühung als sie zu lassen. Ohne Grund lachen, wozu. Doch. Schau dich um. Erfasse. Begreife. Die guten Tage suchen dich nicht, wenn du sie nicht finden willst. Die Alternative? Zusammennehmen. Auch wenn es nicht leicht fällt. Lächeln. Warum eigentlich. Trotzdem lächeln. Durch die Menschen hindurch. Einer von vielen lächelt zurück und freut sich. Die anderen denken, die spinnt oder sie ist high. So ist das heute. Anna lächelte, erst ein wenig krampfhaft, dann spöttisch über ihren holprigen Versuch, alte Muster aus den Ablagerungen der Jahre herauszukratzen.

Gewohnheiten ablegen wollen bedeutet ständig daran denken. Anna fand, daß es sehr schwierig war, an mehrere unübliche Dinge gleichzeitig zu denken, damit sich etwas änderte. Die schnellen Schritte, die verbissenen, ernsten Züge, die gebückte Haltung, das alles mußte bedacht und kontrolliert werden. Auch im Büro. Nicht zu vergessen die neuen Hütchen, Käppchen, Tücher und Schals, Ansteckblumen und

Ohrringe. Am Ende eines solch anstrengenden Disziplintages fiel Anna erschöpft in einen Polstersessel und bewunderte voll Neid alle Lebewesen, denen Fröhlichkeit und Liebenswürdigkeit bereits in die Wiege gelegt worden waren. Oft genug geriet sie nahe an die Umkehrgrenze, an der sie diese Mühen und Plagen wieder aufgeben könnte. Dann ging sie in ihrer Wohnung auf und ab und hielt sich einen Vortrag darüber, daß sie eben zufrieden sein müsse, wie sie sei, daß sie den Mut haben solle, zu ihren Selbstheiten zu stehen und daß im übrigen niemand sie anzusehen brauche, dem sie nicht auch so, wie sie eben war, gefalle. »Halte keine Grabreden!« hörte sie ihren Vater von dem Foto an der Wand herunter sagen. Sie seufzte und schaute das Bild fragend an. Manchmal schaute es freundlich, manchmal streng. Das war eine Reflexion ihres eigenen Unterbewußtseins, hielt sie sich vor. Aber vielleicht auch irgendwie eine imaginäre Art von moralischer Instanz. Nach der man sich allerdings nicht immer richten mußte, wenn man einfach nicht hinsah.

Sie seufzte. Dieses dringende Bemühen um eine gefälligere Art trat in mehr oder weniger deutlichem Ausmaß zu Beginn jeden Frühlings auf und sie wußte auch, daß sie es noch nie auf die Dauer durchgehalten hatte. Sie war kein besonders konsequenter Mensch in solchen Sachen, die einen unbequemen Aufwand erforderten. Doch nun standen noch die Erlebnisse mit Karoline unvergessen im Hintergrund. Vielleicht würde diesmal einiges von den geübten Kunststücken ein bißchen länger andauern, von diesen alten, stets neu geprobten Kunststücken, begehrt, bewundert, anerkannt zu werden. Den Lohn für ihre Anstrengungen, Frisur, überschminkte Narbe, wiegender Gang in flotter Kleidung, durfte sie in der Form von blitzenden Blicken genießen, die sich nach ihr umdrehten. Was sie in spiegelnden Auslagenscheiben unauffällig huldvoll entgegennahm. Besonders rücksichtsvolle Höflichkeiten liebte sie. Anerkennende Pfiffe hinter ihr schätzte sie zwar nicht so sehr, akzeptierte sie dennoch geschmeichelt.

Annas größtes Problem, an dem sie häufig litt, war der Zwiespalt von der gefälligen äußeren Erscheinung, zu der sie gelegentlich fähig war, und der fehlenden inneren positiven Einstellung, zu der sie selten fähig war. Durch ihre schlimmen Erlebnisse, ihre einsamen Jahre danach, durch ihre mißglückten Partnerschaften, wohl auch durch ihre strenge, altmodische Erziehung hatte sich ein Klumpen von Mißtrauen, Schuldgefühlen, Resignation und Befangenheit, alles in allem Unsicherheit, gebildet. Jedesmal, wenn ein Begebnis nicht so verlief, wie sie es erhoffte, hatte sie sich umgedreht, als wäre nichts gewesen. Es war aber doch etwas gewesen und jedesmal war ein bißchen mehr Bitterkeit in der Erinnerung zurückgeblieben. Das konnte kein Frühling und kein helles Kleid aus der Welt schaffen. Nur sie selber. Aber ohne ausreichende innere Sicherheit ist niemand den Widrigkeiten des Lebens gewachsen. Eine innere Sicherheit, wie sie von der Zuwendung eines anderen Menschen getragen ist. Davor jedoch hatte sie eine schon zu tief verwurzelte Scheu. Davor, sich wieder preiszugeben ihren immer wieder enttäuschten, verratenen und nebseits geschobenen Gefühlen und ihrer selbstverlächelten Sehnsucht nach Geborgenheit und Hingabe. Sie lief kreuz und quer durch einen Irrgarten und fand nicht hinaus. Daß sie überhaupt noch lief, lag wahrscheinlich an so einem albernen kleinen Hoffnungsschimmer, der sich vielleicht im Sonnenhalo vorläufig noch vor ihr verbarg.

Ein Amsellied vor ihrem Fenster hatte Anna entzückt. Auf dem Geländer ihres Balkons saß der kleine schwarze Vogel mit dem gelben Schnabel und strengte sich fleißig an, den frühmorgendlichen Verkehrslärm zu übertönen. Jetzt hüpfte er auf das Dach seiner Futterstelle ohne mit dem Gesang aufzuhören. Anna kannte ihn, er trug ein weißes Federchen in der rechten Schwinge und hatte die Winterfütterung dankbar genossen. Jetzt suchte er über den Dächern der Stadt eine Gefährtin. Vielleicht die hübsche Grauschwarze auf dem Sims des Nachbarhauses?

Hellblau in Kostüm und Stimmung schritt sie auf eine Fußgängerunterführung zu. Als sie auf der Rolltreppe stand, meinte sie, daß ihr ein Mann gefolgt war, der offensichtlich versuchte, einen Blick von ihr zu erlangen. Sie tat, als merkte sie es nicht und erschrak, als er sie ansprach.

»Guten Tag!« Ein freundliches Gesicht mit einem Grübchen am Kinn und einer dunkel umrandeten Brille nickte ihr zu.

»Oh, hallo, welch eine Überraschung!« rief sie erfreut. Wurde sofort rot und genierte sich über ihre unpassende Bemerkung.

»Ein angenehmes Wetter heute, nicht wahr.«

»Oh ja«, antwortete sie eifrig. »Nicht zu warm und nicht zu kalt. Gerade richtig.«

»Ich wundere mich immer wieder, wieviele Menschen zu dieser Hauptarbeitszeit auf der Straße sind. Die meisten Büros und Geschäfte haben lange schon begonnen.«

»Das frage ich mich auch oft. Ob die alle Urlaub haben?«

»Dabei sind wir ja ebenfalls hier«, meinte er lächelnd, »und Sie und ich haben sicher einen Grund dazu.«

»Natürlich, Sie haben recht«, sagte Anna verwirrt, »ich muß meinen Chef bei einer Besprechung außer Haus vertreten.«

»Und ich bin auf dem Weg ins Ministerium und bemühe mich um einen Zuschuß für unsere neuen Testreihen. Wir würden auch eine zusätzliche Hilfskraft benötigen. Aber der Minister blockt immer wieder ab. Für die Forschung gibt es seit langem zu wenige Zuschüsse.« Er nickte bedauernd.

»Das ist wahr«, gab ihm Anna recht. »Neue Polizeiuniformen sind natürlich wichtiger. Und neue Teppiche im Parlament.«

Sie gingen durch die weite, von einzelnen dunkelgrauen Steinsäulen unterbrochene Halle, stumm nebeneinander, hellwach, aufmerksam, gleichsam lauernd auf die kleinste Gelegenheit, die eine Fortsetzung des

Gespräches erlauben würde, aber es reichte nur zu verlegen lächelnden Blicken.

»Haben Sie die hellblaue Blume noch?« fragte er endlich und sah an ihr hinunter, als die zweite Rolltreppe sie auf die andere Seite der Straße hinauffuhr.

»Ja«, nickte Anna, »und sie sieht wieder wie neu aus.«

»Das freut mich. Sie hat Ihnen gut gestanden zu Ihren schönen hellbraunen Haaren.«

»Oh danke. Sehr freundlich.«

»Aber bitte, gern. Es ist die Wahrheit.«

Sie schwiegen wieder. Anna zitterte innerlich vor Seligkeit, fand aber in ihrer Verwirrung keine vernünftige Antwort.

»Da steht meine Straßenbahn. Sie wissen, ich habe einen Termin«, rief er plötzlich aus und sprang mit großen Schritten in den Waggon. Die automatische Tür schloß sich hinter ihm und der Zug fuhr ab. Sie sah, daß er ihr aus dem letzten Fenster zuwinkte.

›Ich hätte an seiner Stelle den Zug versäumt und den nächsten genommen‹, dachte sie enttäuscht. ›Aus welcher Richtung kam er … dort sind die Mediziner und die Biologen … ‹, und nach einer Weile: ›Ich hätte ihn nach seiner Arbeit fragen sollen.‹

Ihr fiel ein, daß sie eigentlich fast nichts von ihm wußte. Keinen Namen, keine Telefonnummer, keinen Familienstand. Vor allem wußte sie nicht, ob er womöglich gar der Unheimliche war, der Karoline gequält hatte. Freude schien also konsequenterweise nicht wirklich angebracht. Dennoch summte sie vergnügt vor sich hin, als sie ihren Weg fortsetzte.

Einige Tage waren seitdem vergangen.

Anna war schon wieder auf einer zum Glück für sie nicht allzu häufigen dienstlichen Fahrten durch die Stadt. Sie arbeitete ja hauptsächlich Entwürfe im Büro am Computer aus und ihr Chef kümmerte sich um deren praktische Anwendung. Doch wenn bestimmte Details zu kompliziert waren, um über eine dritte Person abgewickelt zu werden, oblagen die Verhandlungen der Einfachheit halber gleich ihr. Da sie Wege in der Stadt selten mit dem Taxi zurücklegte, die Spesenabrechnungen waren ihr zu mühsam, hätte sie die Linien der Straßenbahnen gut kennen müssen. Aber sie wußte jeweils nur die ungefähre Richtung, studierte jedesmal vor einer solchen Fahrt den Stadtplan und verließ sich darauf.

Die Richtung des Zuges, in dem sie saß, stimmte zwar, doch eben nur ungefähr. Die Linie endete wegen Straßenbahngleisarbeiten. Sie mußte in einen ihr unbekannten Bus umsteigen. Die Gegend, durch die sie gefahren wurde, gefiel ihr sehr. Lauter alte prächtige Patrizierwohnhäuser aus der Jahrhundertwende, Jugendstilfassaden mit kleinen blühenden Vorgärten, standen vornehm müde entlang der Straße. Ihr schien, als wäre hier die Zeit stehen geblieben und um die nächste Ecke müßte ein Dienstmädchen biegen, weißes Rüschenband in den Locken, weißes Schürzchen über schwarzem Rock, den Einkaufskorb schwenkend und einem winkenden Arm aus einer vorbeifahrenden Kutsche nachschauend.

Der Bus stoppte in einer Haltestelle, aus der ein anderer Bus gerade wegfuhr. Eine schöne alte Dame mit mehreren Taschen und Paketen sowie einer weißen Tüte stieg mühsam ein. Daß die alten Leute immer glauben so viel tragen zu müssen, tadelte sie insgeheim und wandte den Kopf ab. Doch ausgerechnet zu ihr setzte sich die alte Dame, nachdem ihr ein aussteigender Mann geholfen hatte, ihre Einkäufe hereinzuholen. Sie atmete schwer und Anna fühlte sich nun doch bemüßigt, sie anzuschauen und anzulächeln, gehorsam wie ein kleines Mädchen, das man mit strengem Blick aufgefordert hatte: Nun grüß doch brav. Aber während Anna in das schöne, mit vielen Fältchen bedeckte Gesicht ihrer Nachbarin schaute und von dieser ein reizendes Augenzwinkern empfangen hatte, fiel ihr Blick auf die weiße Tüte, die liebevoll festgehalten wurde. Eine gelbe Orchideengirlande hing heraus, gerade ein solches Kunstwerk, wie es Karolines Blumenfrau herstellte. Die Dame sah Annas überraschte Bewunderung und freute sich darüber. »Herrlich, nicht wahr«, sagte sie und neigte die Blumenspirale ein wenig herüber.

Anna nickte. Ein merkwürdiges Flair hauchte auf einmal heran, etwas schemenhaft Entfallenes ... Sie kamen ins Plaudern.

»Scheint das nicht ein Glücksdrache zu sein, wie aus einem chinesischen Märchen?« meinte die alte Dame verzückt.

»Ja, wirklich«, stimmte Anna zu, »die jungen Triebspitzen der grünen Blätter, die zwischen den Orchideen geflochten sind, sehen wirklich aus wie Rückenschuppen, und vorne zwei vergoldete Blättchen wie ein Reptilienzünglein.«

»Ja, nicht wahr. Sehen Sie das auch so«, strahlte die alte Dame. »Ich freue mich außerordentlich, daß es jemanden gibt, der ähnlich empfindet wie ich. Mein Sohn besorgt mir diese Blumenfreude jedesmal, wenn wir uns in der Stadt treffen. Und danach ergreife ich die Gelegenheit, um gleich ein wenig einzukaufen.«

Plötzlich gab es einen jähen Ruck. Bremsen quietschten. Hupen kreischten. Fahrgäste schrien auf. Die alte Dame hatte ihre rechte Hand schützend vor die Blumen gehalten und war dabei an die Lehne der vorderen Sitzreihe gestoßen. Mit einem kleinen Schmerzenslaut zog sie die Hand zurück. Anna fragte besorgt, ob sie sich verletzt hätte.

»Ich glaube, ich habe mir einen Finger verstaucht. Hauptsache, den Blumen ist nichts passiert.«

Als die alte Dame aussteigen mußte, half ihr Anna mit den Paketen. Ein Tragenetz riß und einige Obststücke rollten in den schmalen Wiesenstreifen neben der Haltestelle, wo Alleebäume die Straße säumten.

Anna stieg aus, um beim Einsammeln zu helfen. Indessen fuhr der Bus davon.

Anna schluckte eine unwirsche Bemerkung hinunter. Jetzt war nichts mehr zu machen. Sie hatte also keine andere Wahl als der alten Dame anzubieten, die Pakete und Taschen bis zu ihrem Haus zu tragen, damit die Orchideen unverletzt blieben. Mit freudiger Dankbarkeit nahm die Dame an. Das Haus, in dem sie wohnte, hielt fürwahr Hof in einem schmalen, von Goldregen und Flieder umrahmten Vorgarten, geschmückt mit kleinen geschwungenen Balkonen, auskragenden Gesimsen und gekrönt von einem Relief, aus dem eine Kutsche mit vier Pferden herauszustürmen schien.

Anna setzte ihre Begleitung wegen eines defekten Lifts über das Hochparterre bis in den 1.Stock fort, zu einer messingbeschlagenen hohen Eingangstür, mit dem Schildchen »Wallaberg«. Die alte Dame bat Anna äußerst herzlich, ihr doch bei einem Tässchen Tee Gesellschaft zu leisten. Anna wollte sie nicht kränken und sagte zu. Ein junges Mädchen in einem kurzen roten Arbeitsmantel und mit einem weißen Spitzenbändchen über den sehr kurz geschnittenen Haaren öffnete mit einem spöttischen Knicks. Sie nahm Anna die Pakete ab und bereitete das Tee-Tablett vor.

Anna saß mit der alten Frau Wallaberg an einem kleinen Teetisch und unterhielt sich über Teesorten, Orchideen und ungehörige Autobuschauffeure. Ihre anfänglich zwiespältige Unbehaglichkeit begann sich langsam zu wandeln. Die alte Dame und deren häusliche Umgebung gefielen ihr. Altmodisch, gediegen, scheinbar sicher. Dennoch, nach einem zufälligen Blick auf die Uhr, stand sie auf und meinte bedauernd, sie müsse nun gehen.

»Ach, bitte, bleiben Sie noch ein Weilchen. Ich freue mich so sehr, daß ich endlich einmal nicht allein bin beim Nachmittagstee und daß ich eine so liebe gescheite Gesellschaft heute habe. Machen Sie mir doch die Freude, bitte. Ja?«

Anna wagte nicht zu widersprechen. Setzte sich wieder. Der gelbe Orchideendrache leuchtete aus einer gebogenen dünnen Vase geheimnisvoll herunter, neigte sich auf die feinen Wölkchen, die aus den Teetassen aufstiegen, als wollte er einen vertrauten Duft einatmen. Wunderschöne fremdländische Figuren zierten einen barocken Glasschrank. Frau Wallaberg quittierte Annas Staunen mit begeisterten Reiseberichten. Nach einer weiteren Stunde wies Anna verlegen nochmals darauf hin, daß sie nun aber wirklich aufbrechen solle, sie habe eine wichtige Verabredung.

»Sie müssen noch ein bißchen bleiben, wenigstens bis mein Sohn kommt. Ich habe ihn zu Mittag in der Stadt getroffen und ihn für fünf Uhr hergebeten. Er konnte sich ausnahmsweise freinehmen. Sonst ist er sehr beschäftigt, müssen Sie wissen.«

Anna fing wieder einen merkwürdig spöttischen Augenaufschlag des im Hintergrund lungernden Dienstmädchens auf.

»Mein Sohn ist Dozent an der Universität«, betonte die alte Dame stolz. Anna fand das großartig, wollte aber dennoch lieber gleich gehen, da ihre Verpflichtungen unaufschiebbar waren. Sie stand auf und blieb stehen. Frau Wallaberg gab nun doch nach und führte sie mit großem Bedauern zur Eingangstüre, nicht ohne vorher ihren Namen und ihre Adresse aufgeschrieben zu haben. Anna bedankte sich für den schönen Nachmittag und versprach wiederzukommen.

Die Türglocke läutete. Die alte Dame öffnete.

»Da ist ja mein Sohn endlich!«

Anna erstarrte. Ihr war, als hätte sie einen Stromstoß erhalten. Da stand, mit einem ebenfalls erstarrten Lächeln, der Mann mit der dunkel umrandeten Brille und dem Grübchen am Kinn. Frau Wallaberg schaute höchst erstaunt und interessiert von einem zum anderen. »Ihr kennt euch?«

»Ja … Nein … Doch … Das heißt, flüchtig … Das heißt, eher wenig … .«

»Aha«, sagte die alte Dame gedehnt, »woher kennt ihr euch?«

Anna machte eine hilflose Gebärde. Der Mann schob mit dem Zeigefinger den Brillenbügel über der Nase hoch, räusperte sich und erklärte mit lässiger Selbstverständlichkeit: »Die junge Dame hatte eine Blume im Sturm verloren und ich habe sie aufgehoben.«

»Ja, so war es. Eine hellblaue Seidenblume«, bestätigte Anna.

Frau Wallaberg zwinkerte, als wäre ihr etwas in die Augen gefallen. »Ach, Kinder. Ihr müßt mir nichts Erfundenes erzählen. Wahrscheinlich habt ihr euch durch ein Eheinstitut kennengelernt und geniert euch, es zuzugeben. Ach, wie süß!«

»Um Gottes Willen, Mutter!« rief der Mann empört aus.

Anna schwankte ein wenig und rang nach Luft.

»Habe ich was Falsches gesagt?« zwitscherte die alte Dame, aber es klang nicht vergnügt, sondern merkwürdig metallisch hart.

Anna nahm alle Kraft zusammen. »Sie irren, Frau Wallaberg. Ganz gewiß irren Sie sich. Wir sind einander zufällig im Sturm begegnet … «

»Im Sturm. Soso. Wie anregend.«

»Mama, laß dir erklären … «

»Ist ja gut, Ihr Lieben«, die alte Dame tätschelte ihrem Sohn die Wange. »Ihr müßt euch doch nicht entschuldigen. Das Leben ist so reich an zauberhaften Ereignissen … «

»Ich muß jetzt wirklich gehen. Ich danke Ihnen für den Tee und wünsche Ihnen, Ihnen beiden, noch einen schönen Tag!«

Sie drehte sich um, drängte sich an dem Mann vorbei hinaus und rannte die Treppe hinunter. Das Sonnenlicht durch die rötlichen Glasscheibchen im Mosaikfenster des Stiegenhauses schienen einen pyroklastischer Strom hinter ihren Fersen herabzuwälzen. Ihr Gesicht brannte. Am Ende glaubte er gar, sie hätte ihn ausgeforscht und wäre absichtlich … Schritte hinter ihr. Der Mann war ihr nachgestürmt und faßte sie beinahe beschwörend an der Hand. »Ich muß mich für meine Mutter entschuldigen! Bitte … «

Sie drehte sich halb um. »Mir ist das so peinlich.«

»Das braucht doch Ihnen nicht peinlich zu sein. Meine Mutter benimmt sich manchmal ein wenig … .. nun, sagen wir es vorsichtig, ein wenig merkwürdig. Sie ist viel allein und denkt sich oft die befremdlichsten Dinge aus.«

Anna schwieg verlegen.

»Bitte«, sagte der Mann eindringlich, »seien Sie wieder gut.«

»Ich bin nicht böse«, erwiderte Anna matt lächelnd, »es war mir nur so … .«

» … so peinlich, ich weiß«, ergänzte er schmunzelnd und Anna sah, daß er braune Augen hatte, mit grünen Pünktchen darinnen. Sie lachte nun auch. Hielt sich an seinem Händedruck einen kurzen Augenblick lang fest. Dann verabschiedete sie sich rasch. Schade, daß er mich nicht um ein Wiedersehen gebeten hat, dachte sie.

Sie sah ihn wieder. Bald schon.

Auf einem gelblichen Büttenbillett mit den eingravierten Initialen ›AR‹ war mit zittriger Schrift eine Einladung zum Nachmittagstee verfaßt, mit der Bitte, einer alten Frau ihre oft übertrieben scheinende Sorge um den einzigen Sohn zu verzeihen.

Anna freute sich. Sie legte an diesem Tag besonders viel Wert auf ein gediegenes Aussehen, machte sich sorgfältigst zurecht und steckte die hellblaue Blume in das hochgekämmte Haar. Während sie sich vor dem Spiegel prüfend drehte und hier und dort noch an sich zupfte, läutete ihr Telefon. Sie hielt inne, überlegte kurz, die Nummer auf dem Display kannte sie nicht. Beschwichtigend klopfte sie auf den schrillenden Apparat und schüttelte den Kopf: nicht heute, wer immer es sei. Sollen sie doch auf den Anrufbeantworter sprechen.

Ein Taxifahrer, dem sie den Bezirk und das Haus mit den stampfenden Rossen auf der Fassade beschrieb, brachte sie auch tatsächlich dorthin. Der Mann mit der Brille öffnete. Er schien aufgeregt und nervös. »Ich habe versucht, Sie telefonisch zu erreichen. Meiner Mutter geht es gar nicht gut.«

Annas Freude rutschte unter die Fußmatte. »Das tut mir aber leid«, stammelte sie, quetschte die Pralinenschachtel verlegen in den Händen und war unschlüssig, ob sie jetzt wieder umdrehen sollte.

»Kommen Sie herein. Vielleicht geht es doch gut. Sie müssen wissen, meine Mutter leidet gelegentlich an seltsamen Anfällen und dann weiß sie nicht, was sie spricht und tut. Unser Hausarzt ist bereits hier.«

Anna folgte ihm zögernd in den großen Salon. Auf dem geschnitzten Armstuhl thronte Frau Wallaberg in einem schwarzen Spitzenkleid und ein schwarzes Schleifchen im weißen Haar. Neben ihr, auf gewöhnlichen Sesseln, saßen ein Mann und eine Frau, beide höheren Alters. Hinter ihr stand ein grauhaariger Mann mit einer Injektionsnadel, offensichtlich der Arzt, und beugte sich seitlich zu ihr hinab. Als die alte Dame Anna erblickte, stieß sie die Hand des Arztes weg, strahlte über das ganze Gesicht und streckte ihr beide Arme entgegen. »Meine Liebe! Wie schön, daß du auch gekommen bist«, rief sie, umarmte die verblüffte Anna und küßte sie auf beide Wangen. Zu den anderen Anwesenden gewendet, erklärte sie: »Das ist die Verlobte meines Sohnes. Komm her, setz dich zu mir, mein Kind.«

Anna erschrak. Sie fühlte sich wie auf einem schwankenden lecken Boot, ausgesetzt einer stürmischen unbekannten Witterung. Der Sohn räusperte sich, griff sich an die Brille und schob seinen Arm unter den ihren. »Widersprechen Sie ihr bitte um Himmels willen heute nicht«, raunte er.

Also nickte Anna gehorsam freundlich grüßend den anderen Gästen zu, die sie unverhohlen neugierig musterten, als wäre sie ein Weltwunder, und ließ sich einen Sessel zurechtrücken. Der Mann setzte sich neben sie.

»Herta. Erst ein Likörchen, dann den Tee«, befahl Frau Wallaberg. Das Mädchen Herta mit dem weißen Spitzenbändchen auf den kurzen Haaren brachte eine Karaffe mit Arancino, danach das Tablett mit der Teekanne, eine Schale mit Petits fours und stellte beides zwischen die bereits wartenden Teetassen auf den Tisch, nicht ohne ihr leises spöttisches Lächeln. Anna wunderte sich, warum alle so gebannt auf die alte Dame schauten, die hoheitsvoll in die Runde blickte, das Stielgläschen hob und speziell Anna zuprostete. Folgsam nippten alle am Orangenlikör, nahmen ein Kekschen, nippten wieder. Anna war nahe daran sich zu zwicken, ob jene Zeremonie tatsächlich stattfand, so irreal wirkte alles. Nun griff die alte Dame zur Teekanne und ließ es sich nicht nehmen den Tee selbst einzuschenken. Das schwere Gefäß schwankte gefährlich in ihren zarten Händen. Die neben ihr sitzende Frau sprang auf und wollte helfend eingreifen.

»Laß mich. Ich kann das allein«, sagte Frau Wallaberg scharf.

Die Getadelte setzte sich wieder, gekränkt und rot angelaufen. Der Sohn des Hauses hatte seinen Arm auf Annas Sessellehne gestützt, während diese sich zu ihrer Tasse beugte. Die Unterhaltung verlief ruhig wenngleich irgendwie angespannt. Anna fühlte sich trotz der sonderbaren Begrüßung zufrieden. Das unbekannte Theaterstück, in dem man ihr überraschend eine Rolle zugedacht hatte, begann sie zu amüsieren. Die seltsam sirrende Nervosität im Raum bemerkte sie zwar, verstand sie jedoch nicht. Sie führte sie auf ihre eigene erwartungsvolle Neugier zurück, was als Nächstes wohl geschehen würde. Also zugegeben, auch auf eine leise Erregung, neben ihm, dem Mann mit der dunklen Brille. Unheimlich oder nicht. Sie nahm ihre vermeintliche Rolle an, ohne das Script zu kennen und sinnierte sich in eine idyllische Behaglichkeit hinein, daß alles ohnehin wunderbar sei, wozu die Aufregung am Anfang.

Die Mutter ist ein wenig verwirrt, na und. Wer ist hier um wen mehr besorgt. Ihr ging es gut, sie war wunschlos glücklich …

Das Gespräch wanderte von der Qualität weißen Tees über die Wetterkapriolen des vergangenen Winters, die krankmachenden Luftdruckschwankungen derzeit und die phantasieanregenden Naturschauspiele allerorten, hin zu exotischen Kunstgegenständen. Anna betrachtete neugierig eine kuriose Statue auf der Eckvitrine, die neben der noch immer schönen gelben Pflanzenschlange stand. Frau Wallaberg war ihrem Blick gefolgt. Das sei eine kostbare Figur, meinte sie mit fiebrigen Wangen, eine der sehr seltenen Darstellungen einer blutrünstigen indischen Göttin. »Michael«, sagte sie streng zu ihrem Sohn, »laß sie uns anschauen.«

»Aber jeder von uns hat sie schon gesehen, Mutter«, meinte er widerborstig, »und du weißt, daß ich sie ungern angreife.«

»Steh auf und hol sie her«, herrschte ihn seine Mutter an. »Aber vorsichtig, damit nicht wieder ein Händchen abbricht.« Er sagte kein Wort mehr, stand auf, holte die Statue und stellte sie vor seine Mutter auf den Tisch. Alle taten, als hätten sie nichts gehört. Bewunderten ausgiebig die große grüne, vielarmige Figur mit den winzigen goldenen Armreifen.

»Wie wundervoll, so viele Möglichkeiten zur Rache zu haben«, sagte die alte Dame unendlich liebevoll und tupfte mit dem Finger an jede der kleinen Hände. Ihre Augen begannen auf einmal hektisch zwischen Anna und der Jadegöttin hin und her zu rollen. Sie lachte hoch und kindlich.

Anna sah, wie der Arzt in seine Rocktasche griff. Die Frau und der Mann neben der alten Dame rückten ein wenig zur Seite, bereit aufzuspringen und dem Doktor Platz zu machen. Das Mädchen Herta, diesmal in einem schwarzen Röckchen, stand drüben an der Tür, schaute mit neugierig hochgezogenen Augenbrauen abwartend herüber. Der Sohn, Michael also hieß er, rührte leise klirrend in seiner Teetasse.

»Im Tee wird nicht mit dem Löffel umgerührt. Der Zucker muß von selber zergehen. Wie oft soll ich dir das noch sagen«, rügte ihn seine Mutter ärgerlich. Der Mann legte den Löffel lautlos ab und trank einen Schluck. Seine Halsschlagader pochte bis über die Schläfe hinauf.

Niemand wagte sich zu bewegen. Die antike Standuhr schlug eine volle Stunde. Frau Wallaberg begann schwer zu atmen. Ihr Oberkörper wiegte sich duckend vor und zurück. Aus dem Schulterbuckel ragte der Kopf mit vorgezogenem Kinn heraus wie ein Geier, der ein totes Wild ausspäht. Immer wieder schüttelte sie etwas Unsichtbares von ihrer Stirn weg. Ihre Blicke glitten angestrengt und flackernd von einem zum anderen. Hin und her. Als würden die Bilder der Menschen um sie herum zurückweichen und sie wollte sie festhalten. Plötzlich hielt sie inne, starrte mit blinzelnden Augen und gerunzelter Stirn zwischen Anna und Michael hindurch. »Ist sie nicht zu alt für dich?«

Anna zuckte zusammen. Was sollte das? »Ich bin erst zweiunddreißig,« sagte sie beherrscht.

»Sie kann doch keine Kinder mehr bekommen.«

Uhhh. Welch ein Affront! Annas Beine zitterten, als sie aufstand. Die alte Frau konnte doch unmöglich wissen, daß sie nach dem Unfall … Nein, die Mutter wollte offensichtlich eine ganz junge Frau für ihren Sohn. Gut. Aber warum war sie dann eingeladen worden? Sie sah heute nicht älter aus, im Gegenteil. Wohin war sie geraten? Die alte Frau benahm sich bizarr, schien geisteskrank zu sein. Wie sonst ließen sich diese psychischen Divergenzen erklären. Egal. Anna wollte fort, weg, mußte irgendwie aus diesem Zimmer hinausgelangen. Ihr Körper, mit einem Mal tonnenschwer, spröde, eckig … Warum hatte diese Frau ihre so sorgsam verdeckte Lebenslast aus dem Untergrund geholt und ihr öffentlich ins Gesicht geknallt, warum … Sie hatte ihr doch nichts getan. Langsam und steif erhob sie sich. Kam sich bloßgestellt vor wie eine nackte Gliederpuppe. Schneeweiß im Gesicht. Glaubte, daß alle sie anstarrten. Für einen Moment schloß sie die Augen.

»Aber Kindchen«, schmeichelte die alte Dame nun in weinerlichem Singsang, »warum willst du schon wieder gehen? Immer will sie schon gehen. Doktor Fasching, halten Sie sie zurück!«

»Ja, warum wollen Sie schon gehen?« fragte der Arzt rasch, stand auch auf. Deutete den anderen ebenfalls aufzustehen.

Anna nahm in dem folgenden Durcheinander gerade noch wahr, wie die Injektionsnadel in den Arm der alten Frau geschoben wurde. Hörte einen klagenden Laut, dann ein tiefes Ächzen. Jetzt weg, ja, Flucht, schon wieder. Zwischen den aufgeregten Menschen hindurch. Heimlich mit klopfendem Herzen, weg, hinaus. Wankend. An Hertas spöttischem Gesicht vorbei. Die öffnete ihr nachlässig die Zimmertür. Das tangierte Anna schon fast gar nicht mehr. Sie tastete sich den düsteren Flur entlang. Entwich in das Stiegenhaus. Schloß leise die schwere Eingangspforte. Durch die hohen Fenster aus Mosaikglas senkte sich ein geheimnisvoll schillerndes, mattes Licht von draußen herein. Sie hielt sich am Geländer fest, schritt vorsichtig Stufe um Stufe hinunter. Immer noch ein wenig schwummerig. Oben hörte sie ein Schloß knacken. Michael holte sie im Mezzanin ein.

»Sie dürfen meiner Mutter nicht böse sein. Bitte. Sie bekommt manchmal seltsame Anfälle. Mit oder ohne Vorwarnung. Wie schlimm es wird, weiß man nie.«

»Mir ist das so peinlich, so peinlich.« Anna hatte Mühe die Tränen zurückzuhalten.

»Ihnen ist immer alles peinlich, wofür Sie gar nichts können. Warum eigentlich?« fuhr er sie verzweifelt an. Sie schluckte. Kämpfte mit den Tränen. »So sehr sind Sie gekränkt?«

Seine Stimme klang ganz dicht neben ihr. Sie nickte heftig. Wider Willen schauderte ihr. Zu ihrem Ärger mußte sie nun doch weinen. Er legte den Arm um sie. Ihr Kopf an seiner Schulter.

»Entschuldigen Sie, ich bin eine alberne Person«, sagte sie, bemüht ihr Schluchzen zu hemmen, »aber ich habe mich so bloßgestellt gefühlt, so erniedrigt.«

»Ich weiß«, flüsterte er, seinen Mund an ihrem Ohr, »ich kenne dieses Gefühl schon mein ganzes Leben lang.«

Anna wurde schwindlig. Was hat er eben gesagt? Er auch? Einer aus der bedauernswerten Spezies der grundlos Bestraften, der von unbeschwertem Vergnügen Ausgeschlossenen, der ungewollt Schwermütigen ... Jetzt mußte sie reden, irgendetwas reden, damit er nicht das laute Pochen ihres Herzens hören konnte, das ihr in ihren eigenen Ohren dröhnte. Und sie redete und redete, von dem unabsichtlichen Zusammentreffen mit seiner Mutter, dem Bus, dem zerrissenen Netz, den Orchideen, und von der Aussicht auf einen gemütlichen Nachmittag, mit einer gepflegten gescheiten Unterhaltung, in einer ansprechenden Umgebung, in der Hoffnung den wunderbaren Garten besichtigen zu dürfen, und daß sie damals am winterlichen Park niemals gedacht hätte, daß .... Bis sie im schwachen Licht der schon niedrig stehenden Sonne, die durch das große färbige Stiegenhausfenster hereindämmerte, ihre aufgeregten Augen in seiner dunkel umrandeten Brille sich spiegeln sah. Sie verstummte. Kam sich vor wie ein Kind, das eine harmlose Missetat beschönigen wollte, obwohl es keine Missetat gab. Er schob ihre verrutschte blaue Blume vorsichtig in eine Haarlocke zurück. Sekundenlang schwebten seine Hände über ihr.

Plötzlich ging oben die Tür auf. Helles Licht flutete durch das Stiegenhaus. Stimmen. Michael zog Anna in eine unbeleuchtete Nische, stand hinter ihr und hielt sie. Schritte näherten sich. Blieben vor dem Schlupf der beiden kurz stehen.

»So ein Jammer«, klagte eine weibliche Stimme.

»Ja, ja«, antwortete eine männliche Stimme, »das ist ein Jammer. Daß sich diese Krankheit nicht bessern will. Wo ist eigentlich der Mischa geblieben?«

Die Beiden im Versteck hielten die Luft an.

»Wahrscheinlich hat er seine Freundin begleitet. Die arme Frau war ja ganz verstört«, ließ sich die weibliche Stimme vernehmen.

»Ja, ja. Die gute Gnädige bringt es immer wieder fertig, die nettesten Menschen zu vergrämen.«

»Ich wette, diese läuft ihm auch weg. Mit solch einer eigensinnigen Mutter findet er nie eine Frau. Ich werde ihr morgen einen Apfelkuchen backen, den mag sie so gerne … «

Die Stimmen entfernten sich nur allmählich. Michael ließ Anna sofort los. »Entschuldigen Sie.«

»Und Sie entschuldigen sich dauernd. Warum eigentlich?« Anna fühlte sich auf einmal irgendwie stark. Sie traten in den Gang.

»Sie erlauben, daß ich nach meiner Mutter sehe. Ich werde Ihnen ein Taxi rufen.« Er sah an ihr vorbei. Seine Augenlider zuckten.

»Ja, vielen Dank. Sehr nett von Ihnen.«

Sie reichte ihm die Hand. Nun blickten sie sich doch an. Welch ein Blick. Ein gehetztes verwundetes Tier. Er tat ihr unendlich leid. Obwohl sie seine wirkliche Situation nicht genau kannte, nur Vermutungen darüber ahnte, hätte sie ihn am liebsten umarmt. Das wäre nicht schicklich gewesen. Sie spürte, daß ihr schon wieder die Tränen in die Augen kriechen wollten. Abrupt wandte sie sich zum Gehen. Lang wartete sie nicht auf das Taxi.

Die Ereignisse sausten in Wirbeln durch ihre Gedanken. Ein Knäuel von zerrissenen Fäden aus Worten und Bildern raste wild umher. Keinen der Fäden vermochte sie zu ergreifen. Sie verstand nur eins: Da gab es einen Menschen, dem das Schicksal offenkundig ebenfalls übel mitgespielt hatte, vielleicht übler als ihr selbst. Was war da ihr eigener Kummer noch wert? Sie nahm sich vor, an Frau Wallaberg zu schreiben, sich für die Einladung zu bedanken und sich für ihr plötzliches Aufbrechen zu entschuldigen. Da hatte sie nun ja doch ein Fadenende in der Hand und sie würde es nicht so bald loslassen.

Sie holte das Telefonbuch. Die Postanschrift der alten Dame kannte sie nicht genau, das Hausschild war ihr nicht aufgefallen. Sie konnte doch nicht gut so wie dem Taxifahrer auch der Post als Adresse angeben: An Frau Wallaberg, Bezirk xx, Haus mit dem Kutschenrelief. Sie suchte den Namen Wallaberg und notierte die exakte Adresse. Dabei fiel ihr Blick auf die Telefonnummer. Sie erschrak: 12xy89! War das nicht beinahe Ofenbecks Nummer? Der alte Zweifel stieg in heißen Wellen in ihr auf. Gab es denn so eine täuschende Ähnlichkeit tatsächlich … War alles nur ein unheimlicher, nicht begreifbarer Zufall … Oder doch eine entsetzliche, schreckliche Wahrheit? Nein, niemals. Ein Irrtum, ein lächerliches Spiel des Schicksals. Punkt. Sie sah keinen anderen Ausweg, als die bösartigen Phantasmen zu ignorieren und zum ersten Mal in ihrem Leben notgedrungen zuversichtlich an ein Licht am Ende des verwinkelten Tunnels zu glauben. Die andere, ihr gemäßere Möglichkeit wäre höchstens gewesen sich zu beugen und zu unterwerfen. Dem Zufall, der Wahrheit, dem Schicksal … Das wollte sie diesmal nicht. Und Zufälle begann sie zu hassen. Auch wenn das ganze Leben aus ihnen bestehen sollte.

5. Kapitel
Der Traum vom Joker

Anna hatte wieder einen schweren Traum.

Sie saß mitten in einem unendlich weiten, leeren Winterfeld. Es begann zu schneien und die dunkle Erde bedeckte sich in kurzer Zeit mit weißen Pünktchen, immer dichter, immer mehr, aber es wurde keine zusammenhängende weiße Decke. Es reicht nicht einmal für ein Leichentuch, dachte Anna verwundert und sah sich um. Die schwarzen Schollen mit den weißen Schatten schienen sich zu bewegen und machten sie bange. In großer Ferne sah sie einen hohen, gebogenen Baum mit einem Schuppenrücken. Sie wollte hinlaufen, kam aber fast nicht von der Stelle. Doch wunderbarerweise näherte sich der Baum. Aus ihm heraus hingen gelbe und blaue Orchideen wie Hände. Dahinter wuchsen auf einmal viele solche Bäume aus dem Boden, bildeten einen Schutzwall um sie herum, ein schönes duftendes Versteck. Denn sie mußte sich verstecken. Vor etwas Unbekanntem, Drohendem. Nur ein wenig ausruhen, Geborgenheit empfinden. Sie ergriff eine der Blüten und legte sich darunter. Das war sicher und gut. Auf einmal blies ein kalter Windstoß die Blume über ihr weg. Eine Straßenbahn quietschte heran, die Bäume stiegen ein und fuhren ab. Zurück blieb das schwarzweiße Wogen der Erdschollen. Und ein riesiger Schatten, der sich über sie beugte. Sie wußte sofort, daß es nur der Unheimliche sein konnte. Er hielt ihr ein kleines altes Spielzeugtelefon entgegen. Sie nahm das Hörerchen ab, es brannte in ihrer Hand. Erstaunt blickte sie hoch und sah in seinen ungeheuer großen Brillengläsern sich selber, von einem Meer winziger gelber Flämmchen umgeben. Sie war mehr erstaunt als entsetzt. Der unheimliche Schatten nahm seine Brille ab, kam näher und sie erkannte das Grübchen am Kinn. Nun hatte sie keine Angst mehr. Ein wunderbares Wohlbehagen hüllte sie ein. In grenzenlosem Zutrauen streckte sie die Arme aus und fühlte, daß der Unheimliche ihre Hände ergriff und sich mit ihr in den wieder emporwachsenen Orchideenwald hineindrehte. Sie tanzten wie altmodische Kinder einen Reigen, Hand in Hand, Auge in Auge. Ein leises Rauschen begann und sie fielen in die Blüten hinein und dieses Fallen schien kein Ende zu haben und wurde zu einem Regenbogen, der durch blaue Nebel aus der Welt schwebte …

Anna wachte verwirrt auf und schämte sich. War sie nicht zu alt für solche Träume? Sie wollte sich nicht schon wieder vor strafenden Klosterblicken aus versenkt gehofftem Gedächtnis beugen müssen. Wie zwingt man ungehörige Gedanken unter das Joch der klaren Vernunft, wie weist man diese kindischen Halluzinationen ab? Es ging ihr ja lediglich und vordergründig um die Abwehr eines befürchteten seelischen Schmerzes. Denn daß jemand jenseits des Begreifbaren nichts Besseres zu tun hatte als ihre Gedanken zu lesen, um ihr Unterbewußtsein zu manipulieren, zu prüfen und zu bestrafen, daran glaubte sie nicht mehr. Vor mehr als hundert Jahren war es für eine Frau ihres Alters einfach. Ungebildet, indoktriniert, rechtlos, oft schon Großmutter, die gottergeben in grauen Gewändern auf ein vergewaltigtes Leben zurückzublicken hatte. Aber heutzutage. Was fällt eigentlich ihrem aufgeklärten, belesenen, vielfach ausgebildeten Gehirn ein, vorsintflutliche, fundamentalistische, dumme, überholte Muster von Zeit zu Zeit auferstehen zu lassen, und nicht und nicht endgültig zu bewältigen. Sie durfte nach ärztlichem Ermessen noch mehr als ein halbes Leben spielen, dachte sie trotzig. Und es muß ihr gestattet sein, die Karten dafür selber mischen zu dürfen, verdammt noch mal. Gelegentlich haßte sie ihre Vergangenheit. Und die Ungewißheit über die mysteriösen Vorfälle um Karolines Telefonnummer verstörte sie immer noch. Verdammt noch mal.

Sie fuhr zu Josef, um ihn zu fragen, wie es ihm als Hüter einer fremden Wohnung ginge. Josef war über ihren Besuch erst erschrocken, schien es ihr, und sehr verlegen. Als sie ihm aber ihre Hilfe anbot in seiner männlichen Haushaltseinsamkeit, freute er sich und ging unverhohlen daran, Anna über Karoline auszufragen, die er sehr verehre. Es sei ruhig hier, niemand käme, niemand rufe an. Auch in den letzten Tagen nicht?

»Nein«, murmelte Josef ein wenig kleinlaut. »Wieso?«

Anna überhörte seine seltsame Reaktion, die sie zwar wunderte, aber nicht ernstnahm. Sie begann von Karoline zu erzählen und Josef bekam glänzende Augen.

Während Anna noch überlegte, wie sie den Brief an Frau Wallaberg formulieren sollte, traf wieder ein Billett mit den Initialen ›AR‹ ein. Aufgeregt riß sie das Kouvert auf und las:

» … ..und du es immer so eilig hast, möchte ich dich gerne zu einem Konzert einladen und ich bitte dich, uns auf alle Fälle diesen Abend zu schenken. Du würdest uns eine große Freude machen. Es gibt nicht viele wirklich nette Menschen gegenwärtig, daß man die wenigen, die man findet, versuchen muß festzuhalten. Deine ergebene Adelheid Wallaberg.«

Anna war außer sich vor Glück. Sie las den Brief immer wieder und tanzte mit ihm durch das Zimmer. Sie würde ihn wiedersehen! Michael. Die alte Dame sollte sie beleidigen, wie sie wollte. Sie mußte ihm zeigen, daß sie seine Mutter trotzdem mochte. Und daß es ihr nichts ausmachte, von ihr gekränkt zu werden. Sie würde es ertragen, nun, da sie wußte, daß auch er ein gedemütigter, viel geprüfter Mensch war. Sie mochte nicht daran denken, wie er möglicherweise damit fertig zu werden versuchte. Sie fühlte nur die Gemeinsamkeit und daraus erwuchs ihr neuer Mut und neue Hoffnung. Ihre Phantasie überschlug sich mit einem Mal. Und außerdem und überhaupt, Kinder konnte man heutzutage adoptieren, eine Leihmutter würde sie nötigenfalls auch akzeptieren. Nein, sie wollte sich für diese Gedanken nicht schon wieder schämen. Addio, schwarzweiße Flügelhauben. Leben, ich will endlich kommen …

Das Konzert versprach nach dem pompös angekündigten Programm ein außergewöhnlicher Kunstgenuß zu werden. Frau Wallaberg saß wie eine Königin an der Brüstung ihrer Loge. Im schneeweißen Haar ein schmales Diadem, gekleidet in hellgraue Atlasseide mit einem alten weißen, prachtvollen Guipürekragen, ein zierliches Lorgnon vor die Augen haltend. Total overdressed, fand Anna, so wie sie selber auch, wenn sie die anderen Besucher in ihren oft schlichten Alltagsgewändern betrachtete. Manche waren sogar in verwaschenen Jeans gekommen. Keine Ehrfurcht mehr vor edler Kultur. Schade. Frau Wallaberg schien aus einem anderen Jahrhundert entschwebt zu sein. Sie ignorierte die erstaunten, wohl auch spöttischen Blicke mancher Banausen und strahlte, als gäbe es nichts Schöneres für sie, als Anna zu begrüßen. »Meine Liebe, du siehst hinreißend aus«, lächelte sie und streichelte Annas cremefarbenen Spitzenärmel.

Doktor Fasching, der Hausarzt, saß mit seiner redseligen Gattin hinter ihr. Die Frau und der Mann, die sie schon kannte, standen bescheiden und unscheinbar ganz hinten, unschlüssig, ob sie sich setzen dürften, wie ein ausnahmsweise zur Belohnung mitgenommenes Dienerehepaar. Michael lehnte auch im Hintergrund, so daß sie ihn nicht gleich sah. Er begrüßte sie unverbindlich freundlich, was sie enttäuschte, aber auch irgendwie erleichterte. Sie bemühte sich sehr, ihre Aufregung nicht zu zeigen. Obwohl sie schon bemerkte, daß er sie prüfend anblickte, als sie ihm die Hand gab. Anna durfte neben Frau Wallaberg sitzen, Michael schob seinen Sessel ein Stück nach hinten, so daß sie sich umdrehen mußte, wenn er sie ansprach. Die funkelnden kristallenen Lüster erloschen langsam. Das Raunen im Saal wich einer erwartungsvollen Stille. Das leise Zirpen der sich einstimmenden Instrumente verstummte. Anhebender Applaus trug den Dirigenten zu seinem Podium. Das Konzert begann.

Anna hatte das Gefühl, daß Michael unentwegt auf ihren Nacken starrte. Wollte er sie mit seinem Blick bannen, mit magischer Gewalt in seinem Machtkreis festhalten, wie ein … unheimliches … Phantom. Sie wagte fast nicht sich zu bewegen. Links sah sie das Orchester, rechts neben sich Frau Wallabergs bläulich weiß schimmerndes Haar. Darüber hinaus den dunklen Zuhörerraum. Schräg unten auf den Querstreben des Sessels seiner Mutter Michaels schwarz glänzende Schuhspitzen, die gelegentlich zum Takt der Musik auf und ab wippten. Das Herz klopfte ihr überall, in der Stirn, im Hals, von den Fingern bis zu den Zehen. Sie war so erregt und angespannt, daß sie die Musik, die sie ohnehin kannte, nur als rauschende Flügelschläge von vorbeischwebenden großen verwirrten Vögeln wahrnahm, die … auf einmal das leise Geräusch von zerreißendem Papier störte. Es war ihr, als würde ihr ein glühendes Eisen ein Streifchen Haut vom Rücken ziehen. Eine lärmende Dunkelheit lag wie eine dröhnende Glocke über ihr und sie dachte, sie würde sich nun nie wieder bewegen können. Plötzlich wurde es hell. Befreit atmete sie auf, als der Applaus den starren Zauber wegnahm. Während sie sich ihre Beklemmung von der Seele klatschte, bemerkte sie mit einem flüchtigen Seitenblick auf Michaels Knie, daß sein Programmheft rundherum in kleine Fransen gerissen war.

Frau Wallaberg wollte in der Loge sitzen bleiben und die Menschen im Saal beobachten. Sie erlaubte, daß die anderen hinausgingen. Michael und der Arzt entfernten sich, beide in einem intensiven Gespräch versunken. Anna stand zwischen den eher wortkargen älteren Begleitern und der nahezu ununterbrochen schwatzenden Frau des Arztes. »Herrlich, nicht wahr! So etwas Wunderbares hört man nur ganz selten. Ich kann mich erinnern, vor vielen Jahren, als Qualität überhaupt noch mehr geboten wurde, nicht so wie heute üblicherweise, nicht wahr, gediegener eben, Sie verstehen mich. Also vor ziemlich vielen Jahren habe ich auch einmal ein so wundervolles Konzert gehört mit einem so wundervollen Dirigenten. Kennen Sie dieses rührende Gefühl des Wiedererkennens nach so vielen Jahren? Des Erinnert-Werdens an die selige

Jugendzeit, wiedergegeben in den sphärenhaft schönen Melodien dieser Symphonie … ….«

Alle nickten ernsthaft.

»Ein großartiger Dirigent!«

»Und ein großartiges Orchester!«

»Ja«, bestätigte Anna, »es war wirklich ganz außerordentlich wundervoll.«

Das ältere Paar bemerkte ein paar Bekannte. Anna blieb mit der Arztgattin allein zurück. Sie unterhielten sich über dies und das und kamen auch auf Frau Wallaberg zu sprechen.

»Eine reizende alte Dame«, sagte Anna höflich.

»Schade nur, daß sie so krank ist«, seufzte die Frau des Arztes. »Diese merkwürdigen Anfälle, nicht wahr. Medizinisch gänzlich unerklärlich. Es scheint mir immer, als lasse etwas aus in ihr, etwas, das das Leben steuert und zusammenhält. Ich drücke mich sehr laienhaft aus, nicht wahr. Aber so empfinde ich es eben. Ich war ja schon oft dabei, wenn es passiert ist. Der arme Michael. Er nimmt sich das immer so zu Herzen. Er ist ganz verändert nachher, als wäre er ein anderer Mensch. Er hat es ja wirklich nie leicht gehabt in seiner Jugend. Aber das wissen Sie ja ohnehin, nicht wahr.«

Anna hatte aufgehorcht. »Sind diese Anfälle von einer bestimmten Wettersituation abhängig, von Elektrizität in der Luft oder von Luftdruckschwankungen oder von Wärme?«

»Möglicherweise oder auch nicht. Höchstens als Anlaß oder Verstärkung. Darüber haben wir schon oft in unserem Bekanntenkreis – und das sind alles Ärzte, müssen Sie wissen – diskutiert. Wir haben gerade dieses Phänomen beobachtet. Das Wetter spielt am Rande sicher auch eine kleine Rolle. Aber der Hauptgrund liegt in den Genen, sagt mein Mann. Die sich von gewissen Ereignissen haben manipulieren lassen, sage ich. Ach, die Gene. Manche sind stur und manche lassen sich aus- und einschalten. Die arme Frau hat es ja nicht immer leicht gehabt.«

»Und Michael ... ich meine, der Herr Dozent Wallaberg kann auch nicht ... ?«

»Er heißt nicht Wallaberg, sondern Robik. Das sieht ihm ähnlich, daß er Ihnen den Namen seiner Mutter genannt hat. Er ist ja so ungemein sensibel.«

Anna wiederholte erstaunt: »Robik?«

»Ich sehe, Sie wissen von der Familie nicht allzu viel. Ich habe gleich zu meinem Mann gesagt, als ich Sie gesehen habe: Otto, habe ich gesagt, diese Frau ist zu vornehm, um nach Sachen zu fragen, die ihr nicht erzählt werden.« Sie trat näher an Anna heran. »Nun ja, man spricht nicht gerne über gewisse Dinge im Hause Wallaberg. Das Fräulein Adelheid Robik ... .«

Oh Gott, die Telefonnummer. Ofenbeck – Robik. Ein Hörfehler, schon wieder ein elender Zufall? Anna schüttelte sich kurz. Blödsinn. Was sie schon wieder dachte. Übertrieben interessiert ließ sie ihre Ohren in das eifrige Geschwätz tauchen.

» ... .hat den Michael als uneheliches Kind bekommen, von einem Leutnant, der ihretwegen desertiert und ganz kurz vor dem Ende des Krieges auf der gemeinsamen Flucht erschossen worden ist. Vor ihren Augen und sie war hochschwanger. Schrecklich, nicht wahr. Sie können sich denken, was das zu der damaligen Zeit in ihren Kreisen bedeutet hat. So ein furchtbarer Makel. Und dabei ist ein Prälat in der Familie gewesen. Damals war das ... , naja, Sie verstehen mich, nicht wahr, gar nicht so freizügig wie heute. Sie wollte das Kind aber und setzte es gegen enorme Widerstände durch. Leicht hatte sie es bei Gott nicht gehabt. Das weiß ich alles von der Frau Mimi, die früher Dienstmädchen bei den Robiks war, und die mit ihrem Bruder dort drüben steht. Sie kennen sie ja, nicht wahr. Nun, das Fräulein Adelheid hat den Buben mit Liebe geradezu überschüttet. Schließlich drängte ihre Familie sie, einen älteren, gut situierten Mann zu heiraten, mit dem sie eine Tochter bekam.«

»Michael hat eine Schwester?« fragte Anna überrascht.

»Das wundert mich gar nicht, daß er davon nicht gesprochen hat. Er spricht nie darüber. Sie ist mit 13 oder 14 Jahren gestorben. So genau weiß ich das alles nicht mehr. Seit damals aber sollen beide, Mutter und Sohn, wie verwandelt sein. Ich kenne Michael schon ziemlich lange, nicht wahr. Er war immer scheu und ruhig, immer zurückhaltend und beherrscht. Aber auch immer folgsam. Trotzdem ihn seine Mutter bis aufs Messer quält, hält er zu ihr. Haben Sie das schon einmal erlebt? Ja? Sie behandelt ihn manchmal wie ein Stück Dreck, naja, weil es wahr ist.«

Sie tupfte mit einem Taschentüchlein an die Nase.

»Und die Schwester?« fragte Anna mit brennendem Interesse, bemüht, ihrer Stimme den Ton höflich gelangweilter Konversation zu geben.

»Wieso? Ach ja. Die Gundi. Adelgunde hieß sie. Ich habe sie noch gekannt. Sie war bildschön, aber ein Ausbund an Untugenden. Sie konnte manchmal der liebenswürdigste Mensch auf der Welt sein. Sie konnte aber auch des Teufels kleine Nichte sein. Trotzdem sie ein Kind war, spielte sie die Erwachsenen gegeneinander aus, daß es nur so blitzte. Sie hatte bald heraus, daß immer ihr Stiefbruder bestraft wurde, wenn sie etwas angestellt hatte. Das nützte sie weidlich aus. Nichts kümmerte sie, nichts machte ihr etwas aus, sie hatte vor niemandem und nichts Respekt, sie lachte einfach über alles. Direkt ein Glück für Mutter und Sohn, daß sie ... so jung starb. Naja, weil es wahr ist. Aber, sie war der Abgott ihres Vaters, der bald nach ihrem Tod auch dahinschied. Aus Gram, hieß es. Er hat jedoch ein beträchtliches Vermögen hinterlassen, so daß die Witwe mit ihrem Sohn gut leben konnte. Sie nahm ihren alten Beruf wieder auf, sie war Lektorin für Indologie. Michael war damals am Beginn seines Studiums und zog aus. Das hat die Mutter sehr getroffen. Sie rächt sich seitdem auf ihre Weise. Sie ruft ihn ständig zu sich, obwohl er an wichtigen Versuchen im Labor arbeitet. Dann kritisiert sie ihn, kommandiert ihn, beschimpft ihn. Ich sage immer zu meinem Mann: Otto, sage ich, der Mischa muß seiner Mutter irgendwie hörig sein, nach ihrer erdrückenden Fürsorge, nicht wahr. Oder auch wegen der eingehämmerten Verpflichtung zur ewigen Dankbarkeit, daß sie ihn überhaupt auf die Welt gebracht hat. Denn wirklich lieben kann er sie meiner Meinung nach nicht. Sie wird ihn eines Tages total ruinieren, wenn sie nicht vorher … Naja, weil es wahr ist. Ich werde mir doch ein Programmheft kaufen. Wo ist … ? Ah ja, ich bin gleich zurück.«

Anna dröhnte der Kopf. Ihr war beinahe übel geworden von so viel breitgetretenem Tratsch. Was für eine ekelhafte Person. Aber dennoch. Gott segne ihr elendes Maul. Anna wußte nur noch nicht, wie sie das Gehörte ordnen sollte. Sie fühlte sich wie von einer Straßenwalze überrollt. Die alten Zweifel schlugen ihr wie klitschnasse, schmutzige Tücher um die Ohren. Es schien alles so makaber zusammenzupassen. Sie könnte es nun verstehen, wenn er der Unheimliche wäre. Jeder Mensch braucht ein Ventil, um den Druck von wiederholten Schmähungen, unbewältigten Konflikten, aussichtslos scheinenden Schwierigkeiten abzulassen. Und wenn das krankhaft wurde und schuldlose Menschen gefährdete? Was dann? Seine Mutter hat ja offensichtlich auch einen Dachschaden. Pfui, welch ein abschätziges Wort. Naja, weil's wahr ist. Eine ungeheure Spannung bewältigte sich ihrer. Aber vielleicht ist alles nur ein Irrtum, ein Mißverständnis. Geboren aus ihrer Unwissenheit und ihrer Angst …

»Ah, da kommt ja mein Gatte zurück!« Frau Fasching war wieder herangetreten, wandte sich ihrem Mann zu.

Anna verdrehte die Augen kurz zum Plafon, seufzte und hätte sich gerne geschüttelt, um die letzte Viertelstunde abzuwerfen und an der Wand des Logenganges zu zerdrücken.

»Was hat sie wieder angestellt, diese Plaudertasche?« fragte eine sanfte Stimme neben ihr. Michael.

Sie zuckte zusammen. »Oh, haben Sie mich jetzt erschreckt!«

»Erschrecken Sie prinzipiell leicht oder war sie so schlimm?«

»Ja, diese Person gehört als Hexe auf einem Scheiterhaufen verbrannt«, dehnte sie dann langsam und wartete auf seine Reaktion.

Er lachte vergnügt. »Was haben Sie bloß für interessante, um nicht zu sagen konstruktive Gedanken.«

Sie schaute ihn an, sah sein Grübchen am Kinn, sah seine braunen, freundlichen Augen hinter der Brille, in denen grüne Pünktchen tanzten. Nein, er konnte der Unheimliche nicht sein. Sie wollte einfach nicht, daß er es war. Mit einem Mal wurde ihr ganz leicht ums Herz. Es war ihr total gleichgültig, ob er der Unheimliche war oder nicht. Sie wollte nicht mehr darüber reflektieren. Punkt. Schluß. Sie weigerte sich, darüber einen weiteren Gedanken zu verschwenden.

Das Konzert ging mit tobendem Applaus zu Ende. Sie schlossen sich dem Strom der Menschen an, die zu den Ausgängen drängten. Verloren sich aus den Augen, fanden sich alle wieder im Fojer, abseits dem dichten Wogen und Schieben.

»Anna!« schrie eine Stimme aus der Menge.

Anna und ihre kleine Gesellschaft schauten sich um. Karoline zwängte sich, den verlegenen Josef hinter sich herziehend, aus der gesichtslosen Masse.

»Ich bin aus dem Urlaub zurück! Was sagst du. Gut erholt. Mit eisernen Nerven. Mich erschüttert nichts mehr«, lachte sie.

Anna stellte alle einander vor. Die alte Frau Wallaberg war entzückt, wieder so reizende Menschen kennenzulernen und verwickelte den schüchternen Josef in ein Geplauder. Karoline zog Anna beiseite und fragte mit einem heimlichen Seitenblick auf Michael: »Kenne ich den? Oder ist er neu?«

Anna wurde rot. »Du kennst ihn nicht und es ist auch nicht das, was du denkst.«

»Aha, was denke ich denn?« flüsterte Karoline, kniff ein Auge zu und zwickte Anna in den Arm. »Du bist nicht dunkelblau heute. Was soll ich da denken?« Laut sagte sie, zu den anderen gewendet: »Wir hatten beschlossen den schönen Abend noch irgendwo zu feiern. Wollen Sie nicht alle mitkommen? Wir fahren in ein nettes Lokal am Stadtrand und lassen mit einem Glas Wein das gehörte Musikerlebnis nachklingen.«

»Das haben Sie sehr schön gesagt, liebes Kind«, erwiderte Frau Wallaberg etwas wehleidig, nach dem ihr der Doktor einen strengen Blick zugeworfen hatte, »aber ich fürchte, für uns alte Leute war der Abend anstrengend genug. Geht nur aus, ihr jungen Leute. Mischa, du darfst ruhig mitgehen«, fügte sie gönnerhaft hinzu. »Der Doktor bringt mich schon nach Hause, nicht wahr, Herr Doktor Fasching. Komm aber nicht zu spät. Ich möchte noch einiges mit dir besprechen.«

»Ich danke dir, liebe Mutter«, sagte Michael gallig und verneigte sich ein wenig ironisch.

Hatte Karoline beim Klang seiner Stimme jetzt aufgehorcht? Oder musterte sie ihn, weil er ihr gefiel. Anna glaubte ein anzügliches Schimmern in ihren Augen zu erkennen. Würde Michael eine Frau wie Karoline zurückweisen? Eine Gruppe etwa zwanzigjähriger Burschen und Mädchen, Notenblätter unter den Armen, drängte ausgelassen durch die schon aufgelockerte Menschenmenge. Ja, würde er. Bestimmt. Karoline bekommt nicht jeden Mann herum, den sie will. Nicht einmal ihre abgelegten Liebhaber. Anna schluckte eine zornige Verzweiflung hinunter wie Bitterklee.

»Wir jungen Leute,« wiederholte Karoline mit scherzhaft erhobenem Zeigefinger, hängte sich bei dem selig lächelnden Josef ein und steuerte dem Ausgang zu.

Sie fuhren alle in Josefs großem Wagen an den Stadtrand, darüber hinaus in einen bäuerlichen Vorort mitten in den Weinbergen. Karoline kannte ein gepflegtes kleines Lokal an einem Hang, von dessen Gastgarten man einen traumhaften Blick auf die beleuchtete nächtliche Stadt hatte. Die Weinstöcke blühten gerade und verbreiteten einen zarten anregenden Duft. Über den hölzernen Tischen und Bänken baumelten bunte Lampions. Es waren nicht besonders viele Gäste anwesend. Die Unterhaltung an den wenigen besetzten Tischen hörte sich gedämpft und kultiviert an. Der Wein war gut, das Brot und die Aufschnittplatte auch. Eine friedliche Stimmung lag über allem. Karoline wurde übermütig. Sie lachte viel und neckte alles, was ihr ins Blickfeld kam, sogar den alten Hofhund. Anna war glücklich. Sie hatte Michael noch nie herzhaft lachen gesehen. Er gefiel ihr von Augenblick zu Augenblick besser.

»Nun, schwarze Dame, ich trinke auf dein Wohl!« Karoline hob kichernd ihr Glas.

»Schwarze Dame?« fragte Michael interessiert.

»Jawohl. Meine Anna. Ernste Begleiterin meiner unbedachten Jugendstreiche. Pflegerin meiner aufgeschlagenen Knie. Treues Alibi meiner heimlichen Rendevous' während der Handarbeitsstunden. Pique-Dame meiner sorglosen Jugend!«

»Übertreibe doch nicht so, Karo«, wehrte Anna verlegen ab, »wir waren befreundet während der Schulzeit und ein wenig danach. Das ist alles.«

»Warum Pique-Dame?« wollte Michael noch einmal wissen.

Karoline lachte und tippte mit hellroten Fingernägeln an sein Sakko-Revers. »Die erste Oper meines Lebens, zu der mich mein Vater mitnahm, war Pique-Dame von Tschaikovsky. Er hat es aber verabsäumt, mir den Inhalt zu erklären. Ich war ungeheuer beeindruckt von dem Stück. Habe aber nicht sehr viel verstanden, sie hatten außerdem russisch gesungen. Also mußte ich mir das Geschehen auf der Bühne selber zusammenreimen. Demnach war die dunkelblau gekleidete alte Frau eine Hexe, die raffiniert alle Schicksalsfäden in Händen hielt, und alle Menschen, die sich nicht an ihren Rat hielten, mußten sterben. Der Ausdruck Pique-Dame imponierte mir sehr. Meine Mutter nämlich, bevor sie … Meine Mutter nämlich, als ich noch ganz klein war, hat gerne Karten gelegt und immer gewarnt: achte auf das Pik, achte auf das Pik. Als mir dann einmal Anna in ihren dunklen Gewändern als Aufpasserin einer nachzusitzenden Stunde zugeteilt wurde, habe ich sie so genannt. Sie hat die ganze Strafstunde dazu verwendet, mir die Oper wirklich zu erklären. Von da an ist ihr dieser Spitzname geblieben.«

»Haben Sie gedacht, ich wäre eine Spielerin?« raunte Anna dem neben ihr sitzenden Michael zu ohne ihn anzusehen.

»Spielen wir nicht alle in gewisser Weise?«

»Ja selbstverständlich!« Karoline sprang auf und tänzelte um den Tisch herum. »Ja, wenn man Shakespeare glauben darf.« Sie begann zu deklamieren. »All the world's a stage and all the men and women merely players … Richtig zitiert, schwarze Dame?« Sie lachte, als Michael vor ihren tätschelnden Fingerspitzen zurückwich. »Wir alle natürlich auch.«

»Und was ist mit dem Pique-König?« fragte Josef schüchtern. »Spielte der nicht mit?«

»Den schwarzen König gab es nie«, fuhr Karoline wütend auf und klopfte neben Annas Glas auf den Tisch, daß es klirrte, »nie, niemals für die Hexe! In der Oper natürlich, meine ich. Da gab's nur niedrige Karten und selbstverständlich e i n Ass!« Sie schaute triumphierend um sich.

»Offensichtlich hast du meiner Erklärung nicht richtig zugehört.« Anna mußte es sagen. »Das Ass war eine Chimäre. Gewonnen hat zum Schluß die schwarze Dame.«

»Aber sie war tot. Tot. Sie konnte nichts mehr gewinnen!«

Anna warf Karoline einen fragenden Blick zu, den diese mit zusammengekniffenen Lippen hochmütig ignorierte. Michael sah es befremdet und rieb nachdenklich mit den Fingern über den Bügel seiner Brille. Die Härte in Karolines Stimme hatte alle überrascht. Sie wischte es lachend mit erhobenem Glas weg. »Wie gesagt, leider wurde in russischer Sprache gesungen. Deshalb war es leicht, mir irgendwas auszudenken.« Karoline schüttelte sich, daß ihre rotblonden Locken auf und ab flogen. Ihr Gesicht schnitt so lustige Grimassen, daß alle mitlachen mußten. Die Kerze auf dem Tisch flackerte. Josef zeigte mit zwei Fingern auf. »Wir lachen, bis die Kerze ausgeht! Ja?«

Dieser Vorschlag, unterstrichen von einem sehr zaghaften Blick, klang so umwerfend komisch, daß Karoline laut herausprustete. Auch Anna lachte, daß ihr die Tränen kamen und Michael schnaubte glucksend in die hohle Hand. Josef, der nicht mitbekam, daß die anderen über ihn lachten, war froh, daß er auch etwas Erheiterndes zu der Unterhaltung beigetragen hatte.

Ein Wind kam auf. Blies die Kerzen auf allen Tischen aus. Einige schwere Regentropfen kündigten Ärgeres an. Der Wirt und die Kellnerin beeilten sich rasch, Tischtücher, Gläser und Sonstiges in das Haus zu tragen. Die Lampions wurden abgedreht. Hastig eilten die Gäste ins Haus und verteilten sich in der Gaststube. Karoline mit ihrer Gesellschaft gehörte zu den letzten, die unter das schützende Dach liefen. Ein Gewitter hatte sich unbemerkt hinter dem Berg angeschlichen. Warf nun seine Regengüsse, Winde, Blitze und Donnerschläge über den Hügel und auf das einsame Haus inmitten der Weingärten. Da sie nicht mit einer anderen Gesellschaft, die ziemlich betrunken zu gröhlen begann, den großen Tisch teilen wollten, führte sie der Wirt in das sogenannte Extrazimmer, ein holzgetäfelter schmaler Raum, in dem zwei Tische und einige Sessel waren. An drei Seiten vier kleine Fenster, von geblümten kurzen Vorhängen eingerahmt. Es sah ganz gemütlich aus. Schwungvoll nahmen sie unter einer Laternenlampe Platz. Die Kerze wurde wieder angezündet. Sie tranken, knabberten Salzkekse, warfen mit Bierdeckeln, versuchten sich in ulkigen Schnurren …

Aber die Stimmung hatte irgendwie einen Knick erlitten. Sei es durch den abrupten Umzug, sei es durch die immer häufiger werdenden dumpfen Donnerschläge, die keinen fröhlichen Widerspruch duldeten. Karoline war die einzige, der das nichts auszumachen schien. Sie war unbeschreiblich gut aufgelegt. Sie trank zu viel und ihre Zunge löste sich schon einigermaßen boshaft. Sturmböen schleuderten die Äste der Büsche vor den Fenstern gegen die Scheiben, die bei jedem Donnerknall leise klirrten. Es war kühl geworden. Anna zog ihre dünne goldschimmernde Stola über den Kopf und um die Schultern.

»Die schwarze Dame mit Heiligenschein«, schob Josef mutig hervor.

Karoline klopfte ihm anerkennend auf die Schulter. »Gut gebrüllt, mein kleiner Löwe!«

»Ja, ich lerne es noch«, meinte Josef mit einem tiefen Blick auf Karoline, die ihm seine kleine runde Metallbrille von der Nase zog und verkehrt wieder aufsetzte.

»Der Herbert, der einmal mein Mann war, würde jetzt sagen: Hast du schon wieder deine alberne Stunde, mein Äfflein? Und ich fragte ihn, was ist ein trübsinniges, langweiliges Leben schon wert, wenn man nicht hin und wieder auch Spaß haben und Schabernack treiben darf? Er machte einen langen Zug aus seiner Pfeife. Ein feiner betäubender Duft, sag ich euch. Wenigstens das. Und seine Antwort? Das Leben hat den Wert, den man ihm der persönlichen Wichtigkeit gemäß beimißt, mein Äfflein, deklamierte er und schaute aus seinem Buch nicht eine Sekunde auf. So war das. Trinken wir auf die Scheidung!« rief Karoline mit schriller Stimme, die zwischen Lachen und Weinen schwankte, stand auf, hob ihr Glas Anna entgegen. »Oder auf unsere abgelegten Liebhaber.« Sie goß den Wein in einem Schluck hinunter. Schnappte die Flasche, leerte den Rest in ihr Glas, daß es überschwappte. »Josef, holst du mir ... « Karoline wies den Eilfertigen mit einer auffordernden Handbewegung einfach zur Tür hinaus. »Oder noch besser: Trinken wir auf unsere ungeboren gebliebenen Kinder! Gelt, Anna?!«

»Bitte??« fragte Anna entgeistert.

»Aber Äfflein!« schmetterte Karoline, stützte sich an der Tischkante ab. »Die ganze Stadt hat doch darüber getuschelt. Du vor der Hochzeit mit meinem Freund, ich nach der Scheidung wegen einem anderen. Wir Schlampen beide!« Sie lachte und heulte und zitterte am ganzen Körper.

Anna war kreidebleich aufgesprungen. »Das ist nicht wahr! Du spinnst doch. Woher hast du den Blödsinn?«

»Was regst du dich denn so auf? Das ist doch heute keine Schande mehr, oder?« murmelte Karoline mit starker Schlagseite und sank erschöpft in den Sessel zurück.

Anna schluchzte wild auf. »Jetzt sag ich dir was, du verdammtes besoffenes Krinolinchen. Du bist immer noch das verzogene egoistische Gör, das du einmal warst. Du hast dich keinen Zentimeter weiterentwickelt. Und ich dummes Ding habe mich immer für dich eingesetzt! Du zerstörst aus Jux und Tollerei, was dir in die Finger kommt. Dir hat doch noch nie jemand wirklich etwas bedeutet. Dein Vater nicht, den du immer belogen hast, das kam in der Schule heraus. Deine Mutter nicht, wann hast du sie das letzte Mal in der Klinik besucht ... Der Pauli nicht, das hat er mir erzählt. Und deinen Mann, den gutgläubigen Tropf, hast du bloß aus Trotz geheiratet und hast ihn schamlos betrogen. Und der arme Josef ... .« Aus Anna platzte etwas unbewußt seit langem Steckengebliebenes heraus. Ohne auch nur einmal zurückzublicken, rannte sie hinaus in den Regen. Nur fort wollte sie. Nur weit fort. Flucht. Ja. Immer wieder davonlaufen. Aber wie sollte sie sich einer solchen Anklage stellen, ohne ihre Selbstzweifel zu verraten und ihre Seele preiszugeben ...

Sie spürte den nassen, kalten Wind auf der Haut nicht. Rannte zwischen den Weinstöcken den Berg hinab. Spürte die tropfenden Reben nicht, die ihr übers Gesicht wischten. Zu beiden Seiten des feuchten Grasstreifens flossen kleine Sturzbäche, dazwischen lockere Kieselsteine. Ein unheimlicher Blitz zerteilte den schwarzen Himmel in lauter kleine Splitter, der klirrende Knall danach setzte sie wieder zusammen. Und noch ein Blitz. Direkt über ihr. Der Luftdruck des jähen Donners warf Anna zu Boden. Sie blieb geschockt eine Weile liegen. Dann rappelte sie sich hoch, versuchte die Erde und die Grashalme überall an ihr wegzuwischen. Diesmal würde er ihr nicht folgen, dachte sie schluchzend. Was mußte er jetzt von ihr glauben. So eine Verleumdung, so eine gemeine unbarmherzige Lüge. Wenn er der Unheimliche war, heulte sie inwendig, würde er, vom Unwetter willenlos gemacht, sie vielleicht sogar umbringen für das, was er nun von ihr glauben mußte. Aus Verzweiflung, aus Zorn, aus Enttäuschung. Und sie würde es sogar verstehen. Doch möglicherweise war sie ihm diesen Gefühlsaufwand gar nicht wert. Vielleicht reagierte er sich wieder ab, indem er Karolines Nummer wählte.

Sie irrte. Michael war ihr nachgejagt, hatte in der Dunkelheit nur nicht gleich gesehen, wo sie hingelaufen war. Keuchend holte er sie ein. »Was ist Ihnen denn jetzt schon wieder peinlich?« schrie er sie an. »Weil sich Ihre Freundin, stockbetrunken wie sie war, daneben benommen und aus offensichtlicher Gehässigkeit Unsinn geredet hat?«

Anna antwortete nicht. Rannte weiter.

»Seien Sie doch nicht so stur. Sie werden naß bis auf die Haut! Dort drüben ist etwas zum Unterstellen!« Er brüllte, um den Donner zu übertönen. Faßte sie bei der Hand. Sie wehrte sich. Er zerrte sie einfach links durch einen engen Weg zu einer winzigen Holzhütte. »Hier ist es wenigstens trocken.«

In der Hütte befand sich Gerümpel, zwei Butten, ein paar Eimer, ein desolater Korbstuhl. An einem Wandhaken hing eine Laterne mit einer fast abgebrannten Kerze. Über einer kurzen Leiter lag zusammengeknüllt ein löchriger Lodenmantel und eine Decke. Anna ließ sich widerstandslos die Decke umhängen und auf den Sessel drücken. Michael zog sein nasses Sakko aus, zündete die Kerze an und hockte sich auf der ersten Leiternstufe zu ihr. Die Heftigkeit des Gewitters und Annas Aufregung ließen allmählich nach. Nur der Regen rauschte noch unvermindert herab. Durch das undichte Dach tropfte es. Anna hatte die Hände so ineinander gepreßt, daß die Knöchel der Finger weiß im Kerzenschein schimmerten. Michael legte seine Hand darüber. »Wissen Sie, daß ich Ihnen nun schon zum dritten Mal nachgelaufen bin?«

Anna schaute ihn überrascht an und mußte mit feuchtem Gesicht lächeln. »Wirklich?«

»Ja, wirklich. Und da ist Ihre Handtasche, die Sie oben vergessen haben.«

»Danke, sehr aufmerksam.«

»Sie sind eine schwierige Person, wissen Sie das. Leicht gekränkt und schreckhaft. Ohne Grund lassen Sie sich unterdrücken und beschuldigen.«

»Das war so«, begann Anna stockend zu erzählen.

»Sie müssen gar nichts erklären«, wehrte er freundlich ab.

»Doch. Ich will es Ihnen erzählen. Sie sollen keine falsche Meinung von mir haben.«

»Keine Sorge«, nickte er beruhigend, »ich habe schon eine Meinung. Da kann kommen was will.«

»Ich war mit dem Pauli verlobt, dem abgelegten Freund von Karoline. Sie hat ihn stehen lassen und mit einem anderen poussiert. Nennen wir es einmal so. Wir haben uns ineinander verliebt und wollten heiraten. Unsere Eltern waren einverstanden, doch meine strenge Erziehung ließ nicht zu, daß wir vor der Hochzeit allein sein durften. Das war ja früher nicht so wie heute. Wir haben uns natürlich dennoch so oft es ging heimlich getroffen, ohne daß unsere Eltern die Zeit kontrollieren konnten. Ein halbes Jahr warten wollten wir nicht. Als wir dann eine Woche vor der Hochzeit verunglückt sind, wobei … mein Verlobter gestorben ist, kam zu dem Schmerz seines Verlustes noch die Angst, schwanger zu sein. Für meine Eltern wäre das eine Katastrophe gewesen. In der Kleinstadt, wo wir wohnten. Und mein Vater war in der Pfarre aktiv. So habe ich mich in meiner Verzweiflung halt erkundigt, was man da machen könnte. Wieso das jemand erfuhr, weiß ich nicht. Ich war aber gar nicht schwanger. Beim Begräbnis, während der ungerechten Predigt des alten Pfarrers, dachte ich im ersten Entsetzen an eine überirdische Strafe.«

»Was so eine alberne Erziehung alles anrichten kann«, sagte Michael mitfühlend. »Die Fundamentalisten aller Religionen sollten gemeinsam auf eine Insel verbannt werden.«

Anna mußte schmunzeln. Wurde gleich wieder ernst. »Zu dem Schmerz seines Verlustes und meinen relativ leichten Verletzungen d a m a l s kam auch noch, daß der Unfall mich im Gesicht verwundet hat. Wie Sie sicher schon gesehen haben.«

»Wo? Ach das? Das ist doch belanglos.« Der Mann wischte es mit einer leichten Kopfbewegung weg. »Ich hätte es gar nicht bemerkt, wenn Sie nicht darauf hingewiesen hätten.«

»Das ... das ist aber nicht alles.« Annas Herz wurde schwer und schwerer.

»Dachte ich schon. Es gab noch ein ›damals‹?«

Anna erzählte stockend, was sich am Parkplatz des Friedhofes zwei Monate nach dem tödlichen Unfall zugetragen hatte. Und welche Folgen für sie selber daraus erwachsen waren. »Also, nun wissen Sie, weshalb die Bemerkung Ihrer Mutter dazumal ... so ... verletzend für mich gewesen ist, wenn Sie das verstehen können. Ich habe nach jener fürchterlichen Diagnose natürlich sofort meine Reaktion nach Paulis Tod bedauert. Dennoch habe ich mich später oft gefragt, was ich – ohne dieses Ereignis - in einem ... solchen Fall wirklich getan hätte. Und ich bin nicht sicher, ob ich so anständig wie Ihre Mutter gewesen wäre.«

Ach, das hätte ich besser nicht sagen sollen, dachte sie erschrocken. Es blieb lange still. Sie hörte ihn atmen.

»Die Polizei hat nichts ermittelt?«

Sie verneinte. »Es war schon recht dunkel.«

»Da lebt nun ein Mörder unter uns. Und in all der Zeit danach hat er es nicht wieder versucht. Wie bin ich froh.« Seine Hände zuckten leise auf den ihren. Dann strich er zart über die Narbe auf ihrer Wange. »Man sieht es fast gar nicht«, sagte er leise und drehte sanft ihren Kopf dem Kerzenlicht zu, »es gibt Ihrem Gesicht vielleicht sogar das gewisse Etwas, das zu Ihrer angeborenen Ausstrahlung eine interessante Note hinzufügt. Und ... und alles andere funktioniert doch, der frechen Bemerkung ihrer Freundin nach.«

Anna war so verblüfft, daß sie seine Hand drückte. Michael erwiderte es. Eine Weile spielten ihre Finger miteinander. Er schien etwas zu überlegen. Dann begann er zögernd: »Auch ich habe etwas zu gestehen. Haben Sie schon einmal jemandem mit aller Kraft den Tod gewünscht?«

Anna schüttelte überrascht den Kopf.

»Ich aber.« Sein Gesicht schien auf einmal aus Stein, von den letzten sich entfernenden Blitzen geradezu gespenstisch beleuchtet. »Ich habe meiner Schwester den Tod gewünscht. Und zwar so intensiv, daß ich, als sie wirklich starb, überzeugt war, ich hätte sie umgebracht. Und es war auch so.«

Anna blickte ihn groß an. »Sie haben sie gewiß nicht wirklich umgebracht?«

»Doch, das habe ich. Sie können sich nicht vorstellen, wie sehr ich sie gehaßt habe. Sie hat mir alles weggenommen, was ich liebte. Sie hat mir die mühsam errungene Aufmerksamheit des Stiefvaters durch ständige Intrigen zunichte gemacht. Sie hat den Mädchen ringsherum erzählt, ich hätte keinen … ich wäre kein … jetzt ist es zur Abwechslung für mich peinlich, wenn Sie verstehen wollen, was ich meine. Also um es kurz zu machen, sie hat mich durch eine boshaft herbeigeführte Situation böse diffamiert. Auch hat sie die beiden kleinen Kätzchen, die ich liebevoll aufgezogen hatte, in den Teich geworfen, damit sie schwimmen lernten. Sie hat meinen kostbaren Chemiebaukasten zerstört. Sie hat … sie hat … Und als sie starb, warf mir mein Stiefvater vor, ich hätte nicht genug auf sie aufgepaßt. Ja, und das stimmte auch.«

»Wie ist sie … ?«

»Ich saß im Garten und lernte, um mich auf eine Prüfung vorzubereiten. Sie schlich sich an, stupste mich an einer sehr empfindlichen Stelle, zog mich, wollte mich in den Teich locken. Weil ich keine Lust hatte, lief sie ins Haus, kam mit einem kleinen Gegenstand wieder. Sie sagte, es wäre Mamas erster Verlobungsring, an dem diese sehr hing, und sie würde ihn ins Wasser werfen, wenn ich mich nicht nackt auszöge und ihr … eine bestimmte Sache, Sie können sich's denken … erklärte oder zeigte. Zum wiederholten Mal quälte sie mich damit. Das wollte ich aber nicht. Außerdem glaubte ich meiner Schwester nicht, daß sie zu solch einer Gemeinheit fähig wäre. Sie war es. Hat sich später herausgestellt. Ich nahm also mein Buch und setzte mich verkehrt herum. Dann hörte ich ein Spritzen und Platschen. Ich sagte noch: komm heraus, wenn du dich erkältest, will ich dafür nicht büßen. Sie lachte und japste: du bist sowieso immer schuld, du Bankert. Da bin ich aufgestanden und weggegangen. Eine Stunde später hat Frau Mimi sie gefunden, am Skimmerablauf, den Ring in der schlammigen Faust.« Er machte eine Pause. Schnaubte ein wenig. »Gewiß, ich hätte sie retten können, weil ich wußte, daß der Teich tief war und weil unter dem Wasserfarn schon die frisch gesetzten Seerosenstengel heraufschlangen. Allerdings hat sich bei der Obduktion herausgestellt, daß sie einen angeborenen Herzfehler hatte. Ein Verhängnis wäre demnach jederzeit möglich gewesen. Gleichwohl. In diesem einen Moment hätte ich das Unglück verhindern können, verstehen Sie, aber ich bin weggegangen und sie ist ertrunken. Der Stiefvater hat mit blutunterlaufenen Augen mir die ganze Schuld gegeben. Wahrscheinlich hätte er mich zu Boden geschlagen, so außer sich wie er war, wenn sich meine Mutter nicht dazwischengeworfen hätte … «

»Sie hätten sie nicht retten können«, versuchte Anna erschüttert zu trösten. »Es wäre alles gerade so geschehen, wie es geschehen ist. Und wenn ich es recht überlege, war es vielleicht sogar besser, daß Sie ihr nicht nachgesprungen sind. Womöglich hätte sie Sie beschuldigt, sie untergetaucht zu haben, nicht wahr.«

Er schaute sie verblüfft an. »Das … habe ich … in der Tat … ja, bereits auch erwogen. Dennoch … «, erwiderte er, »ich gebe mir dennoch … wenigstens einen Teil der Schuld. Und das ist ja auch nicht alles.«

Die Mutter, dachte Anna, die war das nächste Problem. Sie hätte gerne seinen Kopf in ihre Hände genommen und über seine Stirn gestreichelt. Aber sie getraute sich nicht. Er nahm die Brille ab, fuhr sich mit dem Handrücken über die Augen. Die Kerze in der Laterne war fast niedergebrannt, gab nur noch einen schwachen Schein. Er setzte die Brille nicht wieder auf, hob die Laterne in die Höhe, hielt sie zwischen ihre beiden Gesichter.

»Wir beide«, lächelte er, »was?«

Die grünen Pünktchen in seinen braunen Augen blitzten im letzten zuckenden Licht wie kleine Funken. Anna fühlte seine Nähe beinahe übermächtig. Etwas in ihr begann zu vibrieren, breitete sich aus in ihrem ganzen Körper, faßte ihr ans Herz. Ein kleiner Schwindel befiel sie auch. Gleich würde die Kerze ausgehen. Gleich würde es ganz finster sein. Draußen murrte es noch hinter den Wolken. Vereinzelte Blitze erhellten das winzigkleine Fensterchen in der Hüttenwand. Anna begann zu frieren. Michael spürte es und legte seinen Arm um sie. Langsam drückte er sie an sich. Langsam gab sie nach, neigte sich zu ihm. Sein Atem berührte warm ihr Gesicht … ..

Von ferne heulte Motorengeräusch auf. Laute Rufe tönten durch das nur noch feine Zirpen des Regens. Michael sprang auf, riß Anna mit sich hoch, umarmte sie mit verzweifelter Kraft, küßte sie mit einer so inbrünstigen Zärtlichkeit, als holten ihn die Henker in jedem Augenblick zum Schafott. »Anna«, flüsterte er immer wieder, »Anna.«

Ihr liefen die Tränen über das Gesicht. Sie ließ sich umfassen, ließ sich halten. »Michael.«

Es war zu spät. Ein Scheinwerfer tauchte die kleine Hütte am Rande der Welt in grelles Licht. Sie lösten sich voneinander. Warteten Hand in Hand, bis ein stämmiger Mann die morsche Tür knarrend öffnete.

»Na, da seid's Ihr ja. Habt's Euch verirrt, gelt. Mein Bub hat die teure Rebscher' bei der Arbeit liegen lassen. Und wie er sie g'holt hat, ist ihm Euer Schreien unterkommen und er hat mich g'rufen. Ihr werd's ganz schön naß sein. Kommt's mit!«

Die beiden beinahe im Paradies Gestrandeten folgten ihm schweigend. Michael suchte sein Taschentuch und wischte vorsichtig die Tränen von Annas Wangen. Küßte sie noch einmal zum Abschied. Sie sprachen nicht mehr.

Es war eine Stunde nach Mitternacht, als zwei Taxis sie in zwei verschiedene Richtungen nach Hause fuhren. Merkwürdig, dachte Anna wehmütig, er benimmt sich immer so, als wäre es das letzte Mal. Sie war so aufgewühlt, daß sie lange nicht einschlafen konnte. Die Ereignisse dieses Abends sausten unberechenbar irre durch ihre Gedanken. Wo waren erklärbare Ursachen für alles, wie kam es zu solchen Auswirkungen und warum …

Erst gegen Morgen, als die Amseln auf den Dächern zu singen begannen, fiel sie in einen tiefen traumlosen Schlaf.

6. Kapitel
Immer wieder gezinkte Karten

Zwei Tage später rief Michael an. Seine Mutter habe wieder einen Anfall gehabt, so bedenklich wie noch niemals zuvor. Er hätte sie ins Krankenhaus bringen müssen.

»Kann ich helfen?«

Vorläufig besser nicht. Es ginge ihr sehr schlecht und sie sei keinem Besucher zumutbar.

Anna war sehr verzagt nach diesem Gespräch. Sie wußte, die Mutter stand zwischen ihnen. Auf eine schmerzhaft deutliche Weise in die Schuldgefühle eingewoben, die er sich selbst auferlegt hatte. Sie kannte ja selber solche Schuldgefühle, die man eigentlich ohne handfesten Grund hat. In frühester Zeit einmal eingeredet bekommen, später mühsam abgewehrt und frech ignoriert. Irgendwann erneut aufgebaut, auf vagen Vermutungen, mißverstandenen Erlebnissen oder einfach auch aus Unwissenheit über Zusammenhänge. Irgendwie durch Zweifel und Mißtrauen wieder hervorgeholt. Irgendwo dann als Schutzfunktion vor vermeintlich erneuten Fehlgriffen erhärtet.

Pauli erschien wieder vor ihr, zehn Jahre ist das nun her, als sie ihm heimlich, wie schon so oft, ein Stelldichein versprochen hatte, eine Woche vor der Hochzeit, und er, freudig erregt, den Platz im Auto mit ihr getauscht hatte, um ihr sein Vertrauen und seine Wertschätzung zu beweisen. Sie fuhr nicht zu schnell, die Straße war frei. Plötzlich ein großer Ball von rechts vor der Windschutzscheibe … Sie bremste jäh, verriß das Lenkrad … Im selben Moment raste ein Lastwagen mit stark überhöhter Geschwindigkeit heran, erwischte sie am Heck, schleuderte sie wehrlos den Hang hinunter, sie überschlugen sich, blieben im Acker liegen …

Sie hätte gar nichts dafür können, bekundete die Polizei hinterher. Die Zeitungsartikel bestätigten es ernsthaft, kein Fahrer hätte diesen Unfall verhindern können. Zwei Journale schrieben sogar von Mordversuch oder, noch schlimmer, von mörderischer Erpressung und recherchierten auf eigene Faust. Paulis Vater war gerade schuldlos in einen internationalen Korruptionsskandal verwickelt gewesen. Die gegnerischen Vertragspartner leugneten, die Hintermänner verschwanden, die Anwälte zerklaubten die Unterlagen, eventuell puzzelten sich unehrenhafte Motive in der eigenen Politik zusammen, das ging selbstverständlich nicht an … Paulis Familie setzte sich ans andere Ende der Welt ab, mit hoher und höchster Unterstützung, sozusagen. Anna hätte mit ihnen gehen können. Sie blieb. Wollte ihren alleinstehenden kranken Vater nicht im Stich lassen. Dieses Opfer söhnte sie ein wenig mit ihrem Fatum aus. Trotzdem. Eine Schuld saß in ihr fest, ließ sich einfach nicht verdrängen. Vielleicht war sie doch zu langsam gefahren oder zu weit links. Kann sein, daß sie in Erwartung auf Paulis baldige Liebkosungen eine Zehntelsekunde unkonzentriert war. Auf alle Fälle hätte sie rascher reagieren müssen. Solche und später ähnliche Vorwürfe trieben sie allmählich in Isolation und Einsamkeit. Ein Teufelskreis. Je mehr sie strebte da herauszukommen, desto mehr fiel sie wieder hinein. Der Drang zum Von-Vorne-Anfangen-Wollen, zum Ungeschehen-Sein-Lassen, zum Wieder-Gut-Machen-Müssen, durch eine stete Überkompensation vermuteter eigener Mängel, die man ins Gegenteil kehren wollte, bewirkte jedoch immer wieder das Erscheinen der alten Probleme, wenn auch in neuem Gewand.

Anna ahnte, daß auch Michael in einem Teufelskreis gefangen war. Wie sollte sie ihm helfen? Sie beide waren offensichtlich in der Unfähigkeit, das Leben souverän zu bewältigen, gleichartig. Das deprimierte sie, ließ das gerade erst neulich emporspitzende Pflänzchen namens ›Speranza nuova‹ anwelken. Unruhig und von Zweifeln gequält verbrachte sie die Tage. Um sich abzulenken, versuchte sie täglich nach dem Büro auf dem Heimweg ihr altes Spiel zu spielen. Es gelang ihr kaum. Der närrische Joker, von dem sie immer gehofft hatte, er würde sich eines Tages überraschend einmischen und alles zum Guten wenden, war übergeschnappt und hatte offensichtlich die Karten vertauscht.

Der Pik-König war verzinkt worden, ein Herz-König lag zuunterst und spielte gar nicht mit.

Eine Woche später, während sie vor einem Geschäft kurz stehen blieb, überlegte, was sie als Nächstes zu tun hätte, klatschte ihr eine unangenehme Stimme an die Ohren. »Sind Sie's oder sind Sie's nicht? Natürlich sind Sie's. Ja, die Welt ist ein Dorf. Und diese Stadt überhaupt, nicht wahr. Haben Sie schon von der schrecklichen Sache mit der armen Adelheid gehört? Ja, natürlich wissen Sie es.« Die Frau des Arztes von Frau Wallaberg stand hinter ihr, sich die Nase pudernd. Wer macht das heute noch? »Es soll ein wirklich fürchterlicher Anfall gewesen sein. In der Nacht nach dem Konzert hat es begonnen. Vielleicht hat sie die Musik so aufgeregt. Es gibt ja Menschen, habe ich in einer wissenschaftlichen Zeitschrift meines Mannes gelesen, die im Musikrausch sogar jemanden umbringen können. Stellen Sie sich das vor! Wer denkt denn an sowas. Wir haben damals die gute Adelheid mit ihren unvermeidlichen beiden Anhängseln zu Hause abgeliefert und sind dann selber heimgefahren. Ein paar Stunden später, ich habe auf die Uhr gesehen, es war noch nicht zwei Uhr Nacht, kam ein Anruf von der alten Mimi, daß es ihrer Gnädigen fürchterlich schlecht ginge. Sie schläft ja dort, seit die Herta eine eigene Wohnung hat. Mein Mann ist sofort hingefahren, natürlich. Er kam erst gegen Morgen zurück. War sehr einsilbig. Sagte nur, er hätte mit Michael zusammen die alte Frau ins Krankenhaus gebracht. Mein Mann hat sich noch gekümmert und gewartet. Der Mischa ist ja sofort verschwunden, ohne sich zu äußern. Das hat mich schon sehr befremdet. Der Sohn hätte doch bei der Mutter bleiben müssen, nicht wahr. Es war das erste Mal, seit ich die beiden kenne, daß er seine Mutter allein gelassen hat. Ihr Zustand sei sehr jämmerlich gewesen, sagte mein Mann. Mehr konnte ich nicht aus ihm herausbringen. Naja, die ärztliche Schweigepflicht, Sie verstehen.«

Die Musik. Das Gewitter. Oder weil Michael zu spät … Anna glaubte zu verstehen. Und nicht nur dieses.

»Waren Sie sie schon besuchen? Nein? Ach, gehen Sie doch hin, die alte Dame freut sich bestimmt, das heißt, wenn sie bei Bewußtsein ist. Michael hat gesagt, sie sei nicht ansprechbar? Ja, das hat wohl zunächst gestimmt. Aber jetzt geht es ihr, sagt mein Mann, wieder ganz passabel. Sie will wieder nach Hause. Otto, habe ich zu meinem Mann gesagt, Otto, das darfst du nicht zulassen. Die freche Herta, das kokette junge Ding, das sich so gern an den Michael herangemacht hätte, nimmt sie ja doch nur aus und läßt sie dann liegen. Wer weiß, was die inszeniert, das Luder. Naja, weil es doch wahr ist. Ja, und nun, da Michael Sie kennengelernt hat, habe ich zu meinem Mann gesagt, endlich hat er eine solide Partnerin gefunden, die sogar seiner Mutter gut genug sein muß. Aber eigentlich. Wenn ich es recht überlege … vielleicht ist es doch keine so gute Idee, wenn Sie sie besuchen, hm. Vielleicht ist sie wieder so eifersüchtig wie bei dem Fräulein von Soderberg, als sie einen Herzanfall vorgetäuscht und das arme Mädchen beschuldigt hat … Das war wirklich nicht nett von ihr.«

Anna begann immer mehr zu begreifen.

»Und erst die orthodoxe Julia, ein sehr schönes Mädchen, die sie während einer illustren Abendgesellschaft im ›Imperial‹ der Erbschleicherei und der Vergiftungsabsicht bezichtigt hatte, weil ihr die am Vortag mitgebrachte Torte nicht … Ah, da ist ja der Waldemar … hm, mein Bekannter!« rief die Frau aus und winkte stürmisch einem braungebrannten, älteren Herrn mit grauen Schläfen, der auf der anderen Straßenseite stand und ebenfalls winkte. Sogleich schlug sie sich leicht auf den Mund, neigte sich vertraulich zu Anna: »Sie sagen es doch nicht weiter? Nein? Sehen Sie, mein Mann ist so wenig zu Hause und ich bin doch eigentlich im Grunde ein geselliger Mensch, nicht wahr. Das verstehen Sie doch.«

Anna verstand auch das. Im Weitergehen schüttelte sie ein wenig abfällig den Kopf, ohne sich umzuschauen. Aber hatte sie denn das Recht, jemand anderen zu verurteilen, nur weil er ihren eigenen, ohnehin nicht allzu strengen Verhaltensmustern nicht entsprach. Was wußte sie von dieser Frau, außer daß sie viel klatschte und sich offenkundig einsam fühlte. Vielleicht war auch diese ein armer, hilfloser Wassertropfen auf dem Mühlenrad des Lebens, dessen Hilfeschrei weder der Regen, der das Wasser schickte, noch der Müller, der das Rad drehte, hören konnte oder wollte. Der Teufel vernimmt auch das Nichtgesagte. Nur Gott ist schwerhörig.

Karoline kam eines Abends überraschend zu Besuch, mit einer Flasche Sherry und einer roten Orchideengirlande als kleine Entschuldigung für ihr eigentlich unentschuldbares Verhalten damals am Weinberg. Anna wollte darüber nicht mehr sprechen. Sagte, sie hätte es schon vergessen.

»Anna, ich werde heiraten!«

»Oh, den Josef?« fragte Anna überrascht.

»Aber nein, ich bitte dich. Doch nicht den Josef. Er hat übrigens eingesehen, daß er nicht zu mir paßt. Er ist ein ganz nützlicher … hm, Helfer gewesen … für diverse … naja, du weißt es ja doch mittlerweile. Du bist mir sicher nicht böse, gelt. Ich habe es nicht so gemeint. Nie habe ich gewollt … Jetzt nicht und früher nicht. Es hätte ja nur ein … Das mußt du mir glauben … Jedes Gesicht hat ja nicht nur eine Wahrheit. Du bist so gescheit. Das verstehst du doch, nicht wahr … «. Was faselt die andere da, fragte sich Anna erstaunt und ahnungslos. Karoline umarmte sie, deutete auf beide Wangen Küßchen an. »Du verzeihst mir, ja? Also. Hör zu. Ich heirate den Rupert. Er hat eine Werbeagentur, stell dir vor. Ich habe ihn gleich am ersten Tag meines Urlaubs kennengelernt. Er hatte eine Autopanne und ich habe ihn mitgenommen. Wir passen großartig zusammen. Er ist ein bißchen jünger als ich, sehr lustig, wie ich immer aufgelegt zu kleinen Scherzen. Und er braucht mich, auch für die Realitäten des Lebens, dieses Äfflein. Er ist ein wenig begriffsstutzig und manchmal schwer mattscheibig. Sagen wir es vornehmer, er ist zu gutmütig, nicht nur in seinem Betrieb.«

»Wie wunderbar. Und dein Job?«

»Hab ich gekündigt. Das wollte ich sowieso schon lang.«

»Freut mich für dich.« Anna zwang sich zu lächeln und fragte höflich: »Willst du ein Glas Sherry?«

»Nein, oh, nein. Ich muß noch Autofahren.«

Das hatte sie doch noch nie gehindert. Toller Einfluß des Neuen. Gratulation. Dachte Anna zynisch. Sagte es nicht.

»Weißt du, er hat ein elegantes Büro in der City und außerhalb ein prachtvolles Haus, in der Nähe zum Waldfriedhof. Ist das nicht lustig. Von den Eltern geerbt. Meine Wohnung vermiete ich zum halben Preis an die Gaby, die Tochter von dem Gastwirt am See »Zum bunten Kranzl«, wo wir in den Ferien gewohnt haben. Sie will in der Stadt eine Schule für Gastronomie besuchen. Kannst du bitte gelegentlich nach ihr schauen und ihr raten? Sie ist ja total fremd in der großen Stadt.«

Anna erwiderte nichts. Wieso schon wieder sie. Karoline ging sie nichts … gar nichts mehr an.

»Und sollte tatsächlich der Unheimliche, hahaha, sich wieder melden, so bist du ja da, schwarze Dame, gelt, dem armen hilflosen Bauernkind zur Seite zu stehen und auch dem armen traurigen Josef. Weißt du, ich habe beschlossen, mein bisheriges Leben gänzlich hinter mir zu lassen, mit allem was dazugehörte. Bald bereinigt sich ohnehin jegliches und dann bin ich frei. Und du hältst bis dahin die Stellung, gelt.«

Da schau her, staunte Anna. Geschieht mir schon recht. Habe ich es nicht auch oft genug so gemacht, wenn mir etwas unangenehm geworden ist? Daß ich nicht ans Telefon gegangen bin, daß ich einen dringenden Termin hatte, daß ich jemand anderen vorgeschoben habe … Ich darf es ihr nicht übel nehmen. Sie hat einen neuen Lebensmittelpunkt gefunden, schüttelt ihre Vergangenheit ab, braucht mich nicht mehr … hallo … hat sie … womöglich … nie wirklich gebraucht … Oh … Schon früher hat sie ihr Streiche gespielt, hat sich über sie lustig gemacht. Karoline, der Kasperl mit dem Prügel und Anna, das dumme arme Krokodil, das nie zu beißen gelernt hat … Und im selben Augenblick flog sie ein schlimmer Verdacht an, der ihr beinahe die Luft raubte. Das andere Gesicht der Wahrheit? Sollte alles eine Finte … Und das ihr, die sie immer jede Kleinigkeit voll Mißtrauen geprüft hatte … War sie blind gewesen oder was? Und auf einmal fielen ihr Karolines häufige Anzüglichkeiten und seltsame Bemerkungen wie Schuppen von den Augen. War sie zugehemmt gewesen oder was?

Anna schluckte. Nickte. Nahm sich sehr zusammen. Führte Karoline zur Tür. Wortlos. Gab ihr mit kalten Fingern die Hand. Wünschte ihr, starr lächelnd, viel Glück. Jaja, sie würde die arme hilflose Gaby nicht vergessen und ja, den armen hilflosen Josef ebenfalls nicht. Es schien Karoline großen Spaß zu machen, überall arme hilflose Menschen zurückzulassen. Später wird sie ihrem Rupert auch von der armen hilflosen Freundin erzählen, die sie doch recht bald einladen wollten, nicht wahr, Äfflein? Prost.

Der Verschluß der Sherryflasche war locker. Anna schenkte sich ein Gläschen ein. Es roch komisch und machte ein paar Bläschen. Luft dazugekommen, schlecht gelagert, uralt? Oder manipuliert, damit ihr schlecht würde? Also nein. Obwohl. Karoline hatte einmal im Kaffeehaus einer fremden Frau ein Päckchen Pfeffer in den Kaffee geschüttet, als diese gerade auf der Toilette war. Ach, und das Salz auf der Erdbeertorte der armen Thekla und der Mäuseschwanz im Sandwich …

Degoutiert schüttete sie Karolines Geschenk in den Ausguß. Sie fühlte sich innerlich zersplittert. Das rote Blumengesteck mit den kleinen weißen Kugeln tat sie in die Vase und betrachtete es lange. Merkwürdig. Dieses gefiel ihr von allen, die sie bereits gesehen hatte, am wenigsten. Also bitte. Die Blumen konnten doch nichts dafür. Mißmutig griff sie zu den alten Zeitungen auf dem Tischchen der Stehlampe, warf sich in den Polstersessel und begann unkonzentriert wie immer nur die Überschriften zu überfliegen. Auf einmal riß sie die Augen auf und drehte das Licht an, um besser das Verblüffende lesen zu können, das ihr soeben aus einem Blatt entgegengesprungen war: »Ein Mann mit einem rötlichen Bärtchen war vorgestern Abend in einem kleinen Park in der Nähe der Universitätsinstitute tot aufgefunden worden. Er trug einen blauen Trainingsanzug und wies eine Einschußstelle im Hinterkopf auf. Er war sofort tot gewesen. Ablebenszeitpunkt etwa Mitternacht. Zweckdienliche Angaben wie auch vertrauliche Hinweise würden in jeder Polizeiwachstube entgegengenommen ... « Der rücksichtslose Jogger damals? Gab es solche absonderlichen Zufälle wirklich ... Allmählich ging ihr diese eklatante Allmacht des Zufalls schwer auf die Nerven.

Plötzlich bekam Anna einen trockenen Mund. Sie hatten sich doch damals in der Wachstube neben der Baustelle über einen unheimlichen Telefonanrufer beschwert. Vielleicht würde die Kriminalpolizei dieses Protokoll heranziehen und vermuten, sie hätten diesen Mann gefunden, zur Rede gestellt, und im anschließenden Streit erschossen. Karoline würde sicher sagen, sie wäre nur zu Hause gesessen, während sie, Anna, die Umgebung abgesucht hätte. Noch dazu hatte sie ja ein Polizist beobachtet und befragt, als sie durch die kaputte Jalousie in den Computerraum gespäht hatte. Anna wurde heiß und kalt. Würde Karoline aus Arglist, aus Spaß, aus welchen Gründen immer, ihr sogar so etwas in die Schuhe schieben? Eigentlich verstand sie es nicht. Sie mußte an Michaels Schwester denken. Wie boshaft konnte ein Mensch sein ... Wie übelsinnig, wegen ein paar gutgemeinter Mißverständnisse in Kindheit und Jugend? Schier unglaublich. Anna konnte sich nichts vorwerfen. Sie hatte die Obacht über Karoline nicht angestrebt. Gehorsam war sie der Anordnung der Mutter Oberin gefolgt, das lockere mutterlose rothaarige Teufelchen zu beaufsichtigen, beziehungsweise zu zähmen. Daß sich aus ihren eifrigen Bemühungen solche Aversionen ergeben würden, wäre Anna nie in den Sinn gekommen. Sie starrte auf die Blumen, die ein bißchen vor ihr verschwammen, rot weiß, weiß rot ...

Abrupt stockte ihr der Atem. Ein überdimensionales Entsetzen blähte ihr riesig den Kopf auf. Arglist, Jux, welche Gründe auch immer ... Das manchmal verwunderliche Gerede von Karoline wiederholte sich ätzend tropfenweise in ihrem Gehirn. Konkurrenz? Haß? Rache? Wie war das noch mit dem spektakulären, nie aufgeklärten Autounfall, bei dem ihr Verlobter ... der ›abgelegte Freund‹ von Karoline ... Oh Gott. Anna wird so übel, daß sie sich übergeben muß. Das kann ja nicht sein. Hysterisch kramt sie nach dem alten Behördenprotokoll ... ein großer roter Wasserball mit weißen Punkten ... plötzlich über die Straße ... von rechts aus dem Gebüsch vor der steinernen Hangstützmauer ... keine Kinder in der Nähe ... auf der Gegenfahrbahn ein zu schneller Lastwagen mit Anhänger ... Die Autofahrerin hatte scharf gebremst, das Lenkrad mehrmals verrissen ... Schleudern, Böschung, links der Acker ... Der Lkw-Chauffeur beging Fahrerflucht. Erst eine halbe Stunde später war ein Radfahrer zufällig vorbeigekommen, hatte sofort die Rettung verständigt ...

Anna wollte aufstehen. Die Beine versagten ihr. Sie fiel um, rutschte das Sofa hinunter. Lag am Boden. Steif und kalt. Wollte tot sein. Auf ihren geschlossenen Lidern malten sich mit entsetzlicher Deutlichkeit die weiteren Formulierungen im Protokoll wie blutige Schriftzeichen: verdächtige Reifenspuren hinter den Gebüschen gefunden, ein Becher mit einem Rest von Sherry, darin aufgeweichte Zigarettenkippen mit Lippenstift, kaum verwertbare DNA-Spuren ... Sie hat ihn sterben lassen! Diese Mörderin. Und hat dadurch auch mir fürchterliches Leid zugefügt, diese gewissenlose Teufelin. Damals. Und dann hat sie es vielleicht ... wieder versucht? Der Tote, der Unheimliche, der kleine hörige Josef, der üble Sherry ... Wie hängt das zusammen und wieso ... Neid, Eifersucht, Spaß? Warum dürfen solche Menschen fröhlich weiterleben? Ich soll ihr verzeihen? Nie, niemals. Hysterisches Schluchzen krümmte sie zu einem elenden Batzen Schmerz zusammen. Und die andere feierte fröhlich und tanzte die Seelen schuldloser Menschen zu Brei. Das darf nicht sein, schrie es in Anna, sie soll nicht heiter leben, sie muß auch büßen! Sie schlug verzweifelt um sich. Irgendwo polterte und klirrte es. Das Herz schien ihr aufzureißen. Blut. Blut im Gesicht, an den Händen. Erstickte ihr Schreien. Blut überall, wie damals. Die Narbe im Gesicht brannte. Sie wälzte sich auf dem Parkett, bäumte sich auf. Das Blut sickerte von irgendwoher überall an ihr. Machte Blasen vor ihrem Mund. Sie pustete, spuckte, erbrach sich wieder. Wand sich am Boden.

Irgendwann kroch sie auf ... stolperte ... stützte sich ... fiel mitsamt dem Sessel vor das Weinschränkchen ... Bekam die Cognacflasche zu fassen, schlürfte einige Schlucke, bemerkte überall Blut. Voll Ekel wankte sie ins Bad, stellte sich unter die Dusche, drehte das Wassser auf, ließ es zeitlupenlangsam rinnen. Mit nassen Haaren, nassem Gewand taumelte sie dann am Spiegel vorbei. Hielt an. Kippte ans Glas. Zerrte das nasse Zeug von ihrem Körper. Stand nackt vor sich selber. Reckte sich. Tolle Figur, straff, glatt und erotisch. Wenn da nicht eine Narbe wäre, die quer über den Unterleib verlief, symmetrisch und schön verheilt, Sargdeckel über einem Traum, Grab eines zum Greifen nahen Glücks ... Auch das mysteriös. Was wäre, wenn auch da ein Zusammenhang ... Nein, das wäre zu weit hergeholt. Oder ...

Sie wickelte sich in den Bademantel, fuhr sich mit dem Ärmel übers Gesicht. Auch dort eine Narbe. Der Ärmel färbte sich von irgendwoher rotbraun. Na und. Irgendwo ist immer Blut. Das ganze Leben lang strömt, tropft oder sickert es aus. Bis zuletzt ... Sie setzte die Flasche wieder an. Blut verdünnt mit Alkohol fließt vielleicht leichter. Blödsinn.

Aufhören. Sie will sich nicht zerstören, bevor zur Abwechslung jetzt einmal sie Rachegedanken ausklügeln und vollstrecken kann. Sie preßt die Augen zusammen und sieht vor sich, wie Paulis Blut auf sie sprudelt und sich mit ihrem Blut vermischt. Sie schmeckt es geradezu, herb und scharf … Voll Panik spuckt sie aus. Holt Mineralwasser und trinkt, trinkt, bis sie glaubt zu ertrinken. Gut so. Sie ist fast wieder bei sich.

Zurück in die Wirklichkeit. Die Zeitung, der Artikel … Vielleicht war Karoline mit reizendem Augenaufschlag schon zur Polzei gegangen und hatte sie des Mordes verdächtigt, aus Leichtsinn, aus Mißgunst, aus verletztem Stolz … Ein Schabernack, der leider schlecht ausgegangen ist … Anna schauderte schon wieder. Man würde sie in die Zwickmühle nehmen, tagelang verhören, mit Wassertropfen, Lichtblendungen und Schlafentzug foltern, bis sie alle ihre Wahrnehmungen aussagte … Sie fiel in einen imaginären Kriminalgruselfilm, in dem sie unbarmherzig bedroht und gezwungen wurde, bis sie alle Beobachtungen gestand … Auch über Michael? Oh Gott. War jetzt nicht ohnehin alles egal? Sie war doch gerade eben gestorben. Gestorben an der Wahrheit. Erstickt an einer ungeheuerlichen, unbegreiflichen Feindschaft. In ihrem Gehirn surrte es. Aber vielleicht war der erschossene Rotbärtige doch der Unheimliche und alles stellte sich als Irrtum heraus, andersherum. Sie hatte keine stichhaltigen Beweise, nur neurotische Spekulationen. Und außerdem. Der Tote hatte sie grob gestoßen, das konnte sie doch einflechten, ganz beiläufig, vielleicht hatte er noch andere Frauen auch belästigt. Die hagere männliche Frau zum Beispiel, deren Karte sie noch in irgendeiner Manteltasche haben mußte. Sie schleppte sich zur Garderobe und begann hastig Mäntel und Handtaschen zu durchsuchen. Jäh hielt sie inne. Oh weh, dachte sie, ich drehe ja durch. Und Waffe habe ich auch keine.

Stöhnend ließ sie sich auf das Sofa fallen, das Zittern ihrer Glieder schmerzhaft wahrnehmend. Sie suchte sich durch lautes tiefes Keuchen zu beruhigen und dem hämmernden Klumpen in der engen Brust

Raum zu schaffen. Im Kopf, schwer und sirrend, flimmerten wirre Bilder, zusammenhanglos aus ihrem Leben gerafft. Wenig Nettes dabei. Düsteres Beben in jeder Faser. Sie legte Schallplatten auf und ließ sich von der Musik niederdröhnen wie von einem nahenden Unwetter. Sie dachte an Michael und seine Probleme. Das machte sie auf eine seltsame Weise zufrieden und sie schlief ein.

In den nächsten Tagen schluckte sie jede Menge Beruhigungstabletten und schlich durch das Büro wie ein Gespenst. Bis ihr Vorgesetzter sie in den Krankenstand schickte. Sie blieb fast zwei Tage im Bett und meldete sich an keinem Telefon, wenn es läutete. Den Briefkasten ignorierte sie sowieso.

Karolines Hochzeit … Musikkapelle, Konfetti, Papierschlangen, Luftballons, leere Blechdosen an einem uralten Auto, auf dem als angebliches Kunstwerk ein großer rosa Ring klebte, durch den ein rosa Stab gesteckt war, nebenherlaufend ein als Schornsteinfeger verkleideter Freund des Bräutigams, ein ängstlich quiekendes kleines Schwein an der Leine, … ..war endlich vorüber. Barsch beendet von der angerückten Polizei, die von erbosten Passanten und Geschäftsleuten wegen der Knallkörper gerufen worden war, ts ts, am hellichten Tag, mitten in der Stadt … Anna hatte ihre Beteiligung schriftlich bedauernd abgesagt, die Firma hätte sie zu einem Seminar außerhalb verpflichtet. Natürlich war sie dort gewesen, mit Kopftuch und altem Mantel, versteckt in der schaulustigen Menge. Mit heißen zornigen Augen sah sie das glückstrahlende Paar in den Blechkübel einsteigen und lärmend zum Flughafen fahren. Danach war sie den weiten Weg vom Standesamt zu Fuß nach Hause gewandert, gefühllos wie noch nie. Nicht nur wegen dieser abstoßend widerlichen Feier. In ihrer Wohnung begann sie fahrig aufzuräumen und zu putzen. Arbeiten gegen Frust hilft fast immer. Bald hatte sie sich wieder im Griff.

Gaby war in Karolines Wohnung gezogen und schien sich recht wohl zu fühlen. Sie fragte nicht um Rat oder Hilfe. Lud Anna aber gerne ein. Sie war ein pausbäckiges, fröhliches Mädchen, rundlich, gemütlich, mit einem dicken langen Zopf. Sie begrüßte Anna mit großer Begeisterung. »Na, so eine Hochzeit! So was Grausliches, was. Ich hab Sie gesehen, ganz hinten, gelt.« Gaby stellte mit Augenzwinkern einen selbstgebackenen Kuchen auf den Tisch. »Dem Bräutigam war's eh auch peinlich.«

»Ihre Hochzeit wird sicher ganz anders ausschauen?«

»Ja natürlich«, lachte Gaby. »In Weiß natürlich, in der Kirche, wie sich's gehört, mit der Blasmusik und einer Pferdekutsche. Und das ganze Dorf muß dabei sein.«

Gaby hatte Karolines elegante moderne Wohnung mit einigen rustikalen Gegenständen und vielen Familienfotos bereichert. Anna fand, daß das wunderbar heimelig aussah. »So eine große Familie haben Sie?«

»Ja. Schaun'S her. Das ist die Mama, der Papa, … « Gaby deutete auf fröhliche Köpfe, » … und der Ferdinand, mein älterer Bruder, der ist beim Militär. Der Andi, mein anderer Bruder, hat die Gärtnerei vom Onkel im Nachbarort übernommen und arbeitet mit seiner Frau recht fleißig an neuen Birnbaumsorten. Und die Birgit, meine Schwester ist auch schon verheiratet und erwartet ihr erstes Kind. Die wohnen in Bayern drüben. Ich bin die Jüngste. Und da, die Oma und der Opa, und neben ihm der Uropa … « Sie erklärte und zeigte mit leuchtenden Augen.

Anna wurde neidig zumute. »Wie geht es Ihnen hier so?« Sie kostete den Kuchen, nickte anerkennend. »Ist es nicht recht einsam für Sie, wenn Sie so viele liebe Menschen entbehren müssen?«

»Also wissen'S. Am Tag muß ich viel lernen und bei der Nacht schlaf' ich wie ein Ratz. Aber dazwischen geh'n mir meine Leut' schon ab. Und mein Hundl, mein Tobi.«

»Wie schön. Sie haben einen Hund. Ich hätte mir auch so gerne einen Hund gewünscht, aber meine Eltern haben es nicht erlaubt. Naja, mitten in der Stadt, und keiner hätte regelmäßig Zeit gehabt. Wie sieht er denn aus?«

»Ein lieber schwarzer Schlingel ist er, der kleine junge Tobi. Von allen Rassen hat er nur das Beste geerbt. Auf einem Aug schielt er, dafür hat er einen größeren Blickwinkel, sagt mein Vater immer, und den braucht ma in unserm Gewerbe. Mein Vater ist nämlich der »Kranzlwirt«. Wissen's, das »Gasthaus zum bunten Kranzl« g'hört nämlich uns. Ein schönes Haus, ganz nah zum See. Müss'n'S amal kommen. Ja, in der Stadt ist es schwer mit einem Hund. Und die komischen Bräuche da g'falln mir sowieso nicht.«

»Bräuche?«

»Na, wie die Leut miteinander umgehn, und so. Kellermufflig und unpersönlich halt. Irgendwie verlogen, scheint's mir.«

»Ja, das stimmt schon irgendwie.« Anna aß gerne ein zweites Kuchenstück zum Kaffee. »Kommen noch viele Briefe für Karoline hierher oder auch Telefonanrufe?«

Gaby lachte. »Nein. Die Briefe laßt sie sich nachschicken. Aber ein paar Mal geht schon das Telefon, am Abend. Da ist dann ein so komischer Mensch dran, der so saudumme Sachen sagt.«

»Was für Sachen?« fragte Anna gespannt.

»Naja, saudumme Sachen halt. Ich sag dann immer: Hau ab, du Spinner, und da ist er dann ganz baff. Die Stimm' ist mir aber irgendwie bekannt vor'kommen, als hätt ich sie bei der Hochzeit von der Karolin von irgendwem schon einmal g'hört. Komisch. Da fallt mir der dünne Brillenschlangerich ein, der immer hinter ihr gewuselt ist. Sicher bin ich aber nicht. Gestern Abend hat der Depperte gar g'sagt: So jetzt freut's mich nimmer, und hat aufg'legt.«

Anna begann zu lachen. Sie lachte und lachte und konnte auf einmal nicht aufhören zu lachen, bis ihr Gaby kräftig auf den Rücken klopfte. »Hast dich verschluckt, gelt.«

Anna nickte heftig und hustete. Hielt sich eine Weile die Serviette vor den Mund. Dann wurde sie ernst. Überlegte kurz. »Entschuldigung. Darf ich Sie, ja gut, darf ich dich was bitten, Gaby? Karoline hat mir ein paar Jugendfotos versprochen, die dort in einer der Laden … «

»Aber klar doch. Nimm's mit. Wenn sie's g'sagt hat.«

Anna ging zu der Kommode. In der mittleren Lade, in einer weißen Kassette unter Heften, Nähzeug, Stoffresten und Rechnungen wußte sie die Fotos. Sie löste das Kästchen aus dem Wust, bemerkte eine kleinere braune Schachtel, stippte den Deckel auf. Ein kleines eckiges schwarzes Ding glänzte sie kalt an. Oh Gott, wieso hatte Karoline eine Waffe? Glühend fuhr ihr in den Sinn: bloß nicht angreifen. Schnell stülpte sie den braunen Deckel darauf, ordnete mit allem, was sie daneben fand, ein unentwirrbares Chaos über dem gefährlichen Ding an und schob es ganz nach hinten. Dann machte sie die Lade zu. »Danke. Sind bloß Erinnerungen an alte Zeiten, als wir noch sehr jung waren.« Die andere hatte nichts bemerkt.

Gaby nickte verständnisvoll. »Mag ich auch gern. Und du kommst mich wieder besuchen, gelt? Dann koch ich dir was Feines nach einem Rezept von meiner Oma. Wenn ich eines Tages den Gasthof übernehmen soll, muß ich eh üben.«

Anna versprach es. Beim Gehen preßte sie die Schachtel mit den alten Bildern an sich, als wäre sie ein kostbares Andenken. Oder in Wahrheit, ein Beweis wichtiger Indizien … . Zu Hause warf sie alle Fotos weg, mit Ausnahme derer, auf denen Karoline mit einem großen rotweißen Wasserball spielte. Es waren vier Bilder, und Karoline war damals achtzehn. Die Jahreszahl stand hinten drauf. Und was nun? Zu Gericht? Zum Anwalt? Zur Polizei? Hätte sie die Waffenschachtel doch mitnehmen sollen? Sie fühlte sich unschlüssig, wie in einem Labyrinth gefangen. Kein Knäuel weit und breit. Nicht einmal das kleinste Fädchen, das sie sich an die Ferse hätte binden können, um ins rettende Freie zu gelangen.

Sie entschloß sich zu einem Besuch im Krankenhaus bei Frau Wallaberg.

Die Klinik lag sehr hübsch in einem großen stillen Park. Eichhörnchen hüpften durch hohe alte Baumkronen. Kleine Vögel hockten auf den Banklehnen und flogen nur ein wenig zur Seite, wenn sich jemand setzte. Anna spazierte langsam über sauber geputzte Kieswege, von bunten Tulpenbeeten gesäumt. Eine lang vermißte wunderbare Stille schwang durch ihren ganzen Körper. Ruhig betrat sie das Gebäude. Dritter Stock. Ein Lift, ein Gang …

Leise öffnete Anna die Türe zu dem Krankenzimmer. Frau Wallaberg lag in weißen Kissen versunken und schlief. Ihre bläulichweißen Haare standen ihr glanzlos und spröd vom Kopf ab. Ohne gestylte Wellen und ohne Gebiß sah sie aus wie eine einsame vernachlässigte Greisin. Anna trat auf Zehenspitzen näher. Da öffnete die Patientin die Augen. Ein heller Schein glitt über ihr eingefallenes Gesicht. »Wie schön«, sagte sie froh, mit kauender, schwer verständlicher Stimme, »wie schön, daß du zu mir kommst, wie schön.« Anna setzte sich zu ihr. »Wie geht es meinem Sohn Michael?« fragte sie. »Ich habe ihn lange nicht gesehen.«

»Gut, hm, gut geht es ihm. Er hat sehr viel zu tun und arbeitet von früh bis spät an neuen Versuchsreihen«, log Anna. Sie ahnte, worum es ging.

»Erzähle mir«, bat die alte Frau erschöpft, griff mit knochigen Fingern nach Annas Hand. »Erzähle, wie es Michael geht. Gib mir die Zähne herüber. Die Schale dort. Ja. Laß nur, ich kann das schon … Ißt er genug? Was kochst du ihm? Hast du ihm den Knopf am braunen Sakko angenäht? Nimm die Schale wieder weg. Bügle ihm die weißen Hemden, er soll nicht immer diese dünnen Rollkragenpullis tragen, die sehen nicht seriös genug aus. Und vergiß nicht die Einlagen in seinen Schuhen zu wechseln … «

Anna bekam vor Aufregung eine rote Nase. Sie bestätigte alles und erzählte, ihr Sohn habe sich ein Lager im Institut eingerichtet, damit er seine richtungweisenden Experimente ständig persönlich überwachen könne. Sie sehe ihn auch nicht sehr oft. Das schien die Kranke zu beruhigen. Immer wieder wollte sie das hören. Hing mit starrem Blick an den Lippen der Erzählenden. »Institut«, wiederholte sie, »arbeiten. Du siehst ihn auch nicht.«

Anna hielt ihre Hand und redete. Frau Wallaberg ließ die Augen geschlossen. Nur wenn die Worte verstummten, machte sie sie wieder auf und fragte: »Wie geht es meinem Sohn?«

Anna erzählte und plauderte, bis die Kranke endlich doch eingeschlafen war. Eine kleine faltige Schwester huschte herein, schaute prüfend, lächelte, nickte mit den Spitzen ihrer steifen weißen Flügelhaube. Anna folgte ihr nach draußen und fragte, wie es um die Patientin stünde.

»Gott gibt es. Gott nimmt es. Wir müssen beten, meine Tochter.«

Anna erschrak. So schlimm stand es? Und wo war Michael? Warum kam er nicht?

Sie ging jeden zweiten Tag in ihrer Mittagspause ins Spital. Sie mochte auch die weißen geistlichen Schwestern mit ihren ständig nickenden großen Flügelhauben. Kein Vergleich zu den schwarzweißen verzopften Matres ihrer Kinderzeit. Wenn sie das Krankenzimmer betrat, schien Frau Wallaberg jedesmal ein wenig schwächer zu sein. Manchmal begegnete ihr die alte Mimi dort und deren Bruder. Und auch der grauhaarige Doktor Fasching. Oft standen sie vor der weißglänzenden Tür mit dem kleinen runden Fensterchen in Augenhöhe und unterhielten sich. »Wenn die Zeit gekommen ist, hilft keine ärztliche Kunst der Welt mehr.« Er schien ehrlich betrübt.

Einmal hörten sie aus dem Zimmer einen Tumult. Besorgt liefen sie hinein. Frau Wallaberg saß aufrecht im Bett, mit roten Wangen, und stemmte sich gegen eine Krankenschwester, die sie zu besänftigen versuchte.

»Ich will nicht!« schrie sie. »Laß mich«, und als sie ihren Hausarzt erblickte, »Michael, komm her, ich habe für dich mein ganzes Leben geopfert. Ich habe mich für dich quälen, schlagen und demütigen lassen. Du mußt jetzt bei mir bleiben.« Plötzlich gewahrte sie Anna daneben. »Die soll dich nicht kriegen, die nicht, dieses billige Weibsstück. Du darfst dich nicht von solchen Kokotten verführen lassen. Du brauchst keine andere, du hast mich. Ich war dir doch immer alles, Mischa, mein wunderbares kleines Büblein, komm zu Mami ins Bett ... Wird's bald. Komm sofort zu mir ... «

Sie kreischte schrill, schlug um sich, keuchte, spuckte den dünnen, hellen Schaum auf ihren Lippen der Schwester ins Gesicht, krallte sich in der Flügelhaube fest. Der Doktor drängte die verzweifelte Krankenschwester zur Seite, beugte sich über seine alte Patientin, strich ihr über die Stirn. »Ich bin ja hier, Mama. Es ist alles gut.«

Frau Wallaberg hielt inne im Toben. Schaute ihn angestrengt an, als wollte sie durch ihn hindurchschauen. Erkannte den Betrug nicht. Ihre verkrampften Züge entspannten sich allmählich und ihre zuckenden Augäpfel fielen unter die Lider. Sie faltete die Hände auf der Decke, wie ein kleines Mädchen vor dem Nachtgebet. »Gut«, ächzte sie, »ja, gut, mein kleines Schätzlein. Niemand darf dir was tun. Mami beschützt dich, vor der bösen bösen Gundi und vor allen allen bösen Mädchen ... «

Ein herbeigerufener Anstaltsarzt gab ihr eine Injektion, auf die sie rasch einschlief. Die beiden Ärzte begannen eine Fachdebatte über Symptome, Methoden, Chancen. Die alte Frau Mimi, die zitternd dabeigestanden war, schluchzte. Anna, von dem eben Gehörten total irritiert, legte ihren Arm um sie und führte sie hinaus. »So schlimm war die kleine Schwester?«

Die alte Frau vergrub ihr nasses Gesicht in Annas Halstuch. »Ja, so schlimm und noch schlimmer. Sie hat ihm seine Bücher mit Honig verklebt, Reißnägel in die Schuhe gesteckt, Salz in die Milch geschüttet. Einmal sogar hat sie ihm in alle Hosen vorne Löcher geschnitten, so daß er eine verkehrt anziehen mußte, mit einer langen Weste drüber, um nicht halbnackt und zu spät zu einer wichtigen Schularbeit zu kommen. Seine Mutter hat davon erst erfahren, als spöttische und empörte Gerüchte über ihn sein Verbleiben in der Schule nicht mehr zuzulassen schienen. Die Eltern der anderen Schüler und Schülerinnen wollten so einen ›Andersartigen‹, Sie wissen schon, was ich meine, nicht akzeptieren. Dann stellte der Schularzt mit einem Attest die Sache richtig. Die beiden hinterlistigen Freundinnen von der Gundi wurden streng bestraft. Wissen Sie, wie grausam das für den Buben war, der anfangs gar nicht wußte, worum es ging. Trotzdem bestand er darauf die Schule wechseln. Das kann man doch verstehen, nicht wahr. Er hat mir so leid getan.«

Anna erinnerte sich an eine Bemerkung Michaels und schauerte. »Wie entsetzlich peinlich muß das für den armen Michael gewesen sein. Was für eine böse Intrige. Warum?«

»Ich kann es nur vermuten«, schluchzte Frau Mimi. »Das Mädel wollte eines Tages wissen, wie man Babys macht. Sie hat mich gefragt, aber ich habe mich außerstande gesehen ihr das schicklich zu erklären. Also nehme ich an, sie hat ihren Stiefbruder zwingen wollen ihr das zu zeigen … Verzeihen Sie, das weiß ich natürlich nicht wirklich. Jedoch die Szene, die sich eines Abends im Badezimmer abgespielt hat, vergesse ich nie. Der Mischa hat sich von da an in seinem Zimmer immer eingeschlossen. Ach, ach. Heute wissen das schon die ganz Jungen. Aber damals war eine Elfjährige noch ein Kind … « Sie begann wieder zu weinen.

»Und wie haben die Eltern reagiert?« fragte Anna erschüttert.

»Der Vater verteidigte seine Tochter, jahrelang. Er glaubte immer wieder ihren aus der Luft gegriffenen Verdächtigungen und beschuldigte seinen Stiefsohn sogar, sich dem Mädchen unsittlich genähert zu haben. Daraufhin hat die Mutter der Tochter zum ersten Mal eine Ohrfeige gegeben. Es kam zu einem fürchterlichen Streit mit dem Vater, der im Zorn mit dem Sessel auf die Mutter losging. Sie wurde schwer verletzt und hat auch einen Kollaps erlitten. Bevor es zur Scheidung kam, ist die Gundi im Teich ertrunken und der alte Wallaberg starb kurz danach an einem Gehirnschlag. Die arme arme Gnädige. Sie hat immer viel gelitten und erduldet. Der Mischa war halt ihr ein und alles. Sie hat ihn übermäßig geliebt. Ja, wahrscheinlich hat sie ihn auch erdrückt damit. Sie war oft so hilflos, so allein, fühlte sich immer ausgestoßen. So arm war sie.«

»Sie lebt ja noch«, tröstete Anna, »sie wird sich wieder erholen.«

Die alte Frau schüttelte sich weinend, wankte zu ihrem Bruder, der in einiger Entfernung gewartet hatte. Der grauhaarige Doktor war mittlerweile dazugekommen und hatte den Rest des Gesprächs mitangehört.

»Warum kommt Michael nicht?« fragte ihn Anna beklommen. »Rächt er sich an seiner Mutter jetzt? Verzeihlich, wenn ich nicht gänzlich mißverstanden habe. Was hat dieser bedauernswerte arme Mann alles erdulden müssen.«

Doktor Fasching zog die Brauen hoch. Wiegte bedächtig den Kopf. »Vielleicht schützt er sie auch vor sich?«

»Wie meinen Sie das?«

Der Doktor schaute lange auf seine Schuhbänder. Dann räusperte er sich. »Sie kennen die Geschichte über den Tod seiner Schwester, ich meine, die ganze Wahrheit?« Und da Anna nickte, sprach er weiter. »Ich vermute, er fürchtet, nun in eine ähnliche Situation zu geraten.«

»Das heißt ... «, Anna wurde unruhig, »das bedeutet möglicherweise, daß widersprüchliche Gefühle in ihm so stark gegeneinander kämpfen, daß er fürchtet, er könnte etwas Falsches tun ... oder unterlassen?«

»Hm, ja, so ließe sich das, auf den Punkt gebracht, ausdrücken.«

Anna starrte in den Park hinaus. Eine Meise saß auf einer Platane und schrie verzweifelt einer Krähe nach, die mit einem kleinen weißen Ei im Schnabel davonflog. »Doktor Fasching, kann ein Mensch in einer solchen Lage ... «

»Solchen Lage?«

» ... also, wenn er ahnungslos ... , wenn er verspottet, verleumdet, im wahrsten Sinn des Wortes in den Abgrund gestoßen, und körperlich und seelisch schwer verletzt wird ... « Anna begann vor Aufregung fast zu weinen.

»Ja?«

» ... tatsächlich auch etwas ganz Furchtbares tun? Als Revanche sozusagen. Unter Umständen.«

»Unter Umständen? Ja sicher. Unter gewissen Umständen ist jeder Mensch zu allem fähig. Fragen Sie das aus einem bestimmten Grund?« Der Doktor betrachtete Anna aufmerksam. »Sie denken jetzt nicht nur an Michael?«

Anna wurde rot und verneinte hastig. »Ganz allgemein.«

»Legalen Weg gibt es keinen?«

»Hm. Vielleicht. Oder auch nicht. Was weiß man.«

»Also gut. Wenn Sie denken, daß ein normaler Mensch in einer scheinbar oder tatsächlich erlebten ausweglosen Situation einem anderen Menschen etwas antun kann, so würde ich das nicht dementieren. Man kann ja nie restlos in einen Menschen hineinschauen. Aber wenn es sich um einen sehr sensiblen Charakter handelt, fürchte ich, daß er eher sich selbst etwas antut als daß er … oder sie … Nun, nun. So schlimm muß es ja nicht kommen.« Der Doktor berührte leicht Annas verkrampfte Faust. »Michael, um auf ihn zurückzukommen, ist im Kern zwar ein sehr weicher, empfindsamer Mensch, auch wenn er sich nach außen hin in eine harte Schale hüllt. Aber er hat in seinem tiefsten Inneren die Stärke seiner Mutter geerbt, die nämlich gar nicht so schwach war, wie sie es ihrer Umwelt weismachen wollte. Hören Sie mir noch zu?«

»Ja. Ja natürlich. Das ist sehr interessant, was Sie gesagt haben, Doktor Fasching. Darüber muß man intensiv nachdenken. Nachdenken, ja.« Anna schien von weit zurückzukommen. »Kann ich ihm irgendwie helfen? Es wäre mir … sehr wichtig.«

Der Mann nickte verständnisvoll. »Damit hilft man gleichzeitig auch sich, nicht wahr? Nun ja. Hilfe für die Robiks in ihrem total verqueren Leben? Das ist nicht leicht. Was sich jahrzehntelang in den Seelen zusammengebacken hat, kann man ohne weiteres nicht von jetzt auf gleich ändern. Die beste Therapie, die mir einfällt, ist in der Tat banal. Liebe. Und zwar Liebe in ihrer selbstlosesten Form. Nichts fragen, nichts fordern, nichts voraussetzen, nur dasein. Einfach nur dasein.«

»Das klingt so leicht, aber so schwer ist es«, seufzte Anna.

»Ja. Man muß stark sein, sonst gelingt es nicht. Und Sie fürchten sich gerne, habe ich den Eindruck. Weil Sie glauben, keinen festen Boden unter sich zu spüren. Aber vielleicht täusche ich mich.«

Anna schaute wund. Antworten konnte sie nicht. Der Doktor nahm sie bei der Hand und führte sie den Gang entlang. »Darf ich Sie etwas fragen? Sie müssen mir nicht antworten, wenn Sie nicht wollen. Sie haben selber gravierende Probleme, nicht wahr.« Anna nickte. »Warum also kommen Sie hierher, in dieses Spital, in dieses Krankenzimmer? So oft, meine ich.«

»Warum?«

»Ja, warum. Aus Sorge, aus Sentimentalität, aus Genugtuung? Diese Frau hat Sie über alle Maßen gekränkt. Das habe ich Ihnen schon damals angesehen, als ich Sie beim Tee bei ihr kennengelernt habe. Wenn Sie sie besser gekannt hätten, wären Sie nicht beleidigt gewesen. Die Szene vorhin haben Sie hoffentlich ebenfalls nicht extrem wörtlich genommen. Mittlerweile wissen Sie ja, daß sie jedes weibliche Wesen in der Nähe ihres Sohnes früher oder später mit allen Mitteln bekämpft. Mit allen Mitteln, hören Sie, und die waren nicht immer fein.«

»Ich weiß. Ihre Frau hat etwas Ähnliches einmal angedeutet.«

»Ach ja? Dann wissen Sie mehr als genug. Bei Ihnen hat sich Frau Wallaberg alias Robik bisher zurückgehalten. Was mich ohnehin sehr gewundert hat, weil ich Sie für ihre stärkste Rivalin halte. Ja, schauen Sie nicht so erschreckt. Einer wirklich netten Kollegin von Michael haben ihre Intrigen sogar den Arbeitsplatz gekostet. Und das war nur eine Kleinigkeit. Verstehen Sie, daß ich wissen möchte, warum Sie herkommen? Wegen Michael? Wegen ihr? Wegen sich selbst?«

Anna zögerte. »Wegen … wegen allem zusammen«, erwiderte sie dann langsam. »Zuerst wegen ihm, natürlich. Dann gewiß auch wegen meiner eigenen verfahrenen Situation. Und schließlich denke ich mir, Frau Wallaberg fühlt sich manchmal sehr hilflos, so wie ich gelegentlich. Da ist es nicht einmal ungünstig sich mit einem anderen Menschen zu beschäftigen, wenn man ihn auch ablehnt. Oder vielleicht haßt. Das gibt sogar mehr Kraft als der schlappe Besuch eines netten Menschen, nicht wahr.«

»Frau Wallaberg haßt Sie nicht wirklich. Sie kann sich nur nicht anders wehren gegen ihre eigene Verzweiflung.«

»Netter Versuch«, lächelte Anna wehleidig. »Ich kann mir auch nicht besser helfen als über meinen Schatten wenigstens zu spähen. Ich habe es noch nie geschafft drüber zu springen, nicht einmal zu krabbeln. Sagen wir es ganz nüchtern so: Ich vermag weder ihr noch … jemand anderem die Einsamkeit des bevorstehenden Unterganges zu nehmen, mitleidig oder triumphierend.«

»Sie machen mir beinahe Angst, Sie merkwürdige Person«, sagte der Doktor besorgt. »Sie scheinen selber ein gehöriges Maß an Hilfe zu benötigen.«

»Keine Sorge, mir geht es vorläufig gut. Und was soll ich nun in Bezug auf Michael tun?«

»Ich habe es schon angedeutet. Sie helfen ihm am besten, indem Sie ihn lassen. Fragen Sie ihn nicht, werfen Sie ihm nichts vor, geben Sie ihm Zeit, lassen Sie ihn einfach tun, was er tut. Bis er von alleine kommt. Egal, wie lang es dauert. Seine Mutter hat ihn zu sehr bedrängt und eingeengt. Und wenn Sie gar keinen Ausweg mehr sehen, rufen Sie mich an. Einverstanden? Hier ist meine Karte. Also, Kopf hoch.«

Emsige Krankenschwestern eilten fast lautlos mit ihren wippenden Hauben durch die Gänge. Wie kleine Engel, begleitet von dem leisen Rauschen ihrer weißen Flügel. Ihr ununterbrochenes stilles Lächeln gab ihnen eine Aura von etwas Überirdischem. Auch wenn vor einer offenen Tür ein zerknülltes oder auch ein blutverschmiertes leeres Bett stand.

Als Anna das nächste Mal zu Frau Wallaberg kam, saß diese aufrecht in ihren Kissen, die dünne Haut der Wangen stark gerötet, die Stirn mit kleinen Schweißperlen bedeckt. »Es geht mir so gut«, rief sie fröhlich mit weißglitzernden Pupillen, »daß ich heute nach Hause gehen werde.«

»Das ist ja wunderbar.« Anna schaute zweifelnd.

»Ja. Mein Sohn wird mich bald abholen. Kennen Sie ihn?«

»Wen?«

»Meinen Sohn Michael.«

»Oh, ich … ich weiß nicht recht … Ich … glaube, er ist … ich habe … . ihn schon einmal gesehen«, stotterte Anna überrascht.

»Mein Sohn ist Dozent an der Universität, müssen Sie wissen, und er hat wichtige Experimente zu erfinden. Er wird eines Tages weltberühmt sein, das spüre ich«, betonte die Kranke mit fiebrig glänzenden Augen. »Er ist sehr beschäftigt. Aber zu mir, seiner Mutter, kommt er und holt mich nach Hause.« Ihre Worte wurden immer lauter. »Zu mir, seiner Mutter!«

Anna rückte das Tischchen mit dem unberührten Essen darauf zur Seite, setzte sich auf den Bettrand, nahm Frau Wallabergs kalte, beinahe durchsichtige Hand in ihre warmen Hände. Das schon vergehende Gesicht war schmal und rot. Ihre Augenlider zuckten und rollten, den Mund konnte sie nicht mehr ganz zumachen, die Zähne klapperten. Ihre Finger bewegten sich ruckartig. Plötzlich fuhr sie auf. »Kommt er? Ist er schon da?«

»Nein«, sagte Anna hilflos, »noch nicht.«

Die alte Frau fiel wieder in sich zusammen. Dann noch einmal: »Mein Sohn! Ist er da? Warum kommt er nicht?«

»Er wird aufgehalten worden sein«, antwortete Anna verlegen.

»Aufgehalten?« Die Patientin ächzte weinerlich. Fixierte die Besucherin durchdringend, beugte sich mit schnobernder Nase heran. »Dann nimmst eben du mich zu dir mit nach Hause. Ich will hier nicht bleiben. Hilf mir aufstehen. Dann kann ich gleich begutachten, wie du wohnst und ob du gut genug bist.«

Anna erschrak. Sie wollte läuten, aber die Patientin klammerte sich an ihr fest. Keuchte. »Gehen wir. Schnell, schnell. Wir wollen Mischa überraschen. Hol mir den Mantel und den Hut und die Handtasche ... « Sie ließ ihren Oberkörper auf Anna fallen. »Mantel ... Schuhe ... nach Hause .... .«

Anna verstand sie fast gar nicht mehr. Fürchtete, die blanken Kiefer des nur mehr schlecht sitzenden Gebisses der Kranken wollten sie schnappen. Deren enorme Kraft schreckte sie. Die Kraft der Angst, die

Kraft des Hasses? Anna kreiste um ihre eigene Not. »Ich höre Schritte. Das wird Michael sein.«

Augenblicklich ließ die alte Frau sie los. Sank in die Kissen zurück. »Er kommt. Mischa, mein Bübchen.«

Anna hielt es nicht mehr aus. Sie stand auf.

»Wohin gehst du?« rief die Kranke angstvoll mit gefährlich wackelndem Kopf. »Gib mir meine Tabletten. Wo sind meine Sachen? Ich muß meine Sachen einpacken, damit ich rasch weg kann, wenn mein Sohn kommt. Hilf mir. Warum gehst du weg? Ich kann dich nicht mehr sehen ... «

»Ich gehe auf den Gang und sehe, wo er bleibt«, antwortete Anna mit gepreßter Stimme.

»Jaja, tu das nur, tu das nur.«

Anna schloß die weiße Tür hinter sich. Lehnte sich erschöpft dagegen. Eine Krankenschwester kam sorgend heran. Schaute fragend. Anna berichtete ihr. Sie öffnete halb die Tür und drückte auf den Alarmknopf. »Ich fürchte, wir müssen den Herrn Dozenten verständigen!«

»Ja, das wäre sicher gut«, meinte Anna deprimiert. Kopfschmerzen begannen sie herumzuwirbeln. In ihr machte sich ein Gefühl breit, als würde ein schwerer Teig in ihren Eingeweiden aufgehen. Nervös schritt sie den Gang auf und ab. Sie wartete nicht lang.

Michael kam, eilig und bleich, sofort auf sie zu. Sie trat ihm mit hilfloser Geste entgegen. Er schloß sie, ohne auf die neugierigen Blicke der Schwestern zu achten, in die Arme. »Anna«, flüsterte er ihr heiß ins Ohr. »Wo warst du die ganze Zeit?«

»Ich habe geglaubt, du brauchst mich nicht«, schluchzte sie, »und stören wollte ich nicht.«

»Oh, Anna, meine Liebste. Gehen wir doch weg von hier. Bitte, laß uns weggehen von hier«, bat er inständig und drückte sie so fest an sich, daß ihr schwindlig wurde.

»Aber deine Mutter liegt im Sterben«, flüsterte sie und fühlte, wie er erstarrte. Zögernd ließ er sie los, schaute sie lange an, als wollte er durch ihre Augen in ihren Körper dringen, sich dort einringeln und bleiben. Wie ein Embryo. Anna empfand es mit eiskaltem Schrecken. Plötzlich küßte er sie rasch und flüchtig auf die Stirn. Mit harter Stimme sagte er dann: »Ach so. Ja natürlich.«

Der von der Krankenschwester alarmierte Primararzt kam herbei. Unterhielt sich murmelnd mit Michael. Beide gingen dann ins Krankenzimmer. Michael drehte sich noch einmal kurz um. »Wartest du auf mich?«

Anna nickte.

Nach ungefähr einer Viertelstunde kam Michael heraus. Er schien grau, um Jahre gealtert. Er faßte Anna an der Hand und eilte wortlos mit ihr aus dem Haus in den Park. Unter einem der mächtigen Bäume blieb er stehen und umarmte sie beinahe gewaltsam, als müsse er sein ganzes körperliches und geistiges Gewicht an ihr abstützen. Sie spürte seinen Mund an ihrem Ohr. »Ach, Anna, liebe, liebste Anna!«

Da nahm sie seinen Kopf in ihre Hände, endlich, und streichelte seine Schläfen, seine Haare, und seine Wange mit ihrer Wange. Aufwallend fingen seine Lippen ihren Mund ein, drängte sich durch, saugte an ihrer Zunge und zupfte und leckte jedes Fleckchen Haut, das er erreichen konnte. Sie küßte ihn wieder und wieder, mit der Inbrunst jenes unnennbaren Gefühls, das eine Seele für einige Augenblicke mit der anderen verschmelzen läßt. In diesem Zauber standen sie lange regungslos, wußten voneinander nicht, wo der eine anfing und der andere aufhörte. Plötzlich platschte ein vorjähriger Pinienzapfen, von einer jungen Krähe spielerisch abgebissen vielleicht, zwischen sie herab und schreckte sie auf.

»Wirst du deine Mutter nach Hause holen?«

»Nein.«

»Willst du sie nicht zu Hause sterben lassen?«

»Nein.«

Anna war überrascht über die Schroffheit seines Tones, aber sie sagte nichts mehr. Er brachte sie nach Hause und willigte sofort ein mit ihr hinauf in die Wohnung zu fahren, um … einen Kaffee, einen Cognac oder sonst was zu trinken. Mit jedem Zentimeter beinahe, den der Lift nach oben fuhr, begann eine so brennende Sehnsucht die beiden zu umlodern, daß sie kaum aussteigen, die Wohnungstür aufsperren und wieder schließen konnten. Sie fielen übereinander her, schleppten sich gerade noch in das Schlafzimmer. Zerflossen ineinander. Liebten sich wie zwei Ertrinkende, die die Hoffnung auf Rettung aufgegeben hatten. Sie aßen nicht, sie tranken nicht, sie waren eins. Das Telefon läutete, sie blieben eins. Wollten nie wieder etwas anderes sein als eins … Irgendwann jedoch schrillte sie ein Wecker brutal auseinander.

Der Abschied war verhalten, fast spröde. Sie nahmen sich zusammen. Standen einander im Vorraum fast abweisend gegenüber, wagten nicht einmal sich die Hände zu geben. Nur die Augen konnten nicht voneinander lassen. Mit nervösen kleinen Schritten tänzelten sie ein wenig im Kreis. Wie zwei Sonnen im Doppelsternsystem, die jeden Moment in ihrer Gravitation verschmelzen mußten. Michael sprach es aus. Anna gab ihm recht. Doch bevor sie einander wieder verschlucken konnten, schlug draußen am Gang eine Tür zu. Quengelndes Kindergeschrei entlud die in ihnen zu pulsieren beginnenden magnetischen Stromstöße unsanft. Sie verließen die Wohnung. Drängten sich zu den Nachbarn in den Lift und meinten, mit ihm in den Abgrund zu fahren.

Anna versuchte gar nicht mehr über irgendetwas nachzudenken. Ihre Vernunft hatte ausgelassen. Chaos zerstiebte jede klare Überlegung. Das kurze Glück fiel in unwirkliche Erinnerung. Wurde auch von einer seltsamen Wirrnis überflutet, die schon wieder, wie so oft in ihrem

Leben, sich unterschwellig drohend zu nähern schien. Und auch die Angst vor einem unheimlichen feindlichen Gespenst wollte sie erneut einholen. Später erfuhr sie, daß in dieser Nacht Frau Wallaberg gestorben war.

Annas unverschämte Hoffnung, sie würde jetzt erleichtert sein, erfüllte sich nicht. Die Last aller ihrer jemals verdrängten Sorgen brach mit niederschmetternder Gewalt erneut über sie herein.

7. Kapitel
Die vorletzte Karte im Spiel

Das Begräbnis war einfach und feierlich, wie allgemein üblich. Auf dem Sarg lag ein kleiner Kranz aus violetten Orchideen. Einige Menschen waren gekommen, um der Toten das letzte Geleit zu geben. Die Gesichter der Anwesenden schienen allerdings nicht immer von Trauer erfüllt zu sein. In manchen von ihnen zuckte leiser Spott oder triumphierende Genugtuung. Die meisten spiegelten jedoch nur Langeweile wider. Auch erwartungsvolle Neugier.

Michael stand ruhig vor dem Sarg. Hörte mit unbewegtem Gesicht der salbungsvollen Rede des jungen Pfarrers zu, der die liebe Verstorbene als eine von Tugenden reiche, mitfühlende, auf allen Wegen Segen verstreuende Wohltäterin und vor allem als aufopferungsvolle Mutter schilderte. Taschentücher wurden gezogen, versteckten neben echter Bekümmernis auch Gähnen oder Schmunzeln. Aber als er von dem edlen Vorbild sprach, das die teure Verblichene stets gewesen sei, kam Unruhe auf. Füße scharrten, Schlüssel klirrten in Manteltaschen. Der Pfarrer unterbrach irritiert seinen Redefluß, erstaunt über die kaum noch unterdrückte, ungeduldige Teilnahmslosigkeit rund um den heiligen Ort. Hilfesuchend schaute er in Michaels ernste Augen, die ihn hinter der dunkel umrandeten Brille streng anblickten. Er faßte sich und kam rasch zu einem Ende.

Anna stand neben Doktor Fasching ein wenig abseits, erstaunt über die Pietätlosigkeit der sogenannten Freunde. Nur Frau Mimis Tränen waren echt. Die Frau des Doktors flüsterte unentwegt nach allen Seiten jemandem etwas zu. Die spöttische Herta unterhielt sich angespannt mit einem kleinen dicken Mann, der die ganze Zeit die Schirmmütze auf dem Kopf behalten hatte.

Langsam schleppte sich der kurze Zug der Trauergäste an Michael vorüber, der mit niemandem sprach. Er nickte jedem, der ihm die Hand reichte, nur zu. Der Doktor klopfte ihm auf die Schulter. Sein Aufmunterungsblick mißglückte. Als Anna vor ihm stand und ihre Augen in die seinen hob, wankte er ein wenig, hatte sich aber gleich wieder in der Gewalt. Als alles vorüber war, löste sich die Gesellschaft sehr schnell nach allen Richtungen auf. Gemeinsam strebten sie alle zum Ausgang.

»Wo warst du?« raunte Anna ihm zu. »Ich habe versucht dich an allen Nummern zu erreichen, die ich kenne.« Sie wollte witzig sein und ihn aufmuntern. »Ich habe mich sogar dreimal verwählt und bin immer zum Strombauamt gekommen.«

Eine Zehntelsekunde lächelte er. »Ist mir auch einmal passiert. Da war aber eine alberne aufdringliche Frau dran.« Gleich darauf wurde er wieder ernst. »Ich habe eine Berufung an eine auswärtige Universität bekommen und angenommen«, sagte er leise ohne Betonung, »ich fahre demnächst hin.«

»Das ist ja großartig, lieber Freund«, freute sich der Doktor ehrlich. »Da kannst du deine Versuchsreihen endlich ungestört fortsetzen. Ich wünsche dir dazu viel Glück!«

In Anna begann es zu rauschen. Sie hatte einen Riesenschreck bekommen … Michaels irrtümliche Anrufe bei Karoline waren die Auslöser für jenes schäbige Spiel gewesen, das ihr die zweite große Liebe ihres Lebens beschert hatte. Und auch diese schien ihr nun abhanden zu kommen … Er hat mir nicht einmal die Chance gegeben, den eigentlich erwarteten Antrag anstandshalber zu überlegen, dachte sie bitter, ich bleibe schon wieder allein zurück, dem Gerede und dem Gespött der Leute ausgesetzt. Sie stand wie in kaltes Wasser getaucht da.

»Danke«, sagte Michael, »danke für alles.« Er nahm Annas kalte Hände und schaute ihr zum ersten Mal an diesem Tag fest in die Augen, liebevoll und gehetzt zugleich. »Du wirst verstehen, schwarze Dame«, versuchte auch er einen Scherz, »daß ich in dieser Stadt nicht bleiben will.« Anna nickte tapfer. »Ich muß jetzt eine Menge sehr unangenehmer Dinge erledigen. Dann werde ich meinen neuen Arbeitsort aufsuchen, mich umsehen und alles, was notwendig ist, vorbereiten.«

»Natürlich verstehen wir das«, mischte sich der Doktor ein.

»Anna, meine Liebe, dein Verständnis gibt mir Sicherheit. Darf ich mich, wenn es so weit ist, bei dir melden?«

Anna schrie innerlich auf. Melden? Nach allem, was in der letzten Zeit zwischen uns geschehen ist, willst du dich bloß melden? Warum nimmst du mich nicht mit? Warum stößt du mich zurück, als wäre ich ein altes Auto, das man vor der Tür stehen läßt, bis man wieder einmal vorbeikommt ... Doktor Fasching tupfte sie an.

»Natürlich«, sagte sie gehorsam. Oh, wäre sie doch nur eines der grünen Pünktchen in seinen Augen, das Grübchen in seinem Kinn. Oder wenigstens die Brille, über deren dunklen Steg seine Finger so oft entlang strichen. Wußte Michael denn nicht, daß sie auf ihn warten würde, ihr Leben lang, ewig ... Es würde kein drittes Mal mehr geben können. Und ihr ungewinnbares Spiel war sowieso zu Ende. Ahnte er nicht, was sie beide verband. Nicht nur Leidenschaft. Viel mehr auch eine Erinnerung an kaputte Jahre, verlorenes Glück, zerstörtes Vertrauen, widerwärtigen Betrug, unterdrückten Haß ... Das alles war wohl unterschiedlich entstanden, dennoch gemeinsam empfunden. Sie schluchzte auf. Michael umarmte sie. »Weine nicht, wir sehen uns ja wieder.«

Er rief ein Taxi. Stieg ein. Fuhr ab, ohne sich umzudrehen.

»Ich habe Ihnen gesagt, Sie müssen ihm Zeit geben«, tadelte Doktor Fasching streng, als er Annas vergrämtes Gesicht sah. »Er muß jetzt einmal zu sich finden und erfahren, was innere Freiheit bedeutet.«

»Gewiß«, antwortete Anna tonlos. Gewiß. Sie würde warten. Jeden Tag, auf einen Brief, auf einen Anruf. Der Rest ihres Lebens war nunmehr vorherbestimmt und würde in Warten versinken. Innere Freiheit, was ist das? Überall wirst du belauert und bedrängt und unterdrückt. Du bist abhängig vom guten Willen der anderen, vom Chef, von den Kollegen, von den Nachbarn, von Bekannten, Verwandten, Passanten, von deinem Kontostand, vom Gaswerk, von einem eiligen Autofahrer, von schlechtgelaunten Beamten, von einer verspäteten Straßenbahn, von einer intriganten Bestie, von von von ... Wo gibt es da innere Freiheit? Wenn sie dir nicht ein wohlgesonnenes genetisches Füllhorn in die Wiege gelegt hat, gewinnst du sie nicht und wirst sie wahrscheinlich nie finden. Oder mißverstand sie etwas Wesentliches …

»Ich fahre Sie nach Hause. Meine Frau, sehe ich gerade, steigt zu Freunden ein. Wir haben Zeit und wir können reden, wenn Sie mögen.«

Da der Friedhof außerhalb der Stadt lag, mußten sie durch ein Villenviertel fahren. Auf dem Hinweg hatte Anna nicht auf die Gegend geachtet. Jetzt blickte sie aus dem Fenster. Schöne Villen in gepflegten Gärten. Alte Pferde, die aus grauen Fassaden stürmten, gab es hier nicht. Dagegen moderne Wohnsitze mit Terrassen und Grillplätzen, Familienhäuser mit Balkonen und gläsernen Pavillons, Bungalows mit Säulen und Vordächern, ein Chalet mit Auffahrt. Junge Bäume, blühende Hecken hinter Ziergittern, Blumenschalen über Portalen, elegante Autos zwischen Alleebäumen …

»Halten Sie bitte an!« rief Anna plötzlich.

Doktor Fasching stoppte. »Warum?«

»Da parkt ein Auto, das ich kenne … «

Rasch stieg sie aus. Ging die Straße zurück, bis zu einem kleinen grünen Coupé mit offenem Verdeck, ein buntes Fähnchen am Heck. Auf dem Notsitz lag ein rotes Orchideengesteck mit weißen Kugeln. Und mehrere Seidenschals, darunter ein hellblauer mit goldenen Fingern. Sie beugte sich hinzu.

»Was machen Sie da?« Es war Karolines neuer Mann.

»Ihre Frau ist eine Mörderin. Wußten Sie das, Äfflein?«

»Wie bitte? Sind Sie verrückt? Wer sind Sie?«

»Ich bin Anna.« Ihre Nasenflügel bebten.

»Oh.« Also hatte er von ihr gehört. »Karoline ist nicht zu Hause.«

»Sie haben offenbar wirklich eine lange Leitung«, sagte Anna verächtlich. Ihr Herz klopfte zum Zerbersten.

»Was fällt Ihnen ein!«

Schlagartig fiel eine Barriere in Anna um. »Begriffstutzig und schwer mattscheibig sind Sie. Das waren Karolines eigene Worte, als sie mir von Ihnen erzählt hat. Was wissen Sie schon von ihr? Sie ist eine bösartige, hinterlistige Person, die nicht davor zurückschreckt einen Menschen sterben zu lassen, weil er nicht mehr ihr Spielzeug sein wollte. Fragen Sie sie nach Pauli! Fragen Sie sie nach dem Unheimlichen! Fragen Sie nach Josef! Und natürlich nach dem ungeborenen Kind!« Als stürzte sie in einem Hohlweg bergab, warf sie dem verdutzten Mann alle ihre Seelensteine ins Gesicht. »Passen Sie nur auf, daß Sie recht brav unterwürfig bleiben, damit Ihnen nicht auch einmal ein zufälliger Unfall geschieht, Sie Äfflein!«

Sie ließ den sprachlosen Mann stehen. Wandte sich hastig zu Dr. Faschings Auto, warf sich hinein. »Fahren Sie. Bitte.«

Der Doktor hatte die Szene im Rückspiegel beobachtet. Er fuhr an. Bog einige Gassen später ab und blieb stehen.

»Wollen Sie mir erzählen?«

Anna begann hysterisch zu heulen. »Ich will nicht mehr leben. Ich bin ja eigentlich ohnehin schon lange tot.«

Sie riß die Wagentür auf, sprang hinaus und rannte davon. Rannte, rannte, stolperte über eine stark befahrene Straße, durch erbost hupende Fahrzeuge, zu einem Grünstreifen. Weiter. Hoppen, hasten, huschen, wieder knapp vorbei an Seitenspiegeln, Fäusten, Flüchen, mitten durch quietschend bremsende Autos. Verfolgt von einem bösen Geist. Irgendwo eine Sirene. Weiter. Endlich niedriges Ziergebüsch. Sie fiel über ein Bankett, rappelte sich mit zerrissenen Strümpfen und Rockfetzen hoch, neben einem fluchenden Radfahrer, der gerade noch ausweichen konnte. Sie sprang zur Seite, stolperte auf eine Böschung, rutschte aus, fiel, überschlug sich, rollte mit einem jämmerlichen Klagelaut vor die Räder eines großen Tretrollers. Blieb liegen.

»Hast du dir wehgetan?« fragte das Kind mitfühlend.

Eine junge Frau stürzte herbei. »Was ist passiert? Wieso kommen Sie von dort oben? Hat Sie jemand verfolgt? Soll ich die Polzei rufen? Oder einen Arzt?«

»Nein nein«, brachte Anna schnaufend und greinend heraus, »es geht schon wieder. Ich bin nur … über eine schlimme Sache … so … sehr erschrocken und davongelaufen … «, sie stand mühsam mit Hilfe der jungen Frau auf, »wahrscheinlich habe ich mir bloß den Knöchel verstaucht.«

»Das wird schon wieder«, lächelte das Kind freundlich, »schlimmer ist es, wenn man gar keinen mehr hat.«

»W.w.wieso … «, stotterte Anna verwirrt und hinkte dem Kind nach, das einen Kreis fuhr. Dabei bemerkte sie die kleine metallene Schiene am linken Beinchen. »Mein Gott, das ist ja … Ach, liebes Kind, wie bist du großartig, wie bist du tapfer.«

»Schau, ich kann auch richtig gehen.« Der Kleine stieg vom Dreirad, hielt sich am Lenker fest, machte ein paar Schrittchen mit der Prothese. Anna konnte vor Tränen nichts sagen. »Ich bin schon in der dritten Klasse. Ich kann alles lesen und bin der Beste im Rechnen. Die Schule macht mir viel Spaß, sogar englisch lerne ich. Siehst du, wie ich gehe. Nächstes Jahr kann ich bestimmt schon schwimmen lernen.«

Die Mutter des Buben nickte stolz. »Das war vor einem Jahr noch nicht denkbar.« Dann erzählte sie, warum es zu diesem Unglück gekommen war, daß der Mann sie verlassen hatte, wie schwer es für sie beide gewesen war. »Übrigens, ich bin Doro. Von Dorothea.«

»Und ich bin Anna. Von Anna.«

Sie lachten herzlich. Daraus wurde eine wunderbare Freundschaft. Anna ließ Doro und ihren Sohn bei sich wohnen, weil diese sich die alte teure Wohnung allein nicht mehr leisten konnte. Doro brachte den kleinen Ben in eine Tagesschule, bevor sie ihre Teilzeitarbeit in einem Supermarkt begann. Anna holte ihn nach ihrem Büroschluß wieder ab. Inzwischen hatte Doro zu Hause alles wundervoll aufgeräumt, geputzt, gekocht. Sie aßen, unterhielten sich, lernten und spielten mit Ben. Anna war mit ihrer geborgten Familie so glücklich und beschäftigt, daß sie allmählich begann Karoline zu vergessen, sogar Michael zu vergessen. Ihr Spiel hatte sie seit geraumer Zeit auch vergessen.

Sie besuchten Ausstellungen, Konzerte, Vorträge, machten gemeinsam Ausflüge und Urlaub bei Gabys Eltern im Gasthof am See. Doktor Fasching kam sie manchmal besuchen. Er hatte sich mittlerweile von seiner Frau getrennt, oder sie sich von ihm, das war nicht eindeutig herauszubringen. Er legte Gaby und ihren Eltern nahe, kleine Appartements zu bauen, für stadtkranke, friedensuchende alte Ärzte und ähnliche harmoniesüchtige einsame Menschen.. Der »Kranzlwirt« versprach sich das zu überlegen.

So lebten sie miteinander, als hätten sie nie anders gelebt. Fleißig in ihren Tätigkeiten und fast zufrieden. Ben war geradezu vernarrt in seine »Tante Anna«, die ihm vom Himmel herab, geradewegs vor die Füße fallend, geschickt worden war.

Bis zu jenem Abend … Der Bub lag in seinem Bettchen im Kabinett und schlief schon. Die beiden Frauen saßen gemütlich beisammen. Tranken Wein, hörten Platten. Doro strickte an einer Jacke für Ben. Mittlerweile wußten sie voneinander genug, so daß sie ihre gelegentlichen Stimmungstaumel gegenseitig auffangen konnten.

Plötzlich begann Doro: »Ich habe heute im Geschäft meinen Mann gesehen. Er hat mich nicht erkannt.«

»Ich verstehe nicht, daß er sein Kind nicht sehen will«, murmelte Anna und trug ein Wort in ihr Kreuzworträtsel ein.

»Er geniert sich für den kleinen Krüppel«, sagte Doro bitter.

»Aber das Kind ist blitzgescheit und für sein Alter überdurchschnittlich begabt.« Anna blickte nicht auf.

»Das interessiert einen Vater nicht, der ein fanatischer Sportler ist. Der von Fitneß-Geräten nicht genug bekam, der ganze Wochenenden mit dem Fahrrad unterwegs war oder nach der Arbeit stundenlang mit seinem Freund durch die Straßen joggte.«

Anna schaute auf. Fragte automatisch: »Er war ein Jogger?«

»Ja. Mit seinem besten Freund, dem Martin. Aber der ist nun tot.«

»Tot?«

»Ja. Erschossen. Stell dir vor. Ist zirka drei Monate her.«

Anna war augenblicklich hellwach. »Drei Monate? Wie sah dieser Martin aus?«

»Groß, dünn, rötlicher Oberlippenbart. Ich kannte ihn fast nur in seinem blauen Trainingsanzug. Er war eigentlich ein lieber Kerl. Der Taufpate vom Ben. Da trug er natürlich einen Anzug.«

»Wo liefen die beiden denn? Ich habe einen Jogger, wie du ihn beschrieben hast, einmal gesehen. In dem Viertel, wo der kleine Park mit dem Kinderspielplatz liegt, umsäumt von Gebüsch und hohen Tulpenbäumen ... «

»Ja«, unterbrach Doro sie, »dort hat er gewohnt, der Martin. Meine Güte, wie klein ist doch die Welt. Wieso ist er dir aufgefallen?«

»Das ist eine lange Geschichte. Und zweimal hat er mich geschubst, erinnere ich mich.«

»Daß er so enden mußte. Den Täter hat man noch nicht gefaßt. Wir sind alle vernommen worden, die wir mit ihm befreundet waren. Zuerst war mein Mann in Verdacht. Doch der hatte ein Alibi. Die rot tätowierte Spielkarte Karo-Ass auf Martins Oberarm kannte er natürlich. Aber woher die rotblonde Locke in seinem Portemonnaie war, erstaunte ihn selber. Über Privates konnte ihm mein Mann wenig entlocken. Nur so viel, daß es da eine Freundin gegeben hatte, von der er nicht gänzlich loskam. Sport war ihr einziges Thema gewesen. Und Baustoffe. Was hast du?«

Der Klumpen, den Anna beiseitegeschoben zu haben glaubte, war mit ungeheurer Wucht auf sie herabgeplatzt. Sie erzählte Doro die letzten Einzelheiten aus der Serie der unheimlichen Anrufe und ihre lächerlichen Versuche den angeblichen Stalker zu finden. Und von dem kleinen Revolver sprach sie, den sie unter Karolines Sachen entdeckt hatte. Was sollten sie nun tun? Sie besprachen sich mit Doktor Fasching, der Anna ihr abruptes Aufbrechen damals nach dem Begräbnis längst verziehen hatte. Er war nunmehr Wahlarzt, hatte seine große Ordination verkleinert und seine Freizeit erweitert. Nachdem seine Frau ausgezogen war, lebte er allein, und freute sich über die Abwechslung auch einmal anders nützlich sein zu können. Sie fuhren alle zu Gaby. Die war gerade ingrimmig dabei ihre Sachen zu packen.

»Was ist geschehen?«

»Sie schmeißt mich raus. Weil sie die Wohnung selber braucht, sagt sie. Wahrscheinlich will sie mehr Miete haben. Das kann ich aber nicht zahlen. Wo soll ich hin, von jetzt auf gleich? Ich bin doch grad erst aus den Ferien zurück.«

»Zu mir vorläufig«, sagte Anna spontan. »Dann finden wir schon was.«

»Ich freu mich.« Doro umarmte Gaby. »Wir werden uns prima verstehen. Und der Ben erst wird sich freuen.«

Anna las bestürzt Karolines eisiges Kündigungsschreiben. Und verstand. Ihr Mann hatte sie offenbar mit ihrer Vergangenheit konfrontiert, deren Aufdeckung durch Anna damals geschehen war. Sollte sie ihr leidtun? War das Rache genug? Sie steuerte direkt auf die Kommode zu. Die braune Schachtel mit der Waffe war noch da. Sie steckte sie ein.

Doro und Anna halfen Gaby die Koffer und ihre kleinen eigenen Möbel in den Lift zu tragen. Den Wohnungsschlüssel warfen sie der Hausbesorgerin mit einer knappen schriftlichen Erklärung in den Briefschlitz. Unten schoben sie alles in Doktor Faschings Kombi und fuhren ab. Selbstverständlich bot der Doktor dem Mädchen selber Unterkunft an, seine Wohnung sei schließlich sehr geräumig und eine neue Ordinationskraft für einfache Hilfsdienste brauche er auch, da seine alte Assistentin in Pension gehe. Gaby wollte lieber weiterlernen. Aber Doro wäre sehr gerne mit einem Berufswechsel einverstanden.

So geschah es. Gaby zog bei Anna ein. Doro wechselte mit Ben zu Doktor Fasching. Der alte Mann, schließlich Onkel Otto für alle, war überglücklich gebraucht zu werden und seine ärztlichen Künste an dem kleinen behinderten Ben anzuwenden.

Sie lebten prächtig zusammen, wie eine naturgegebene Familie. Klammerten sich geradezu aneinander, als fürchteten sie, daß diese Idylle nicht ewig dauern könne. Anna, Gaby, Doro, Ben und Onkel Otto. Gelegentlich fand sich Josef ein, der tat, als habe er auf Gaby ein vergebliches Auge geworfen. Von Karoline sprach er oft, aber er wußte von ihr nur so viel, daß ihre Scheidung bevorstand. Gerne stellte er sich und sein großes Auto für Ausflüge zur Verfügung, wenn der Doktor keine Zeit hatte. Doro fragte ihn einmal, wieso er einen FamilienVan fuhr, so ganz allein. Josef wurde ein wenig traurig. »Ich hatte einmal einen dunkelgrünen Mini. Der reichte mir. Aber einer Freundin war er zu wenig attraktiv. Also habe ich den Riesen gekauft.«

»Laß mich raten«, sagte Anna beklommen, »die Freundin war … «

»Ja«, fiel ihr Josef ins Wort. »Dabei hat sie sich den Kleinen immer gerne ausgeborgt.«

Anna bekam einen fürchterlichen Hustenanfall, so arg, daß ihr die Tränen über die Wangen tropften.

»Was ist los mit dir?« fragte Gaby besorgt.

Anna schüttelte nur den Kopf. »Später.«

Eines Tages im Herbst richteten sich Anna und Gaby zum Ausgehen. Doktor Fasching hatte alle zu der Eröffnung eines neuen Kinder-Abenteuerspielplatzes in der näheren Umgebung der Stadt eingeladen. Es läutete.

»Er ist zu früh dran«, rief Anna aus dem Badezimmer.

»Ich geh schon«, sagte Gaby und öffnete. Vor der Tür stand wutentbrannt Karoline, mit verzerrtem Gesicht und erhobener Hand. Bevor sie erschrocken über die falsche Person den Schwung ihrer Hand zurückhalten konnte, spritzte eine stechendriechende brennende Flüssigkeit auf Gaby. Die schrie vor Schmerz und Entsetzen auf. Anna stürzte herbei, umarmte das verletzte Mädchen. Karoline, erst erstarrt, schrie auch, rannte die Stiege hinab, stolperte. Unten ein Gerangel. Ein Nachbar war nach Hause gekommen, stellte gerade seine Einkäufe im Gang ab, um seine Wohnungstür aufzuschließen, als er das Geschrei oberhalb hörte und die Flüchtende aufhielt. Eine andere Nachbarin kam herzu. »Was ist?«

»Holen Sie die Polizei!« rief Gaby, sich windend vor Schmerzen. »Sie ist eine Mörderin!«

Die Beamten kamen, ließen sich berichten, notierten alles, fragten, nahmen schließlich die sich wie irre gebärdende Karoline mit.

Doktor Fasching war mit Doro sofort herbeigeeilt. »Eine Essigessenz nur, scheint mir, Gott sei Dank, und keine andere Säure. Das heilt sicher wieder. Wir bringen sie gleich auf die Augenklinik.«

Anna saß neben der stöhnenden Gaby. Ihr war so elend zumute wie damals im Spital, als sie nach dem offenkundig provozierten Unfall, selber halb ohnmächtig, mitbekommen hattte, daß Pauli im Koma lag. Und wie ein Meteoriteneinschlag sauste ihr die Erkenntnis ins Gehirn: der Anschlag hatte ihr gegolten! Heute sowieso, aber auch damals. S i e hätte gegen die Windschutzscheibe knallen sollen, während Pauli durch Lenkrad und Airbag geschützt gewesen wäre, wenn er jäh hätte bremsen müssen. Der Fahrertausch war nicht eingeplant, und nicht der Lastwagen, und nicht das Schleudern deshalb in den weichen Acker auf der anderen Seite. S i e hätte von dem Aufprall an die Mauer vor dem Tunnel zermalmt werden sollen. Und d a s war es eigentlich, was Karoline betont so leid getan hatte. Und dann hat sie es mit Josefs Mini noch einmal versucht, der Anschlag auf sie vor dem Friedhof, wo ihrer Zukunft eine traurige, endgültige Barriere gesetzt worden war ... Doro neben dem Doktor drehte sich ratlos um. Anna heulte noch mehr als Gaby.

»Darüber reden wir nachher«, sagte der Doktor streng. »Erst die Verletzte!«

Der Ophthalmologe untersuchte Gabys Augen gewissenhaft, wusch sie, besprühte und beleuchtete sie. Gab endlich Entwarnung. Entließ sie mit einigen Spezialmedikamenten nach Hause, da sie ja in der Obhut eines angesehenen Kollegen sei.

Als sie wieder im Auto saßen, fragte Doktor Fasching nach Annas abscheulichem Tränenausbruch vorhin. Anna erzählte es, erneut unter Schluchzen. Gaby preßte die Hände auf ihre vorläufig verbundenen Augen. »Den Anschlag vorm Friedhof werden wir ihr nicht nachweisen können, weil der Josef sie nicht belasten wird.«

»Den ersten vielleicht auch nicht. Aber wir werden's probieren. Ganz sicher aber schaffen wir den dritten«, sagte Doro entschieden. »Jetzt gehen wir zur Polzei.«

»Vorher holst du diese Waffe«, forderte der Doktor Anna auf.

»Ich bring sie!« Gaby fuchtelte mit dem Zeigefinger. »Ich sag, ich hab sie g'funden in ihrer Wohnung beim Z'ammpacken. So ist's besser, damit die Anna nicht hineingezogen wird in das Schlamassel. Sie tragt eh so schwer an der bösen G'schicht.«

Doro nickte. »Für den Mord an dem armen Martin wird diese schäbige Person büßen. Den großen Unfall damals hängen wir dran. Das ist nur gerecht.«

»Wenn sie's wirklich war. Was machen wir, wenn nicht?«

»Wir warten ab«, sagte Doktor Fasching weise.

Das Kaliber paßte und der Abgleich der Hautpartikel auch. Die dumme Nuß hatte die Waffe nicht abgewischt. Es war ein aufgesetzter Schuß gewesen. Schwierig mit Panik zu argumentieren, weil der junge Mann die Angeklagte verfolgt habe, obwohl diese sich von ihm getrennt hatte und im Begriff war einen wohlhabenden Mann zu heiraten, weshalb sie auch ihre Tätigkeit in einem einschlägig bekannten Eskort-Service-Gewerbe endlich aufgeben konnte. Sie war bereit gewesen sich mit ihm zu treffen, hatte ihn offenbar beruhigt, ihn umarmt, dabei den Waffenlauf an seinem Nacken angesetzt und abgedrückt, was den leicht schrägen Schußkanal erklärte. Wahrscheinlich hat sie ihren Kopf zur Seite geworfen, damit ihr nicht etwa die Kugel die Stirn streifte. Das zeugte nicht von Unüberlegtheit, sondern von voller Absicht. Der junge Staatsanwalt, vor Selbstbewußtsein strotzend, grub nach Gabys vorsichtigem Hinweis auch den Unfall des Dr.Paul M. aus. Mord verjährt nicht und in der Asservatenkammer der Polizei fand sich noch der rotweiße Rest eines Wasserballs. Anna rückte widerstrebend die Fotos heraus und ließ sich zu einer Zeugenaussage überreden.

Karoline auf der Anklagebank sagte zu alledem nichts. Ihr Anwalt versuchte den einen Mord als kleine Vergeltung mit unglücklichem Ausgang darzustellen und den zweiten Mord als Notwehr und den Säureanschlag als gerechtfertigte Entrüstung über die hinterhältig ruinierte Ehe.

»Gerechtfertigt?« fragte der Richter indigniert.

Die Mörderin wurde in allen Anklagepunkten schuldig gesprochen und erhielt lebenslänglich. Als man sie hinausführte, soll sie gemurmelt haben: »Wo ist meine Pique-Dame?«

Anna las es in der Zeitung. Sie schauderte. War nicht schon wieder ein Blättchen vom Baum der Schuld auf sie gefallen? Das Problem nagte lange an ihr. Schließlich rückte sie damit heraus. Gaby schüttelte zweifelnd den Kopf. Aber sie versprach mitzukommen.

Anna legte die rote Orchidee, die von einer Wärterin ganz genau vorher untersucht worden war, auf den Tisch des Besucherraumes im Gefängnis. Gaby tat eine Tafel Schokolade dazu, was mit unwilligem Kopfschütteln ebenfalls geprüft wurde. Sie mußten eine Weile warten, bis Karoline, grau gekleidet, die rotblonden Haare gestutzt und mit einem Gummiring zusammengehalten, den Kopf gesenkt, den Raum betrat. Sie setzte sich gegenüber. Erblickte die Blume. Schaute auf. Bevor Anna noch etwas sagen konnte, fegte sie das Gesteck vom Tisch und zischte: »Wenn ich wieder herauskomme, bringe ich dich um. Du hast mein Leben zerstört.«

»Und du meins nicht?« zuckte Anna verblüfft zurück.

»Ph, was bist du gegen mich, du langweilige schwarze Kuh. Die Welt braucht keine langweiligen schwarzen Kälber! Der Paul ist ja nur auf deinen ach so schuldlosen Blick hereingefallen. Und das, nachdem er mich gehabt hat. Welch ein Hohn für mich! Und es war sein Kind, das ich abgetrieben habe, hörst du, sein Kind!« Sie stand heftig auf. Die Polizistin trat zu ihr, drückte sie auf den Sessel nieder, notierte etwas. Unwillig wich Karoline zur Seite.

»Das geht sich zeitlich nicht aus«, erwiderte Anna kühl, innerlich brennend.

»Das war das erste, du Dummkopf. Das zweite drei Jahre später … «

»Und das alles hat Ihr jetziger Mann nicht gewußt«, fiel ihr Gaby ins Wort. »Was sind Sie für ein verkommener, egoistischer Charakter!«

»Frag die da«, schrie Karoline, »die hat mich immer nur dann aus einer trivialen Kalamität herausgeholt, wenn sie sich als die Übergute, Supergescheite aufspielen konnte. Keinen Spaß hat sie mir vergönnt. Wollte sich wohl als meine Mutter aufspielen und meinen reichen Vater angeln. Wo war sie, als mich der Turnlehrer in der Garderobe verführt hat. Und der Paul auf dem Segelboot. Und der Herbert und der Martin und der Rupert. Und der Staatsanwalt! Und als ich sie am meisten gebraucht habe, wie sie mir eine Unterschlagung in die Schuhe schieben wollten im Kontor, wo war sie da? Und wie ich meinen Vater … gefunden habe, wo war sie da? Aber wahrscheinlich hätte sie mich ohnehin nur verraten, diese humorlose Spielverderberin!«

Die Polizistin schaute fragend auf Anna. Die brachte vor Entsetzen erst kein Wort heraus, schnappte nach Luft. Keuchte. »Was redest du da für einen abgrundtiefen Unsinn! Von einer Unterschlagung habe ich nichts gewußt. Und deinen Vater habe ich kaum gekannt. Und den Turnlehrer hast d u angeschwärzt, weil er von dir nichts wissen wollte, als du dich an ihn herangeschleimt hast, damit er dir die Prüfungsfragen in Mathe beschafft. Ich habe dich immer geschützt und entschuldigt, so gut ich konnte, weil du mir leid tatest. Du bist ja irre. Gehörst eigentlich in eine Anstalt. Genau wie deine Mutter. Hast du das vergessen? Und daß sich dein Vater umgebracht hat, als seine Firma vor der Pleite stand, weil ihm der Pauli über seinen Onkel den versprochenen Kredit nicht mehr vermitteln konnte, was du auch auf dem Gewissen hast. Und wer weiß, was alles wir gar nicht wissen.«

Die Gefangene sprang auf. Wankte, die verkrampften Finger wie zischende Schlangen über den Tisch werfend. Begann zu kreischen. »Dieser Verräter, dieser Versager, dieses Weichei! Sei froh, daß ich dir den erspart habe. Der hat doch nur versprochen und nichts gehalten. Nicht einmal ein schwarzes Bubi war er, du dummes Pik. Meine Mutter hatte recht. Vorsicht vor dem Pik. Du hast es nie kapiert. I c h bin das Ass! I c h bestimme über Leben und Tod. Scheiß-Oper. Du wirst es noch erfahren … « Die Polizistin griff sie, eine zweite Beamtin stürzte heran. Beide schleiften die Tobende zur Tür.

»Du bist nichts anderes als eine geisteskranke Mörderin«, konnte sich Anna nicht zurückhalten. »Glaubst du, ich weiß nicht, wer den Mordanschlag an mir verübt hat, mit Josefs Mini. Damals am Friedhof.«

»Ja, der ist leider mißlungen«, keifte die Gefangene höhnisch zurück. »Warum hast du bloß den Sherry nicht getrunken, den ich dir gebracht habe? Dann hätten wir alles hinter uns und meine Zukunft wäre leuchtend. Du hast mir mein Leben versaut. Aber warte nur. Ich krieg dich noch.« Sie strampelte und biß und wehrte sich, daß noch ein Polizist dazu kommen mußte, um die Tobende festzuhalten.

»Haben wir das notwenig gehabt?« Gaby schien ein wenig verärgert.

Anna sagte nichts. Ihr Kopf schmerzte. In ihrem Gehirn blitzten alle Nerven wie Wasserreflexionen auf einer schwarzen brüchigen Fliesenmauer in der grellen Sonne.

»Sie is' eh in Behandlung«, nickte die eine Polizistin über die Schulter. »Brauchen'S nimmer kommen. Es bringt nix. Und was die G'schicht mit dem Staatsanwalt angeht: dem hat sie sich an den Hals g'schmissen, lieber Schwan, da war was los.«

»Was war mit den anderen Mordanschlägen? Ich muß das weitermelden. Wollen'S Anzeige erheben?« fragte die zweite Polizistin, schon bei der Tür.

Anna schaute Gaby fragend an. Die schüttelte den Kopf. »Sie hat eh schon lebenslänglich. Mehr geht nicht.«

Die beiden Besucherinnen hörten das Geschrei der Arrestantin noch lange durch die Gänge hallen.

»Hast du wirklich gedacht, die entschuldigt sich bei dir?« fragte Gaby draußen. »Na geh zu. Schau, ihr seid's jetzt quitt! Eigentlich. Verstehst'?«

Anna erschrak zutiefst. So ist das zu sehen? Ihr war, als sauste ein Lift mit ihren Eingeweiden abwärts unter den Boden. Ihre Stirn blieb oben, klebte in schaurigem Erschrecken pochend hinter den Schläfen. So kann man es sehen? Muß man wohl so sehen. Das war ihre Absicht nicht gewesen. Oder doch? Rache? Gerechtigkeit? Mildtätige Aufforderung zur Reue oder primitive Vergeltung? Oder gemeinsame Unterwerfung unter eine höhere Gewalt? S i e konnte doch nichts dafür. Sie war die wirklich Leidtragende. Bevor sich Anna wehleidig in eine skurrile Opferrolle hineintheatern konnte, stieß Gaby sie an. »Na komm. Der Onkel Otto wartet.«

Doktor Fasching gab ihr zu Hause eine Beruhigungstinktur zu trinken, nachdem ihm Gaby ungefähr den Ablauf des Gefängnisbesuchs geschildert hatte. »Das Jahr war ein bissel zu viel für sie«, raunte der Doktor. »Aber sie ist stark. Sie wird wieder.«

Anna lag auf dem Sofa und weinte leise vor sich hin. Gaby setzte sich zu ihr. »Du hast drei Mordanschläge überlebt«, sie streichelte ihr über den Kopf, »ab jetzt lebst' ewig. Aller guten Dinge sind's drei, sag'n wir am Land. Wirst sehen, ab jetzt wird alles neu.«

Anna war nicht überzeugt. Ein Schicksal, das offensichtlich gerne zockt, verzählt sich wahrscheinlich auch.

Seitdem stürzte sich Anna verbissen in ihre Arbeit im Büro. Zur Belohnung erhielt sie die Leitung einer kleinen Abteilung. Was ihr noch mehr Engagement abverlangte. Nebenbei half sie bei Doktor Fasching in der Ordination aus, wenn Doro für ihren Sohn persönlich etwas zu erledigen hatte.

»Du arbeitest zu viel, Anna«, sagte der Doktor sorgenvoll, während er ihr den Blutdruck maß.

»Ach, Onkel Otto. Ich bin froh, daß mich jemand braucht und ich nicht bloß nutzlosen Schriftstücken hinterherlaufen muß.«

»Warte noch eine Weile. Manches braucht Zeit.«

»Vielleicht, Onkel Otto. Vielleicht auch nicht.«

Tage kamen, gingen. Fast zwei Jahre seitdem … Frühling, Sommer, wieder ein Herbst. Die letzten Blätter tanzten im kühlen Wind zu Boden. Streiften manchmal müde Wangen. Anna erhaschte sich eine bescheidene Zufriedenheit. Aus dem Lernen mit dem eifrigen Ben, der seine Behinderung durch beste schulische Leistungen wettmachen wollte. Aus dem Genuß der Musik in ihren Abbonement-Konzerten. Aus dem Beobachten des neuen faszinierenden schwarzen Messerfisches, den ihr Onkel Otto für ihr Aquarium geschenkt hatte. Aus der neidigen Betrachtung von fröhlich wedelnden klugen Hunden, die den schlauen hüpfend flatternden Krähen nachsprangen, obwohl sie wußten, daß sie diese kaum erreichen konnten. Sie redete sich ein, ihr Leben sei erfüllt genug und mehr dürfe sie sich nicht wünschen, angesichts der Katastrophen und Kriege anderswo auf der Welt. Manchmal hatte sie »Mutanfälle«. Dann fuhr sie mit der Straßenbahn zu dem kleinen Park mit den Tulpenbäumen, ging rundherum, an der Haltestelle vorbei, entlang der geschlossenen Jalousien des Rechenzentrums, zu dem Blumengeschäft und kaufte ein Orchideengesteck, das sie in ihrer geliehenen Familie verschenkte. Einmal stieß sie auf dem Heimweg vom Büro mit einem älteren Mann zusammen. Er erkundigte sich erschrocken, ob sie sich wehgetan habe, ob er ihr helfen dürfe, ob sie ihm böse sei. Anna verneinte lächelnd und ging weiter. Aber von da an spielte sie wieder ihr Spiel. Ohne wirkliche Lust, beinahe zwanghaft, ein wenig verächtlich sogar, als wollte sie sich lediglich beweisen, daß die finsterste Phase ihres Lebens überwunden sei und sie gewillt war talmi-neu anzufangen.

Eines Abends kam sie müde und erschöpft spät nach Hause. Gaby war schon da. Sie lernte für eine Prüfung. »Es hat wer nach dir g'fragt. Und der Doktor hat auch ang'rufen.«

»Sei mir nicht bös. Das ist mir vorläufig egal. Morgen rufe ich alle zurück. Heute will ich niemanden mehr sehen oder hören. Bin nur total erledigt. Diese albernen Sitzungen in der Firma gehen mir allmählich ganz arg auf die Nerven.«

»Aber essen mußt' was. Schau, ich hab gekocht. Ich wärm' es dir auf und erzähl dir ein paar Neuigkeiten, die dich freuen werden. Die Doro hat einen Neuen. Was Ernstes, sagt sie. Der Ben mag ihn auch. Und meine Eltern in Borstl am See haben zug'stimmt, wenn ich mit der Schul' fertig bin, den fast leeren Stadl auszubauen und kleine Ferienwohnungen einzurichten. Du kriegst eine. Und der Onkel Otto sowieso. Was sagst'?«

»Oh, danke. Darauf freue ich mich ganz außerordentlich. Vor allem auf deinen alten Großvater Hias, der so herrliche Geschichten weiß. Und auf deinen Hund, den Tobi, mit dem ich ganz lange Spaziergänge machen werde. Und auf die goldigen Esel von eurem hinteren Nachbarn, mit den weichen langen Ohren.«

»Das sag ich dem Sepplbauern, daß du ihm weiche lange Ohren andichtest. Er braucht eh was zum Lachen, der Arme, in seiner verzwickten Ehe.«

»Geh, laß den Scherz. Ich habe die Esel gemeint.« Anna kostete Gabys Mahlzeit. »Du, das schmeckt überdrübersuper. Deine Rindfleischkomposition ist ein Gedicht. Du kochst bald vier-sterne-reif. Deine Küche wird noch berühmter als die deiner Mutter. Ach, geht es mir doch gut, nicht wahr. Ich wünschte, es könnte immer so bleiben.«

Es blieb nicht so.

Der folgende Tag brachte zunächst eine unliebsame Überraschung für ihre Erinnerung. Als sie in der Firma durch die Eingangshalle zu den Liften ging, hörte sie hinter sich eine Kollegin sagen: »Ich kann Ihnen da leider nicht helfen, Frau … Xarikos. Sie müssen sich an die Personalabteilung wenden.«

Anna drehte sich um und sah die Hausbesorgerin von Karolines Wohnhaus, wie sie ratlos um sich blickte. Sie wollte sich schon abwenden. Hatte sie denn gar nichts aus ihrer Vergangenheit gelernt? Sie hielt eine Sekunde die Luft an, ging dann doch hinüber. »Kann ich Ihnen helfen?«

»Oh, Sie, Frau. Ich erinnern. Schlimme Sache, das mit Freundin. War immer so lieb. Und dann so furchtbar böse enden.«

»Ja, furchtbar. Aber warum sind Sie denn hier?«

»Ich verlieren Stelle. Keine Hausbesorgerin mehr. Haus wird neu gemacht, restort ... «

»Restauriert?«

»Ja. Und lange dünne Fraumann wollen machen Edel-Puff. Weiß nicht, was ist Unterschied zu vulgäres.«

»Ich verstehe, das ist natürlich nicht akzeptabel.« Anna mußte ein Schmunzeln unterdrücken.

»Ich nix wollen wohnen dort. Ziehen zu mein Schwester. Aber brauchen Arbeit. Verstehen. Ich arbeiten alles, Sie wissen, Frau. Hier ich melden wegen Angebot in Zeitung.« Sie zeigte die Annonce her. Die Kantine suchte eine Küchenhilfe.

Die erwartungsvollen bittenden Blicke der Frau zwickten die unangenehmen Reminiszenzen in Anna ab, holten sie in den Augenblick zurück. »Kommen Sie mit. Wir werden das schon regeln.« Sie verstand sich gut mit der Personalchefin und führte die Griechin zu ihr. Bekräftigte, die Frau sei ihr als ehrlich und fleißig bekannt, daher könne sie sie aufrichtig empfehlen. Frau Xarikotistos erhielt die Stelle und überwarf sich fast vor Freude und Dankbarkeit.

Anna schämte sich. Warum. Es war doch selbstverständlich zu helfen. Mußte sie denn was gutmachen? Sie kannte die Griechin doch fast gar nicht. Hatte bloß schon wieder Schuldgefühle wegen der anderen. Hört das denn nie auf? Man soll dem helfen, der Hilfe braucht. Aus verständnisvollem, großzügigem Herzen. Nicht weil man prinzipiell ein schlechtes Gewissen hat. Dem Geholfenen ist das zwar egal, er freut sich. Doch sein Glück spiegelt sich nicht in die eigene Seele zurück. Zum Teufel. Holt einen die Vergangenheit denn immer wieder ein? Sie wollte vergessen. Redete sich ein zufrieden zu sein. Ohnehin keine Wahl, als das Schicksal anzunehmen wie es ist.

Im Büro das Übliche. Genug für diesen Tag. Sie machte früher Schluß. Schlenderte ihre Straße entlang nach Hause. Auslagen, Haltestellen, Gedränge. Ihr Spiel kam nicht recht in Gang heute. Alle Männer, die ihr entgegenkamen, waren entweder durchsichtig oder sie sahen in irgendeiner Kleinigkeit Michael ähnlich, der Mantelkragen, die Nase, der dunkle Brillenrand. Der hier. Dieser da. Jener. Und der dort, der dort drüben, oh … …

Er trat auf sie zu. »Anna, ich glaube, ich bin jetzt frei. Willst du mit mir kommen?«

Im Moment stand die Erde still. Luft. Das Herz wollte ihr fast zerspringen. Sie starrte auf die grünen Pünktchen in seinen Augen. Und plötzlich wuchs ihr ein Stein in der Brust. »Oh, Michael. Warum kommst du jetzt erst? Warum hast du mich nicht gleich mitgenommen? Es ist so viel geschehen seitdem.«

Der Mann nickte. »Ich weiß. Es ist doch nicht zu spät? Ich habe mich so nach dir gesehnt. Bei allem, was ich drüben gemacht habe, waren meine sehnsuchtsvollsten Gedanken bei dir.«

»Warum hast du dich nie gemeldet?«

»Ich habe dir geschrieben und gebeten, noch ein wenig zu warten, bis alles geklärt ist. Der Brief kam zurück und ich dachte, daß du mir böse bist oder daß dir etwas widerfahren ist, was dich mich vergessen ließ.«

»Ganz ganz ganz gewiß nicht. Und ich habe keine Post von dir bekommen. Dann hätte ich vieles leichter ertragen hier.«

»Ich weiß es schon. Der Doktor hat mir alles erzählt, wie furchtbar es für dich war.«

»Warum hast du nicht angerufen?«

»Oh Anna. Ich hatte Angst vor deinen Fragen. Und ich ... ich wollte ganz sicher sein, daß ... uns nichts stören kann. Laß es mich erklären dürfen, bitte.«

Anna ließ sich umfangen, ließ sich halten. Fühlte seinen Atem, seine Lippen, die Wärme seines Körpers. Die Tonnenschwere in ihrer Brust löste sich auf .... zu einer Wolke in dem Himmel seiner Arme.

Sie steuerten zu einem Kaffeehaus und setzten sich in ein separates Abteil. Bestellten. Nippten. Michael begann zu erzählen. Anna konnte den Blick nicht von ihm lassen. Es war ihr beinah unwichtig, was er sprach. Hauptsache, er lehnte sich an sie und hielt ihre Hand fest.

Und Michael erzählte viel. Er war von Herta, dem Dienstmädchen seiner Mutter, verklagt worden wegen eines angeblich gebrochenen Eheversprechens. Das war natürlich niemals wahr und eine äußerst lächerliche Sache. Aber er mußte zugeben, daß er sich ein einziges Mal mit ihr eingelassen hatte. Vor einigen Jahren, als seine Mutter wieder einmal eine beginnende Beziehung mit einem fürchterlichen Anfall zerstören wollte. So wie auch in der Nacht nach der Weinberggeschichte. Sie hatte ihm an den Kopf geschleudert, daß sie ihr ganzes Leben nur ihm geopfert habe und von ihm erwarte, daß er dasselbe auch für sie tun würde. Seinetwegen habe sie ihre Familie verlassen, seinetwegen den widerlichen alten Wallaberg geheiratet, seinetwegen sogar seine Tochter Adelgunde verabscheut, das eigene Kind ...

»Du mußt nämlich wissen«, sagte er, »meine Mutter war als junges Mädchen sehr schön gewesen und Wallaberg fünfunddreißig Jahre älter und nicht besonders attraktiv. Auch hatte er ein peinliches Leiden, wegen dem er bislang kein Kind zustandegebracht hatte. Er malträtierte meine Mutter abscheulich. Ich habe es zufällig einmal mitbekommen, als mein Spielzeugauto an ihre Tür rollte. Es war ein regnerischer Sonntagnachmittag und ich konnte nicht draußen spielen. Ich hatte Angst, er bringt sie um, so fürchterlich klang ihr Stöhnen und Bitten doch endlich aufzuhören. Sie weinte und schrie sogar um Hilfe, aber bevor ich die Tür öffnen konnte, hat mich die Mimi weggeholt, tröstete mich, weinte selber und sagte, es sei alles in Ordnung. Ja, entsetzlich. Nun, dafür klappte es endlich. Deshalb liebte er sein einziges Kind abgöttisch. Mich nahm er gerade noch in Kauf.« Er küßte Anna aufs Ohr. »Und wenn ich dir jemals wehgetan habe, verzeih mir bitte«, hauchte er.

»Oh Michael, du bist ein zärtlicher, wundervoller Liebhaber, der beste, den ich je .... Verzeih mir.« Sie erschrak über ihre Worte.

Er lachte leise. »Ich fasse es als Kompliment auf.«

»Erzähle weiter«, bat sie und schmiegte sich an ihn.

Die Mutter hatte ihm keine dauernde Beziehung vergönnt, war irgendwie auf eine seltsame Weise selber mädchenhaft verliebt in ihn, als Ebenbild seines ermordeten Vaters. Jede Berührung versetzte sie in eine rauschhafte Schwärmerei, die ihm allmählich peinlich und zuwider wurde, wenn Anna das richtig verstehen wolle. Trotzdem er sich immer mehr von ihren mütterlich-weiblichen Angriffen zurückzog, schon deshalb, um die eigene Integrität und Individualität zu bewahren – er sprach flüsternd und hastig – verfolgte sie ihn übermäßig besorgt. Ganz besonders seit der Sache mit seiner Schwester. Später beauftragte sie sogar mehrmals einen Detektiv, ihn zu beobachten und eine etwaige Freundin auszuforschen. Nun, einmal hatte sie gerade von einer neuen Liebschaft erfahren und war aus Eifersucht mit herausquellenden Augen und wie von Sinnen auf ihn losgestürzt. Mit der Figur der indischen Rachegöttin in der Hand. Hatte ihn damit geschlagen, daß ihm das Blut aus den Haaren floß. Bei diesem Anblick war sie ohnmächtig geworden. Herta, die hinter der Tür alles mitangehört hatte, war eifrig mit einem nassen Tuch hereingekommen und hatte ihm sorgsam das Gesicht abgewischt. Dann war sie ihm näher gerückt und näher und hatte ihn so geschickt zu trösten verstanden, daß er ... Nun ja, es war passiert. Er schämte sich sofort dafür und ging ihr in späterer Folge aus dem Weg. Aber das kleine Luder erpreßte ihn damit, da sie drohte, den Vorfall seiner Mutter zu erzählen. Er gab ihr Geld und darum ging es ihr auch. Doch damit war es nicht genug. Als seine Mutter im Krankenhaus lag, schickte sie ihm die Klage und drohte mit der Klatschpresse. Sie war mittlerweile schwanger geworden, weiß der Himmel, von wem. Und daß es bei dem einem Mal geblieben war, konnte er vorläufig nicht beweisen. Er kündigte dem Mädchen, doch es hinauszuwerfen gelang ihm nicht. Die Tussi bestand auf einer Kündigungsfrist. Es war also gänzlich unmöglich, seiner Mutter ihren letzten Wunsch zu erfüllen, mit dem sich auflösenden Bewußtsein noch einmal die jahrelang vertraute Umgebung zu ertasten. Was immer ihm seine Mutter auch angetan hatte, diese letzte Stunde mit Herta wollte er ihr ersparen. Auch jetzt ging es Herta natürlich nur ums Geld und dafür brachte sie sogar einen falschen Zeugen bei. Allerdings hatte das dumme Ding nicht damit gerechnet, daß für ihn als Molekularbiologen einfach war gewisse Tests zu beschaffen. Er brauchte nur ein paar Monate zu warten. Zwei seriöse Attests gegen ein gefälschtes. Dann war die Angelegenheit ziemlich rasch zu regeln, aber Michael wollte nicht, daß Anna sie erführe.

»Hallo Anna!« Ein jüngerer Mann näherte sich.

»Hallo Rupert.«

»Diese Frau hat mir wahrscheinlich das Leben gerettet. Ich verehre sie über alle Maßen«, beantwortete Rupert, Karolines Exmann, Michaels erstaunten Blick, nickte freundlich und setzte sich mit seiner Begleiterin in das Separé neben dem ihren.

»Ich auch, grenzenlos«, seufzte Michael und drückte einen langen Kuß auf Annas Hand. Weiter berichtete er von der Vermietung seiner Wohnung und vom komplizierten Verkauf der Wallaberg-Wohnung samt komplettem Inventar, über die enormen Schwierigkeiten in seinem alten Institut, die Unterlagen für seine eigenen Versuche mitnehmen zu dürfen. Wie er drüben erst die neuen Kollegen, Einrichtungen, Gepflogenheiten kennenlernen mußte. Vor allem, daß er ein hübsches Haus inmitten wundervoller grüner Hügel, nicht allzu weit vom Meer entfernt, gefunden hatte, von dem er in jedes My seine Hoffnung klebte, es würde Anna gefallen ... Er stockte. Atmete aufgeregt. »Kommst du trotz allem mit mir, Anna? Willst du mir dein Leben anvertrauen?«

»Jaaaaa«, schrie Anna auf, daß die Gäste im Raum herüberblickten. Die Tränen strömten ihr aus den Augen. »Wohin du willst, bis ans Ende der Welt.«

»Nur nach Havard, an die Boston Bay«, lachte Michael und drückte sie fest an sich. Als sie eng umschlungen das Lokal verließen, sagte er glücklich: »Pik-König hat seine schwarze Dame gefunden und nun läßt er sie nie wieder los. Sie wird es nicht bereuen. Die Vergangenheit wird begraben. Es ist die Zeit für unser eigenes Spiel gekommen und das werden wir bis zuletzt gewinnen!«

Anna lachte erstaunt auf. »Hast du denn auch gespielt?«

»Auch? Da sieh nur, wie ähnlich wir uns sind.«

»Ja, mein Liebster. Pik-König und Pik-Dame brechen zu neuen Ufern auf ... «

»Und unsere mühevollen Irrfahrten durch Schlamm und Wüste sind zu Ende.«

»Wir wagen einen neuen Anfang«, flüsterte Anna, taumelnd vor Glück.

»Ja. Wir lassen die alten Zeiten zurück wie die Stielchen am Pik, färben uns rot und werden zu Herz-König und Herz-Dame. Was sagst du dazu?«

Anna lachte. »Was für ein wunderbarer Vergleich, mein kluger wunderbarer Herzensfreund. Wir werden ein wunderbares Spiel spielen, das nur uns allein gehört.«

»Wie wunderbar.«

Sie küßten sich wieder und wieder, gingen Hand in Hand die Straße entlang. Blieben immer wieder stehen. Wandten sich zueinander. Kamen nicht weiter. Sahen sich immer nur an. Bis ein paar Kinder sie kichernd anrempelten. »Schaut euch die zwei Alten an. Kitsch pur.«

Anna genierte sich. Michael lachte. »Wir Alten. Erinnerst du dich. Vor nicht allzu langer Zeit waren wir noch die Jungen.«

»So viel liegt dazwischen«, sagte Anna wehmütig.

»Das lassen wir hinter uns. J e t z t ist unsere Zeit. Bis Morgen. Und jeden weiteren Tag: jetzt bis morgen.«

Sie funkelten, leuchteten, glitzerten sich an, abgehoben in jenem tatsächlich kitschigen Überglückstaumel, der echte Liebespaare jeglichen Alters so symphatisch töricht wirken läßt.

Überschwenglich umarmte Michael sie und die grünen Pünktchen in seinen Augen schimmerten feucht. Unermeßlich das Glück. Namenlos die Freude. Jeder Blick eine Harmonie. Jede Liebkosung ein Höhepunkt. Musikalisch und biologisch. Zwei Seelen übereinstimmend in analogen Schwingungen. Perfekte Symmetrie. Absoluter Gleichklang. Welch hoher Triumph. Welch grandioser Traum …

Vier Wochen später fand die Hochzeit statt. Schlicht und heiter in kleinem Freundeskreis.

Sie hatten eine Suite in einem Hotel gemietet. Verschwanden darin und ließen sich lange nicht blicken. Es gab ja viel nachzuholen. Matt aber strahlend tauchten sie nach drei Tagen wieder auf. Nun begannen schwierige Vorbereitungen. Michaels Angelegenheiten waren seit geraumer Zeit beinahe zur Gänze erledigt. Nur Anna war von den Ereignissen geradezu überrollt worden. Im wahrsten Sinn des Wortes, strahlte sie. Nun mußte rasch alles eingeteilt werden. Gaby sollte in der Wohnung bleiben, solange sie es für nötig hielt und sich dann um eine gerechte Vermietung kümmern, ebenso um die Übersiedlung von bezeichneten Möbeln und Gegenständen nach Borstl am See, wenn die Sommerwohnung fertig sein wird. Besonders natürlich das Aquarium, die Pflanzen, die Bücher, die Bilder und einiges mehr.

Trotzdem alle dem überglücklichen Ehepaar nur das Beste und Schönste auf den gemeinsamen Weg wünschten, wurde es ein trauriger Abschied. Am meisten weinte der kleine Ben um seine Tante Anna.

»Weine nicht. Wir werden euch jedes Jahr besuchen. Und wenn du einmal in Amerika studieren willst, kommst zu uns und wohnst bei uns und wir werden es sehr gut haben miteinander.«

»Bestimmt?«

»Fest versprochen.«

»Großes Indianerehrenwort?«

»Howgh.«

8. Kapitel
Der letzte Stich und Faites votre jeu

Anna sitzt auf den Planken der Bootsanlegestelle, zwinkert in die tief stehende Sonne, läßt die nackten Füße im Wasser plätschern. Die wilden Schwäne, die unten durch den Steg gleiten, haben sich daran gewöhnt und der Ganter zwickt sie nicht mehr in die Waden, seit sie Brotkrümel dabei hat. In ihren Kielwellen tummeln sich auch Graugänse um das unverhoffte Futterangebot. Bald werden sie sich versammeln und beschnattern, welche Route sie diesmal nach dem Süden nehmen wollen. Es ist dieselbe wie jedes Jahr, aber das muß besprochen werden. Die Frau schaut ihnen zu. Sie wird ihnen nachblicken, wenn sich die Vögel wie auf ein geheimes Kommando in die Lüfte erheben und in einem gigantischen Himmels-V die Richtung zu den hohen Bergen einschlagen. Sie wird ihnen Glück wünschen und eine gute Rückkehr. Ihre eigene Reise hat ein Ende, denkt sie. Viele Wege, schmerzhafte, mutlose, aber auch selige und friedvolle, ist sie gegangen, bis sie hier ein Zuhause gefunden hat. Mehr noch. Nach den wundervollen glücklichen Jahren mit ihrem Mann darf sie sich an diesem schönen Ort daheim fühlen.

Die Bäume haben sich schon lang in buntgoldene Mäntel gekleidet. Die Trauben beginnen zu reifen. Auch die Äpfel sind schon fällig und fallen. Kistenweise erntet die Familie im hinteren Garten Gemüse und Obst. Anna hilft mit schmerzendem Rücken selbstverständlich mit. Denn es ist auch eine fröhliche Arbeit, die am Abend die Müdigkeit adelt.

»Tante Anni!« Ein Mädchen läuft herbei. Hinter ihr ein tapsiger junger Hund, bunt wie das fallende Laub. »Stör ich dich?«

»Nein, nein«, Anna klopft auf die Planke und das Kind setzt sich zu ihr. Der Hund wedelt sich windend und fiepend zwischen die beiden, bis Anna »Puki, Platz« sagt. Das reicht für eine halbe Minute, dann ist das Tier wieder auf den Beinen und rennt hüpfend und bellend das Ufer entlang.

»Bist du sehr traurig hier?« fragt Anschi, Gabys älteste Tochter, ein wenig schüchtern.

»Warum soll ich traurig sein? Ich habe doch hier eine so liebe Familie gefunden«, sie legt ihren Arm um das Kind, das sich zutraulich an sie schmiegt.

»Aber dein Leben in Amerika! Warum hast du das aufgegeben? Das war doch sicher sehr aufregend.«

»Fünfzehn Jahre. Gewiß. Aber nachdem … mein lieber lieber Mann verstorben war, vor 17 Monaten … und 4 Tagen … «, Anna spricht erst nach einer kleinen Pause mit pelziger Stimme weiter, » … und unser Ziehsohn, der Ben, nach seinem Studium eine großartige Stelle in Pasadena erhalten hat, hielt mich nichts mehr drüben. Und die Bräuche dort, wie sich deine Mutter ausdrücken würde, sind mir auch nicht besonders nahegegangen.«

»Bräuche?«

»Ja, die Lebensart, wie die Menschen miteinander umgehen, so gierig, oberflächlich und klatschsüchtig, so bigott und rassistisch. Am liebsten gleich schießen und dann erst fragen. Als Ben seine erste Freundin brachte, eine sehr nette intelligente Studienkollegin, war die Hölle los in unserer Gegend. Sie war Nigerianerin. Daß sie hochgebildet war und einen IQ von fast 160 hatte, interessierte niemanden. Sie war tiefschwarz, das war Ekel genug. Die Nachbarn haben mich gefragt, warum ich das zulasse. Er hat dann allerdings später eine Inderin geheiratet. Das ging gerade noch an.«

»Wir haben in der Klasse den Mahako aus dem Sudan. Du weißt, wo das ist? Der ist auch schwarz. Aber wir mögen ihn, weil er so toll alle Tiere nachahmen kann. Und der Polzeichef hat sogar eine gelbe Frau geheiratet, mitgebracht aus den Ferien. Weil er hier keine kriegt, sagt der Opa. Ich bin schon gespannt, ob das Baby auch gelb ist und Schlitzaugen hat, wie die Oma unlängst geraten hat. Sie meint es aber nicht bös. Wir platzen vor Neugier. Ich freu mich riesig auf das Kleine. Und, weißt eh, beim Onkel Andi drüben in der Gärtnerei arbeiten die braune Milena und der Josch. Mit denen ist's immer lustig. Und wer lieb ist zu mir und mir nichts tut, den mag ich. Wie einer ausschaut, dafür kann er nicht, gelt. Wie der arme Gregl-Bauer mit seinem Narbeng'sicht, weil er die Kälber aus'm brennenden Stall g'holt hat.«

»Ja, du machst das sehr richtig. Leider lehnt man oft zuerst ab, was man nicht gewöhnt ist. Vorurteile sind eine schlimme Angewohnheit und können viel kaputt machen. Zuerst schauen, beobachten, prüfen, überlegen. Dann erst entscheiden, wie man sich verhalten soll. Das gilt für Einheimische und Zuwanderer gleichwohl. Ich habe viel gelernt drüben. Wenn man friedlich und verständnisvoll ist, paßt man sich überall an. Wenn es sich für das Gewissen lohnt! Aber weißt du, an diese gehässige Mentalität in Amerika wollte ich mich nicht dauernd und gar für den Rest meines Lebens anpassen. Obwohl ich durch meinen Mann auch sehr nette Freunde gewonnen habe. Doch ohne ihn ist mein Heimweh immer größer geworden, gebe ich zu. So habe ich unser Haus an der Boston Bay verkauft und bin zurück, da mir die Gaby, deine liebe Mama, das Angebot gemacht hat, die kleine Ferienwohnung zu erweitern, damit ich für immer hier bleiben kann.«

»Ein Glück für uns«, lacht Anschi und gibt Anna einen Kuß auf die Wange. »So sind wir nicht allein, wenn die Eltern und Großeltern so viel arbeiten müssen in der Hochsaison.«

»Ihr helft ja oft brav mit.«

»Klar. Du aber auch. Du verhandelst mit den Lieferanten und führst die Buchhaltung. Ich helf beim Staubwischen in der Gaststube, mein Bruder Anton beim Erdäpfelschälen in der Küche und der Hansi paßt auf das Meerschweinchen auf. Für den Puki ist er noch zu klein.«

»Drei Kinder hat deine Mama. Schön ist das.«

»Warum hast du keine Kinder, Tante Anni?« fragt das Kind neugierig.

»Ja weißt du«, Anna wird mit einem Mal sehr weh ums Herz, »ich hatte einen furchtbaren Autounfall in der Jugend. Dabei bin ich sehr schwer verletzt worden.«

»Schade, ich kann mir vorstellen, du wärst eine Supermama.«

Anna lächelt traurig. »Dafür habe ich ja zum Glück jetzt euch.«

»Und warum bist du nicht mit dem Ben übergesiedelt?«

»Weil er seine wirkliche Mutter, die Doro, mit ihrer neuen Familie hinübergeholt hat. Und mit deren zweitem Mann habe ich mich nicht so gut verstanden, weißt du. Aber der Ben schreibt mir sehr oft. Und die Doro ruft gelegentlich an und weint sich aus. Leicht hat sie's auch nicht.« Die Sonne verschwindet hinter einer Wolke. Anna zieht die Füße aus dem Wasser hoch. »Mach das auch. Es wird kühl. Sonst erkälten wir uns noch.«

Der junge Hund kommt keuchend angewetzt. Springt hoch. Leckt jedes Gesicht, das er erreicht. Tappt so ungeschickt umher, daß er in den See fällt. Entsetzt gurgelt er, dann platscht er empört an Land.

»Wie war das, als dein Mann gestorben ist? Bist du mir böse, wenn ich dich das frage?« Anschi streichelt verlegen Annas Arm. »Die Oma hat gesagt, wir dürfen dich nicht ausfragen, weil du sonst wieder zwei Tage nichts ißt vor Kummer.«

Anna schluckt. Zu viele Erinnerungen auf einmal. Die schiebt sie normalerweise zwanghaft weg. Arbeitet. Auch schwer. Im Gasthof, im Garten, im Bootshaus. Dabei denkt sie wenig. Am Abend, in ihren vier Wänden, vor dem Aquarium, vor dem Fernseher, trinkt sie, bis sie einschläft. Doktor Fasching redet ihr ins Gewissen. Gibt ihr Einschlafglobuli. Sie ist ihm dankbar, nickt. Immer wieder holt die Vergangenheit sie ein. Ein Wort, ein Bild, eine Gedankenverknüpfung. Und alles feiert grausame Auferstehung mit bösartigen Schweifen und Hörnern. Obwohl sie Pepi, den Stier, sehr mag. Die teuflischen Bilder werden zwar allmählich nebeliger, echt kuhförmiger, aber sie sind noch da.

»Nun … hm … Das war so … Der Michael … schade, daß du ihn nicht mehr kennengelernt hast. In den letzten Jahren steckte er zu tief in wichtiger Arbeit, als daß er sich einen Urlaub hätte gönnen können, um mich hierher zu begleiten. Ach, mein Michael. Er war Professor für Biologie und hat in seinem Laboratorium … Weißt du, was das ist?«

»Das ist so was Ähnliches wie der Raum für unsere Obstpresse hinter dem Stall, wo der Papa Zucker und Alkohol prüft.«

»Genau. Nur daß Michael riesige Säle mit vielen Geräten, Schläuchen, Kabeln, Retorten und Röhren überwachte.«

»Was war in den Röhren? Wein oder Schnaps?«

Anna lacht leise. »Nein. Zum Beispiel verschiedene chemische Grundstoffe, wie Methan, Ammoniak, Kohlenstoff und Wasser.«

»Was macht man damit?«

»Aminosäuren. Das sind die Urbausteine des Lebens, also die allerersten winzigkleinsten Zutaten für alle Lebewesen auf der Welt. Da werden Wasserstoffatome mit Eiweißmolekülen … habt ihr schon Physik in der Schule?« Das Kind verneint. »Dann erkläre ich es dir später genauer. Jedenfalls wurden in den Glasgefäßen, mit der Hilfe von starkem elektrischem Strom und Dampf und verschiedenen Mineralien, Wolken und Gewitter und Lavaausbrüche simuliert. Sogar Sonneneruptionen, also wenn die Sonne besonders viel Hitze spuckt … Hm, verstehst du das?«

»Ein bißchen. Hat er die Erde klitzeklein nachgebaut?«

»Bravo. So ungefähr. Dabei hat ein Laborant irrtümlich ein Kabel vertauscht. Und als Michael den neuen Test starten wollte, ist das Ganze explodiert. Fünf Menschen sind dabei umgekommen.«

Sie sprechen lange nicht. Bis sich Anschi weinend in Annas Arme wirft. »Das ist so furchtbar traurig.« Und beide heulen sich gegenseitig feucht. Das kann der junge Hund, der am Ufer gerade ein Schilfbüschel ausgräbt, nicht mitanhören. Er springt heran und zwängt sich, naß wie er ist, entschlossen dazwischen und bellt so gellend, daß der Bootsbauer unter der Takelage eines aufgebockten Starbootes hervorkriecht und herüberruft, ob sicher alles in Ordnung sei.

Ja, ja, alles ok. Die Frau und das Kind laufen Hand in Hand über den Steg, verfolgt vom ungeduldigen Hund, hüpfen den Strand hinauf, zum Haus.

»Da seid's ihr endlich. Wo wart's ihr so lang?« ruft die alte Wirtin, Gabys Mutter, aus der Küche. »Anschi, such deine Brüder. Wir essen gleich. Nachher kommen noch Gäste. Der Rupert und seine Frau, samt den Zwillingen. Da geht's wieder hoch her. Anna, hilfst der Gaby nachher oben? Die Dirn ist ja schon weg und geht stempeln in der Stadt.«

Schon wieder eine unwillkommene Rückblende. Heute ist kein guter Tag für inneren Frieden. Sie wird sich später zum alten Opa in die Austragsstube setzen, einen Apfler trinken oder zwei, und seine uralten Geschichten anhören, aus dem Krieg und danach. Das Gedächtnis läßt sich nur austricksen, wenn man sich intensiv ablenkt. Aber besonders wenn man arbeitet. So viel und so schwer, daß einem der Schweiß in die Augen rinnt und die Hände zittern. Körbe voll Wäsche aufhängen, Gras mähen, die Pferde striegeln, den Hühnerstall ausmisten, die Futterhäuschen für die Wildvögel vorbereiten, putzen und aufhängen. Und zu zweit den großen alten Wickeltisch vom Dachboden holen, weil die Männer auf der Jagd sind. Obwohl Rupert und seine Familie herzliche und sympathische Besucher sind, die zu jeder Jahreszeit ein paar Tage in Borstl Rast machen, lassen sich unangenehme Assoziationen nicht vermeiden. Solche Erinnerungen schmecken herb und beklemmen den Tag.

»Anna«, sagt Rupert nach einer herzlichen Begrüßung, »ich muß dir leider eine schlimme Nachricht überbringen. Karoline ist wegen guter Führung aus der Haft entlassen worden.«

Schreckensstarre bei allen Umstehenden. Entsetzensbotschaft. Gaby war am meisten außer sich. »Sie hat gedroht dich umzubringen. Du mußt dich verstecken! Wenn sie dich findet … «

»Ich gehe zurück nach Amerika. Zu Doro an die Westküste. Dort wird sie mich nicht finden«, meldet Anna spontan.

»Kommt gar nicht in Frage«, Doktor Fasching schüttelt unwillig den Kopf, »du bleibst da und wir passen alle auf dich auf. Woher wissen Sie es überhaupt?«

»Sie hat in meinem Büro gefragt, wo ihre Sachen geblieben sind. Sie habe eine Wohnung gefunden und wolle damit einziehen. Meine Sekretärin hat ihr die Kisten und Koffer in unserem Depot gezeigt und sie hat alles abholen lassen.« Wie sie ausgesehen habe, was sie gesprochen habe, daran konnte sich die Sekretärin nicht genau erinnern, weil an diesem Tag die Hölle los war und an allen Ecken Probleme zu bewältigen waren. Er, Rupert, habe sie selber nicht zu Gesicht bekommen.

»Wer könnte wissen, wo Anna sich aufhält?«

»Der Josef«, sagt Gaby prompt. »Der war damals ein wenig sauer auf uns, weil wir ihn in unserer Gemeinschaft nicht immer haben mitspielen lassen.«

Gabys Mann Theo kommt dazu, hört, um was es geht. »Die soll sich nur hertrauen. Ich rede gleich mit dem Burkhard, unserem Polizeichef, daß er öfters eine Patrouille vorbeischickt. Die Burschen haben eh nix zu tun den ganz'n Tag in der Nachsaison und freuen sich über ein Gratisbier. Du mußt dich nicht fürchten, Anna. Du gehst halt allein nirgends mehr hin.«

»Es kann ja auch sein«, wendet Ruperts Frau ein und schaukelt den Kinderwagen mit den raunzenden Zwillingen, »daß sie im Gefängnis nachgedacht, sich gebessert, und vielleicht bereut hat.«

»Das wäre natürlich das Beste. Trotzdem werden wir in Zukunft Obacht haben und auch den Nachbarn Bescheid geben.«

»Ich will auf keinen Fall«, Anna weiß sich nicht zu fassen, »daß ihr oder gar die Kinder meinetwegen zu Schaden … «

»Quatsch«, schneidet ihr Theo das Wort ab, »wir schaukeln das schon, nicht wahr«, und wachelt mit seinem Hut über den Babys, die sofort still sind und nach den Auerhahnfedern haschen.

Trotzdem nisten sich Bangigkeit und Zweifel in allen ein. Doch nichts Ungewöhnliches geschieht. Das Gasthaus »Zum bunten Kranzl« verabschiedet erleichtert die letzten Gäste. Bis zur Wintersaison ist noch eine Weile hin. Theo und Gabys Vater planen den Umbau des großen Stadls. Für Großvaters verbliebene Tiere reicht die Hälfte des riesigen alten Kuhstalles. Im anderen Teil soll die neue Destillieranlage für den Obstschnaps eingerichtet werden. Und ein Depot unterhalb. Der Erdkeller dort ist ohnehin zu klein. Daneben werden zwei größere Wohnungen gebaut. Für den Doktor ist der erste Stock schon recht mühsam und Anna kann sich im Parterre auch besser um ihn kümmern. Beide stimmen zu und wollen sich an den Umbaukosten beteiligen. Unten Ziegelmauern mit weißem Anwurf. Oben drüber, wo jetzt noch überall das Heu lagert, braune Holzbalken. Und vor der Heuluke auf der Front unter dem Giebel bleibt die große alte Feuerglocke hängen. Das sieht schön und urig aus. Neue Fenster mit Blumenkistln sind ohnehin schon dort. Sonst ist für vier kleinere Appartements Platz. Vielleicht für die neuen Wintergäste. Die Gemeinde hat voriges Jahr auf der Lauchner Alm einen Schilift gebaut. Außerdem spricht sich Gabys gute Küche herum, weit über die ganze Gegend hinaus.

»Dann reicht's«, Theo schlägt mit der Hand auf den Tisch, daß der uralte Tobi darunter aufschreckt. »Herüben sind sechs Fremdenzimmer mit Dusch und Clo. Wir selber wohnen eh schon unterm Dach und ihr Zwei und der alte Opa hinter der Kuchl im Austrag. Mehr wird nimmer g'macht. Sonst müßten wir womöglich schon wieder die Küch ausbauen und die Gaststub'n erweitern. Und kommen einmal schlechte Zeiten, zahlen wir nur drauf, wenn wir zu groß sind.«

»G'scheit, Bua«, nickt der Großvater. »Die Durchbrüch' drüben oben machen wir gleich.«

An einem trüben windstillen Spätherbstmorgen geht Anna zum Stadl hinüber. Sie will die Blumenkästen von oben herunterholen, um sie zum Überwinterungsplatz im Keller zu tragen. Die beiden Isländer, der Esel und die anderen Tiere grasen draußen noch die letzen saftigen Halme ab. Nur die Hühner haben sich's drinnen schon gemütlich gemacht. Die wenigen Eier, die sie jetzt noch legen, hat Anna bereits in die Küche gebracht.

Sie schließt die Tür hinter sich zu. Irgendetwas riecht seltsam. Naß tropft es von oben durch ein Astloch. Hinter der halben Öffnung im Bretterplafond, wo das Heu zu den Tieren hinuntergeworfen wird und der Riegel mit einer dicken Schnur locker befestigt ist, sieht sie eine rötliche Bewegung. Es raschelt. Schon wieder der alte hinkende Fuchs, denkt sie, der erst unlängst ein Huhn geholt hat, obwohl sie ihm heimlich hinten im Garten Essensreste hinlegt. Sie stapft die wackeligen Stufen hinauf. Bald wird hier alles umgebaut. Die gestrichelten Provisorien sind am Plan schon fixiert, eingereicht und genehmigt.

»Du kannst dir nicht schon wieder ein Hendl holen, du dummes Tier« ruft sie, »hinter dem Misthaufen beim Zaun liegt immer genug zum Fressen für dich. Wenn dich der Theo findet, kann ich dir nicht mehr helfen ... « Der Heuboden knarrt, als sie draufsteigt. Sie schaut sich um:

Mitten im Heu sitzt Karoline, bleich, grau, schmutzig. Die rotblonden Haare stumpf und wirr. Neben ihr Semmeln, eine Flasche Wein, ein Kanister. In der einen Hand hält sie eine Schachtel Grillanzünder, über die die Finger der anderen Hand beinahe zärtlich streichen. »Daß deine Hilfe niemals jemandem wirklich zugute kommt«, sagt sie spöttisch und wehleidig zugleich. »Du bist so nutzlos auf der Welt wie ich.«

Anna ist nur im ersten Moment erschrocken. Als habe sie eine solche Begegnung erwartet. Sie bleibt ganz ruhig. Geht auf die andere ein paar Schritte zu. Vor der Heuluke bleibt sie stehen. Jetzt beginnt doch ein nervöses Bibbern in ihrem Körper. Karoline hebt die rote Schachtel in die Höhe, fuchtelt scheppernd damit und zeigt auf sie. Jäh steht der Augenblick unter Hochspannung. »Was soll dieser Unsinn. Ich dachte, du bist als geheilt entlassen worden!«

»Nur weil ich mich nicht mehr gewehrt und mir alles gefallen lassen habe? Der Gedanke an unsere beiden verpfuschten Leben hat mich aufrecht erhalten.«

»Mein Leben ist nicht verpfuscht. Ich hatte eine sehr glückliche erfüllte Zeit mit Michael ... «

»Naja, was du dir halt einredest. Ich weiß es besser. Der Josef hat mich immer besucht und informiert, wie übel dich dein neuer Freund zugerichtet hat und mit einer Flasche bedroht. Das hat mir gefallen, daß du auch deine Strafe erhalten hast. Und daß deine Wohnung ausgebrannt ist. Du kennst ja meine Vorliebe fürs Feuer. Erinnerst du dich an Mamas brennende Decke und an die umgefallene Kerze am Adventkranz in der Schule. Und deine Arbeit hast du verloren. Und mein Exmann hat dich verklagt, weil du seine Firma mit fingierten Unterlagen ruinieren wolltest. Hahaha.« Sie wippte mit dem Körper vor und zurück.

Anna ist starr. »Was quatschst du da schon wieder für einen maßlosen Blödsinn. Davon ist kein Wort wahr. Ich habe den Michael geheiratet und wir sind nach Amerika und haben dort sehr lange sehr glücklich gelebt. Du weißt doch, daß der Josef ein Trottel ist und daß er sich mit solchen Lügen bei dir höchstens einschmeicheln wollte. Wieso hast du dem geglaubt?«

Karoline glotzt und stottert. »Der Josef ... äh, er ... ist der einzige wahre Freund ... «

»Und der Unheimliche«, unterbricht Anna sie hart.

»Ja, das war lustig, nicht wahr. Wie du dich echauffiert hast. Und wie gut ich meine Rolle gespielt habe, was du mir ja einmal abgestritten hast. Auch der Josef hat mir geglaubt. Alles.«

»Du hast den armen, dummen, nur auf dich fixierten Narren für deine schäbigen Zwecke benutzt. Und wie dir wegen deiner Bösartigkeit kein anderer Freund geblieben ist, bist du seinen Märchen aufgesessen, wie du ja noch nie in deinem Leben was kapiert hast. Du bist in deiner Entwicklung gewaltig steckengeblieben, ein Baby, das so lange brüllt, bis es bekommt, was es will, damit es nichts rundum kaputt macht. Glaubst du, ich weiß nicht, daß du immer nur mich töten wolltest. Der Staatsanwalt hat es auch angedeutet.«

Karoline spuckt aus. »Äh.«

»Du bist nichts als ein verzogenes, unbelehrbares Gör. Weniger noch. Du bist über die primitiven Regungen einer Amöbe nicht hinausgelangt. Das ist nicht nur meine Meinung. Dein psychopathischer Geisteszustand stand in allen Zeitungen.«

»Lügen«, ächzt die andere, »alles infame Lügen. Du bist schuld an allem. An meinem ganzen Elend, an den Abrechnungen, am Tod meines Vaters, meines Brüderchens, meiner Mama ... «

»Du bist gestört. Lebst in einer irrealen Sphäre. Hat man das im Gefängnis nicht erkannt, wie sehr krank du bist?«

»Hähähä. Ich bin so gesund wie alle Menschen, denen von phantasielosen Kretins die originellen witzigen Ideen über den Fortbestand der Welt abgewürgt werden, zu primitiver Biederkeit und Langeweile. Genies wie mich braucht die Welt. Du mußt zugeben, die Idee mit dem Unheimlichen war genial. Ich habe ja immer schon gerne mit fremdem Leben gespielt. Das hat so was Allmächtiges, findest du nicht?«

»Du bist eine Mörderin. Sonst nichts.«

»Äh.« Sie hob triumphierend den Kopf. »Ich bin der Racheengel, der die Welt von unnötigem Ballast befreit.«

»Warum schaust du dich nicht in den Spiegel! Da muß dir doch das Kotzen kommen, wie elend du bist. Diesmal ist jedoch deine Bosheit nach hinten losgegangen, liebes Krrrinolinchen. Denn deinem Irrsinn verdanke ich tatsächlich die wunderbarste Zeit meines Lebens. Weil ich durch deinen stupiden Scherz meinen Michael kennengelernt habe, den liebsten, zärtlichsten, höflichsten und großartigsten Mann auf der ganzen Welt. Und ich sage dir noch etwas: auch hier bin ich glücklich. Ich werde gebraucht. Meine Hilfe ist nicht vergebens. War sie nie. Nur du warst zu selbstsüchtig, um ernsthaft eine andere Meinung als deine eigene zuzulassen. Deshalb auch bist du gescheitert, d u, nicht ich! Und wenn dir noch ein bißchen Grips verblieben ist, packst du dich zusammen und verschwindest hier auf der Stelle.«

Karoline hatte sich während Annas wörtlicher Peitschenhiebe immer kleiner geduckt, das Gesicht zusammengekniffen, zu einer Fratze verzerrt. Nun richtet sie sich abrupt auf, angriffsbereit wie ein bedrohtes Tier. »Dazu ist es zu spät«, faucht sie und lacht höhnisch über Annas immer lauter gewordene Stimme.

Unten war die Tür aufgegangen. »Anna!« ruft eine Stimme herauf. »Bist du das oben? Mit wem sprichst du?« Der Doktor steht am Treppenabsatz. »Mir schien, ich habe deine Stimme gehört.«

»Ja, Onkel Otto. Deine Hilfe ist nötig. Wir haben eine paranoide Besucherin heroben … «, schreit Anna aufgeregt und gleich voll Entsetzen, da sie sieht, wie Karoline in die Schachtel greift und alle Hölzchen herausnimmt, der Reihe nach zündet und über ihre Schulter nach hinten in das bezingetränkte Heu schleudert.

Sofort lodern die Flammen, umschließen schon die graue Frau. »Und du kommst mit mir, schwarze Dame! Ääh ääh aauuuh. Ich brauche drüben jemanden, der für mich spricht! Uuuh!« Brennend stürzt sie auf Anna zu. Mit ausgebreiteten Armen. Übersieht das Heuloch. Der Riegel gibt nach. Sie fällt durch und knallt am Betonboden unten auf. Anna ist sofort von schwelender züngelnder Knisternis umgeben. Ein kleines

Flämmchen kriecht hungrig und zeitlupig durch die trockenen Grashalme die Heulochkante entlang. Leckt sich gierig über das Holzwurmmehl den Stiel hinauf, zum Heustaub auf den Pfetten, erreicht dort die abgelegten Heugabeln ... Ganz hinten zischt eine Lohe empor. Jetzt geht alles rasend schnell. Funken spritzen. Hinten steht der Stadel schon in Flammen. Das Dach ächzt bereits und knarrt. Überall Feuer. Hitze bläst auf sie. Die wurmstichigen Forken auf den Trägern glosen. Ein Blechzuber stürzt herab, streift Anna, der Schmerz löst ihren Schock. Schlagartig beginnt etwas in ihr zu denken: weg hier, rauchende Jacke aus, glimmende Hose runter, Haare schützen, rennen zum Mauerdurchbruch, dahinter die gelieferten Perimeterplatten und die neue Dämmschüttung, darauf wälzen, die sind nicht brennbar, schnell schnell, irgendwo hört sie was einstürzen, weiter zur Luke ... Feuerglocke ...

Ebenso plötzlich hatte der Doktor Hilfe herbeigerufen. Theo steht mit dem Sepplbauern unter dem Giebel. Eine Decke ausgebreitet. »Spring!« Anna schließt die Augen. Zögert. Der Rauch holt sie schon ein. »Spring! Wir fangen dich!« Da läßt sie sich fallen. Prallt auf Weiches. Federt ein wenig. Greift in die Luft. Die Männer halten sie, helfen ihr und reiben Glutbrösel von ihr ab. Ihr wird schwarz vor den Augen. Von weit tönen schon Feuerwehr und Rettung.

Als Anna wieder die Augen öffnet, liegt sie im Bezirkskrankenhaus und Gaby beugt sich über sie. »Gott sei Dank, da bist' wieder.«

»Wieso?« Im Moment versteht sie nichts. Wundert sich ein wenig. Über alles und über den seltsamen rauchigen Geruch, den sie in der Nase hat. Sofort ist ihre Erinnerung wieder da und der Horror. Bedrückend, grausig und nicht wirklich nachvollziehbar.

Jemand zupft an ihrer Hand, spürt Anna. Die Kinder stehen neben ihrer Liege und schauen verängstigt. Anschi streichelt ihre Wange.

»Geht's dir wieder gut?« Der kleine Hansi beginnt zu schluchzen und der Toni hält ihr seinen Spielzeughasen hin. Da kann sich Anna nicht mehr halten. Sie setzt sich auf, umarmt die Kinder und weint, daß ihr die Tränen in den Mund fließen. Aus dem Hintergrund des Zimmers kommen zwei Männer heran. Doktor Fasching und ein Spitalsarzt. Sie murmeln und nicken und gehen mit den Kindern hinaus. Gaby hat frisches Gewand dabei, hilft ihr beim Anziehen. Bindet ihr die Haare zusammen, streicht ihr über die Stirn. »Das bissl Ohnmacht übertauchst schnell. Also, komm heim.«

»Du hast einen Heiligenschein, weißt du das«, sagt Anna heiser.

»Aber geh. Jetzt fahr'n wir nach Haus. Die andern warten schon. Wir essen was Feines, trinken vom prämierten Jahrgang und dann reden wir über alles. Gut?«

Ihre Rückkehr bloß nach ein paar Stunden gerät fast zu einem Fest. Die Polizei ist da, die Nachbarn, die Freunde und andere. Mit tränenerstickter Stimme schildert Anna, was sich auf dem Heuboden zugetragen hat. Dann erzählt man ihr, daß Karoline mit dem Kopf auf der Steintraufe unten aufgeschlagen war. Doktor Fasching konnte nur noch den Tod feststellen. Anna krümmt sich. Bilder überblenden sich in ihrem Gedächtnis, freundliche Bilder, häßliche Bilder … Sie legt die Stirn auf die gekreuzten Arme über dem Tisch. Plötzlich spürt sie eine rauhe Zunge im Gesicht, blinzelt und hat vor sich die braunen lustigen Augen vom jungen Puki, der sich unter dem Tisch herangeschlichen hatte und sie mit seiner Schnauze anstippt und an ihr hochzwängt. Als falle ihr ein Fels von der Seele, streichelt sie das weiche Fell. Der Hund ist außer sich vor Freude und macht sogar ohne Aufforderung ›Platz‹. Anna richtet sich auf. »Ich möchte ihr das Begräbnis ausrichten, wenn ihr nichts dagegen habt.« Sie blickt fragend in die Runde.

Die Freunde schauen sich an, zucken die Achseln, schütteln die Köpfe, besprechen sich murmelnd. »Nein«, stimmt Gabys Mutter zu und schlägt ein Kreuz, »wir haben nichts dagegen. Sie war eine arme

Haut, trotz allem. Klar. Wir besorgen ihr die Leich'. Schon weil wir froh sind, daß nun Ruh' ist auf ewig.«

»Gott sei Dank ist der Anni nix passiert, nur ein bissl ang'sengt ist sie«, seufzt der Sepplbauer auf.

»Weißt eh, du bist schwarz im G'sicht, weilst beim Löschen drinnen so fleißig mitg'holfen hast«, lacht ihn der Großvater an.

»Macht nix. Jetzt spend' ich morgen gleich zwei Kerzen beim Florian. Pfiat euch, ich muß weiter. Und Dankschön für die Brotzeit.«

»Kommst eh am Abend wieder. Wir hab'n was zum Feiern, gelt. Vergiß es halt nicht.« Der Bauer verspricht es, streicht Anna übers Haar, winkt allen zu, schwingt sich auf seinen Traktor und rattert mit Getöse davon.

Dann gehen sie alle zu der halben Brandruine. Anna hockt sich auf einen schwärzlichen, noch leicht schmauchenden Balken, die weinerlichen Kinder in den Armen.

»Du stinkst noch immer wie eine g'selchte Schwart'n«, grinst der alte Wirt, wofür er von Gaby einen erzürnten Blick erntet. »So was sagt man net, Papa.«

»Jetzt erzähl's noch einmal! Warum bist allein auf 'n Heuboden 'nauf? Wo wir doch alle Angst um dich g'habt hab'n«, schimpft Theo. »Wenn der Doktor dich net zufällig hineingehen g'sehn und lautes Reden g'hört hätt', meiner Seel', dann ... Ich mag gar nicht weiter denken. Wer weiß, wie lang die dort oben schon g'wartet hat. Wahrscheinlich hat sie dich auch g'sehn.«

»Bitte, seid mir nicht bös. Immer nur drinnen sein, wollte ich halt nicht. Also habe ich mir gedacht, ich hole wenigstens die Eier und die Blumenkistln von den Dummy-Fenstern, bevor es kalt wird. Da habe ich Geräusche gehört und was Rötliches durch die halboffene Luke gesehen und geglaubt, daß der arme alte Fuchs ... « Anna wird verlegen.

»Ich weiß eh, daß du den hinten fütterst«, meint Gaby gutmütig. »Das Hendl war außerdem sicher net er. Das war der Xaverl vom Murksenbauer, der Mistbub, der's als Ablaß für den Herrn Pfarrer 'braucht hat, wegen der zwei hinigen Fensterscheiben im Pfarrhaus. Ich hab ihn beim zweiten Hendl erwischt und er hat's g'stand'n.«

»Ach ja, wie geht's den Hühnern?«

Theo wiegt bekümmert den Kopf. »Noja. Damisch sind's halt no a wengl. Der g'scheite Doktor hat den Schlag ganz aufg'macht, so daß fast alle rauskönnen hab'n. Drei hast's derrennt. Die krieg'n wir heut zum Abendessen.« Er lacht schon wieder.

»Und der Stadl?«

»Siehst es eh. Zur Hälfte hin.« Er nickt bedächtig. »Naja. Wir wollten ihn sowieso neu machen. Morgen fangen wir an.«

Mehr ist in dieser Stunde nicht zu sagen.

Karolines Begräbnis in Borstl hatte sich still gestaltet. Ein schlichtes Holzkreuz und ein Fichtenzweigkranz mit goldenen Zapfen hinten an der Friedhofsmauer erinnert und mahnt mit einer im Dorf umstrittenen Inschrift ›Wer zu hoch empor will ohne klettern zu können, fällt umso tiefer‹. Wenig danach, die Erde war schon einigermaßen geglättet und für die Winterbedeckung gerichtet, erzählt Gabys Mutter, daß sie nach dem Besuch aller verwandten Gräber auch dort vorbeigegangen sei und zu ihrer Überraschung eine frische rote Rose gefunden habe, über einem weißen Kouvert. Sie sei damit gleich zum Vikar, der es geöffnet, gelesen und erschrocken das Kreuz darüber gemacht habe. In den Abendnachrichten erfährt man von einem tödlichen Unglück auf der Autobahnbrücke mit einem großen dunkelgrünen Van und die Behörden bezweifeln, ob man von einem zufälligen Unfall ausgehen solle. Zum Glück sei kein anderes Gefährt beteiligt gewesen. Der Pfarrer predigt am nächsten Sonntag über das beschränkte Verständnis der Menschenkinder, über ihre eigensinnigen Irrwege und über die alles verzeihende Gnade einer überirdischen Weisheit und Güte.

»Der Winter läßt sich Zeit heuer. Es ist noch ziemlich warm. Die Kühe sind alle noch auf den Weiden.«

»Ja, fast zu warm. Das wird viel Schnee geben, spätestens im Jänner. Bei uns. In der Stadt wahrscheinlich wieder nicht.«

Anna sitzt mit Doktor Fasching auf der herbstlichen Terrasse. Der uralte Tobi liegt zu ihren Füßen, ignoriert gutmütig das Fiepen seines gefleckten jungen Kameraden, der beharrlich an seinem Schwanz zupft.

»Woher der Zwerg bloß seine Farben hat«, sinniert Anna. »Der Tobi ist schwarz. Fini, die Mutter, ist braun. Aber der kleine Puki hat fast alle Farben der Erde.«

»Aber geh, der Tobi ist doch viel zu alt. Vielleicht hat sich die Finja mit dem buntgefleckten Rüden vom Sepplbauern eingelassen«, schmunzelt der alte Mann und nippt an einem Glas Rotwein. »Hast du den schon einmal drüben besucht, den tapferen Witwer? Der hat dich zum Rettungsauto getragen, so schnell haben die Sanitäter nicht schauen können. Ein ganz lieber ist das. Na, der Hund auch.« Er lacht.

»Ja, den kenn ich«, nickt Anna lächelnd. »Ich finde ihn auch nett.«

»Wen?«

»Also gut, den Hund sowieso und sein Herrl auch.«

»Hast du gewußt, daß seine Frau mit einem Pharmavertreter ein Pantscherl angefangen hat. Sie war ja aus der Stadt gewesen und die Arbeit am Hof ist ihr im Lauf der Zeit zu viel geworden. Gar nichts hat ihr mehr gepaßt. Der Bauer hat ihr zwar jedes Jahr Festspielkarten geschenkt, damit sie wenigstens ein bissel wieder ihre große bunte Welt genießen kann. Er hat auch eine ständige Hilfe für die Landwirtschaft eingestellt. Im Herbst zwei. Und hinter dem Schupfen hat er ihr einen

Schwimmteich gebaut, mit Wasserfall. Wunderschön. Mußt du dir unbedingt anschauen. Aber die wollte einfach nichts mehr hören und sehen hier. Eines Tages ist sie mit dem andern auf und davon. Dem Bauern war's fast schon egal wegen der vielen Streitereien. Und die Söhne sind erwachsen und studieren in der Stadt.«

»Was ist dann passiert?«

»Der Liebhaber hat sich bald eine Jüngere gefunden. Diese doppelte Schande hat die Frau nicht verkraftet, zumal sie schwanger war und das in ihrem Alter. Zurück konnte sie nicht, zu sehr hat sie sich geniert. Sie hat keinen Ausweg mehr gesehen und sich vor einen Zug geworfen. Das wird fünf oder sechs Jahre her sein.«

»Schon wieder ein … «

»Ja. Der eine wegen unglücklicher Liebe und die andere in auswegloser Not. Beide aus Verzweiflung.«

»Wie furchtbar.« Anna ist ehrlich erschüttert. »Was für eine Welt. So viele werden mit ihren Problemen nicht mehr fertig, obwohl sie scheinbar in einer Familie geborgen sind. Sie leben sich gemeinsam auseinander, statt näher zusammen.«

»Aber das ist alles nicht neu. Denk an die großen Dramen und Opern. Und an die Historienberichte überall auf der Welt. Nicht nur unsere Kultur ist voll von paradoxen Zuständen. Wir verstehen so wenig, was sich in den angeblich so phantastisch planvoll angelegten Köpfen entwickelt, wohin alles läuft, um was es geht, wer gewinnen darf, wer verlieren muß … «

»Leider, Onkel Otto. Was für entsetzliche undurchschaubare Baupläne. Nein, eher Skizzen bloß, scheint mir.«

»Oder Spiele. Das paßt besser. Gehen sie gut aus oder wenigstens pari, nehmen wir es als selbstverständlich hin. Gehen sie schlecht aus, hadern wir. Wenn wir dumm sind, mit dem Schicksal. Wenn wie klug sind, mit uns selber. Was dazwischen liegt … naja … «, der alte Mann seufzt, »wissen wir nicht, im Grunde genommen. Und wenn wir das wüßten, könnten wir daran kaum viel ändern. Das ist so seit Anbeginn. Halten wir uns an unsere gewohnten Regeln, zwischen denen wir uns gelegentlich auch durchschwindeln können, wenn wir schlau und genügsam sind. Freuen wir uns, daß wir Glück gehabt haben bisher, wenn wir ehrlich sind. In anderen Weltgegenden wären unsere Möglichkeiten vielleicht eingeschränkt bis schlecht.«

»Ja. Ich darf dankbar sein, nicht wahr. Für mich hat es sich ... wie soll ich sagen, so gefügt, daß alles ... daß alles ... «

»Gut ausgegangen ist, willst du sagen?«

»Glimpflich, wollte ich eigentlich sagen. Es hätte tatsächlich ... wenn man es recht bedenkt ... Nun ja. Wenn ich ehrlich bin ... Es gibt immer jemanden, der viel schlechter dran ist. Du hast wohl recht, Onkel Otto, in meinem Fall ist alles gut ausgegangen. Ich bin froh und zufrieden und dankbar, hier und jetzt. Dennoch habe ich irgendwie ein schweres Herz.«

»Das kann ich schon verstehen. Du hast einfach zu viel mitgemacht. Nicht nur die Ereignisse aus den letzten Wochen. Früher schon. Dir ist nichts leicht gefallen im Leben. Stimmt's? Warum auch immer hast du am meisten mit dir und deinem Schatten gekämpft, der dich kaum hat springen lassen. Deine eigenen Worte. Hab ich mir gemerkt. Aber du bist nicht so ängstlich und armselig, wie du immer geglaubt hast, sondern stark und zäh, wenn's darauf ankommt. Du mußt nur endlich innerlich aufwachen, dich wieder umschauen, in die Welt hineinhorchen ... «

»Ach, Onkel Otto, du hast wie immer mit Vielem recht. Doch nun ... Ich hatte lange das schönste Leben, das ich mir einmal vor Urzeiten nie wieder hätte vorstellen können. An was anderes als an die letzten 17 Jahre bis heute will ich mich nicht erinnern. Ich mag nicht mehr mitspielen in den diversen modernen eitlen Spielen heutzutage. Das ist vorbei. Schau, ich habe so viel zu tun hier. Ich darf mich um die Kinder kümmern, um dich natürlich, lieber Onkel Otto, ich darf Gaby aushelfen, wenn Not am Mann, beziehungsweise an der Frau ist. Ich darf ihre Mutter zum Friedhof führen und die Blumen tragen. Und dem alten Opa den Rücken einreiben. Sogar die zwei Pferde lassen sich von mir striegeln und der Esel schreit vor Freude, wenn er mich mit dem harten Brot sieht. Stell dir vor, Pepi, der Stier, leckt mir für ein Büschel Gras den Bauch. Mein ganzes Arbeitsgewand ist vorne immer blütensauber. Vor allem aber die Kinder lieben mich. Was will ich mehr. Ich bin sehr glücklich bei euch.«

»Ja, ich hätte nie gedacht, daß du dich so gut einleben würdest am Land. Du hast nie wo anders gelebt als in einer Stadt. Bei mir ist das was anderes. Wie ich dir schon erzählt habe, bin ich in einem Kaff aufgewachsen, zwischen Rüben, Stroh und Tieren. Ich bin sozusagen heimgekehrt. Du hast dich erst umgewöhnen müssen. Und du schaffst das von Tag zu Tag besser, wenn ich dich bei den Kühen beobachte. Und die Schafe vom Nachbarn drängen sich an dich, als wärst du ihre Hirtin. Ich sage dir was. Du bist einst in einer falschen Wiege aufgewacht. Oder vielleicht waren deine Vorfahren Landleute, von denen sich verborgene Gene durch die Jahrhunderte in dir bewahrt haben.« Sie lachen beide. »Vor dir liegt noch ein großes Stück Leben. Du brauchst nicht mit den Jungen konkurrieren, das meine ich ja nicht. Aber es gibt ebenfalls beim Älterwerden nette Spiele«, er kichert vergnügt. »Glaube mir, es gibt sogar dann noch Spiele, die man gewinnen kann. Schach, Golf, Watten sowieso. Oder Dame. Herz-Dame natürlich.«

Anna droht ihm verschmitzt lächelnd mit dem Finger. Sie weiß, daß er gern mit der alten Zenzi schäkert, die früher Hebamme im Dorf gewesen war. Dann wird sie ernst. »Stimmt schon. Es gibt Spiele, die kann man trotz aller Widrigkeiten gewinnen, wenn man so manches hilfreiche Zwinkern des Schicksals zu deuten versteht.« Sie streichelt Onkel Ottos runzelige Wange. »Jaja, Lieber, du warst oft genug mein guter Geist. Das weiß ich wohl. Aber mehr noch gibt es Spiele, die kann man nicht gewinnen, wenn man auf die Logik des Lebens nicht eingeht. Karoline hat ihres verloren, weil sie ihre Scheuklappen krampfhaft festhielt und die einzige Trumpf-Karte sein wollte. Nun, wahrscheinlich hat sie gewisse verquere Anlagen auch von ihrer armen Mutter geerbt, die in der Psychiatrie lebte oder noch lebt, weil sie ihr zweites Kind unter einer brennenden Decke erstickt und nachher gemeint hat, das Baby habe sie gebeten nicht mehr leben zu wollen.«

»Und da redest du von Lebenslogik?«

»Du hast recht. Daß eine Mutter ihr Kind umbringt, ist nicht lebenslogisch.«

Der alte Mann ist nachdenklich geworden. »Aber Zufall ist es auch nicht. Ich bin kein Psychiater, doch möglicherweise wollte die Mutter ihr Kind vor ihrem unbewußt geahnten Defekt schützen, den sie an ihrer Tochter schon beobachtet hat.«

»Wie eine Bärenmutter, die das schwächere ihrer Kinder zurückläßt, damit das stärkere besser durchkommt. Das wäre dann aber wieder logisch. Nach den unbegreiflichen Gesetzen des Lebens. Vielleicht ist auch der Zufall nur ein Teil in einer großen Ordnung, die alles umfaßt?«

»Ich habe als Arzt viel gesehen und erlebt. Nicht immer Rat gewußt, nicht immer helfen können. Unerklärlich manchmal der Tod. Genauso unerklärlich eine spontane Heilung. Zufall oder Ordnung? Ich weiß es nicht. Vielleicht auch spielt jemand jenseits unserer Erkenntnis mit uns?«

»Ja. Daran habe ich auch schon gedacht. Wer weiß schon, wer in Wirklichkeit die Karten mischt. Oder wer würfelt.«

»Der Pfarrer sagt, er weiß es. Tröstlich, wenn man es glauben kann.«

»Immer wieder Spiele. Bitte, keine Spiele mehr«, fährt Anna auf. »Ich will mich nicht mehr bemühen, irgendwelche abstrusen Regeln aus Zufällen herauszulesen, als wären sie Kaffeesud.«

»Sei nicht ungerecht. Wenn ich es genau bedenke, hast du dein eigenes kleines Spiel doch tatsächlich gewonnen.«

»Ja richtig. Wahrscheinlich, weil ich von Anfang an gar nicht gewinnen wollte. Verrückt. Aber du hast recht. Heute bin ich der Ansicht, meine alberne Ego-Farce hat mir das existenziellste Spiel meines Lebens erlaubt, das ich niemals zu hoffen gewagt habe. Mehr zu erwarten, wäre vermessen, nicht wahr.«

»Was redest du«, schüttelt Doktor Fasching den Kopf, »du bist noch im besten Alter. Bloß ein halbes Jahrhundert, zirka.« Er lacht vergnügt. »Du mußt mit dem Leben nicht abschließen.«

»Das tue ich ja nicht. Weißt du, ich will bloß nicht mehr spielen. Viel habe ich darüber nachgedacht. Das Schicksal, die Vorsehung oder was immer soll entscheiden und ich werde mich bemühen es zu akzeptieren und nicht mehr selber herbeisuchen oder gar bestimmen zu wollen. Wie lange es auch noch dauern mag.«

»Das kann ich so nicht unterschreiben«, verneint der alte Mann. »Du sollst es nicht dahinplätschern lassen und alles brav schlucken. Das Leben schlägt dir etwas vor und du kannst wählen. D u bestimmst den Weg, wenn du an einer Kreuzung stehst. Rede dich nicht heraus.«

»Das geht nicht immer. Der Zwang der Umstände … «

»Papperlapapp«, unterbricht sie der Doktor unwirsch, »das ist eine feige und bequeme Ausrede. Wenn du weißt, daß dir Schokolade nicht bekommt und du verschlingst sie dennoch, ist weder die Schokolade noch das Schicksal schuld, wenn dir schlecht wird, sondern deine eigene, ganz persönliche Gedankenlosigkeit, Gier oder Gleichgültigkeit. Wenn du betrunken Auto fährst und einen Unfall verursachst, ist nicht das Auto, das Wetter oder das Opfer schuld. Wenn du Maiglöckchen statt Bärlauch in die Suppe tust, hast du dich leichtsinnig vertan oder zu wenig informiert und mußt es bitter büßen. Du verstehst, was ich meine. Es gibt immer einen ersten Schritt in die Zukunft jeder neuen Minute.«

»Jetzt bis morgen, sagte Michael. Und das jeden Tag.«

»Sehr gescheit. Wenn du jetzt zu bequem bist am Abend hinauszugehen, versäumst du einen goldenen Sonnenuntergang. Wenn du dich bloß treiben läßt, können Dummheit, falscher Humor oder Frechheit eines anderen über dich gewinnen. Wenn du immer nur wartest und geschehen läßt, versäumst du nicht nur eine lustige Plauderei, ein spannendes Match, eine nette Bekanntschaft, sondern vielleicht den Rest deines Lebens. Game over. Schach matt. ›Zuadraht is‹, würde der alte Wirt sagen. Klappe zu, Affe tot. Und wir wissen nicht, ob wir aus dem Nirwana oder sonst woher zurückkehren und noch einmal von vorne anfangen dürfen. Und wie dann die Karten gemischt sind.«

»Das artet schon wieder in ein Spiel aus.« Anna runzelt die Stirn.

»Im Prinzip ja natürlich. Doch es geht hier darum, was d u tun kannst, nicht, was ein anderer tut. Wenn zwei Menschen aufeinanderstoßen, ist das immer ein Spiel und oft problematisch. Ob Familienangehörige, Nachbarn, Kinder, Freunde, Fremde. Die Verantwortung für dein Verhalten und deinen Part in der Welt hast aber immer d u. Niemand sonst. Wichtig ist nur, daß so ein Spiel rücksichtsvoll gespielt wird und niemand sich übervorteilt vorkommt. Es ist ein weites Feld, das wir nur alle gemeinsam beackern können.«

»Wir landen immer wieder beim Zufall und beim Spiel. Dagegen bin ich langsam allergisch. Ich kann doch gar nichts ausrichten.«

»Wieso nicht? Du mußt nicht Schach spielen können und alle möglichen Züge vorausdenken, wenn dir das zu mühsam ist. Es geht einfacher auch. Du nimmst eine Kugel und wirfst sie den Kegeln entgegen. Konzentriert und achtsam. Du gewinnst, du verlierst. Am Ende soll es ein zufriedenes Spiel gewesen sein, nicht wahr. Was ist das Gegenteil? Ein fades Gerolle? Ein wissenschaftliches Experiment? Freu dich, wenn es nett war oder freu dich, wenn du verloren hast, daß du es nochmals versuchen darfst. So lange, bis du dir sagen mußt, besser geht es nicht, bessere Fähigkeiten habe ich nicht. Übe dich, im Kegeln, im Singen, im Kochen, im Melken, was dir halt wichtig erscheint. Damit übst du dich gleichzeitig im Leben. Und bitte, gib dem angeblichen Zufall eine Chance.«

Anna runzelt die Stirn. Ist ein wenig verdattert. »Und wenn es trotzdem schief geht? Kann doch sein. Das hatten wir schon.«

»Du hast aber selber erlebt, es geht immer irgendwie weiter. Und auf einmal bekommt die untergehende Sonne mit all ihrer Warmherzigkeit, Zuverlässigkeit und ihren goldenen Strahlen wieder eine ganz besondere Bedeutung. Auf deine innere Einstellung kommt es an. Dann findet sich das Äußere auch wieder zusammen. Sogar eine geknickte Blume richtet sich wieder auf und blüht, wenn sie Wasser, Licht und ein bißchen Zuwendung erhält. So wie ich. Und wenn ich meine Wohnung im Erdgeschoß bekomme und nicht mehr Stiegen steigen muß, werde ich noch hundert Jahre alt. Du wirst es sehen. Und ich freue mich darauf.«

»Du bist so klug, Onkel Otto.«

»Na, na. Paß auf, ich erzähle dir etwas, das du offenbar noch nicht registriert hast. Der Dorfdoktor kommt mich jeden zweiten Tag besuchen. Was glaubst du, warum. Nicht nur wegen meiner Gesundheit oder wegen dem Schachspielen, das verspreche ich dir. Und der Sohn vom alten Zimmermann vermißt mit exemplarischer Langsamkeit den verbrannten Schober. Ist dir der Tierarzt nicht aufgefallen, der sich fast täglich so intensiv nach dem uralten Tobi erkundigt? Naja, bald 18 Jahre sind schon sehr stattlich für einen Hund seiner Größe. Und der Sepplbauer kommt auch schon wieder auf seinem Traktor vorbei, obwohl das ein Umweg ist für ihn. Schau, er winkt dir.«

Anna blickt auf.

»Willst mitfahr'n, Anni?« schreit der Bauer herüber. »Ich will noch schnell auf'd Alm nach den Kälbern schau'n, ob wir übermorgen den Abtrieb planen können.«

Anna schaut. Stutzt. Staunt. Muß erst die vorige Unterhaltung in die Realität der Gegenwart einordnen. Sucht verwirrt ihre Gedanken in eine Reihe zusammen. Denkt. Läßt denken. Und plötzlich scheint sich ein Knopf hinter ihrer Stirn zu lösen. In einer aufwallenden Regung drückt sie dem alten Mann die Hand. »Danke, Onkel Otto«, sagt sie tief aufatmend, als wäre sie gerade von einer drückenden Last befreit worden, »danke für alles.«

Rasch dreht sie sich um. Ruft zurück. »Ja, Seppl. Wart' auf mich. Ich komm' mit dir!«

Sie läuft zum Traktor. Der Bauer hilft ihr hinauf, legt seinen Arm um sie, überläßt ihr das große Lenkrad. Ratternd bewegt sich das Gefährt vorwärts, Richtung Almweg. Anna winkt herüber. Der alte Doktor schaut ihnen lächelnd nach. Hebt sein Glas gedankenversunken und schwenkt das schon falbe Licht im roten Wein. »Und morgen geht wieder einmal eine neue goldene Sonne auf ... «

Jetzt ist unsere Zeit.
Bis morgen.
Und jeden weiteren Tag:
Jetzt bis morgen.

Von der Autorin Lio Kali sind im selben Verlag noch folgende Bücher erschienen:

Das Paradies der Schlange

Ein ganz gewöhnlicher Tag

Zottelbär und Krummschnabel

Die Champagnerwette

Paramon Verlag

Das Bild »Sonnenaufgang über Feldern«
stammt von der österreichischen Malerin Hanna Scheibenpflug – hannana